美形インフレ世界で化物令嬢と恋がしたい！

菊月ランララン

illustration 深山キリ

CONTENTS

美形インフレ世界で化物令嬢と恋がしたい！

序章　美形揃《ぞろ》いの世界

「アナスタシア王女殿下にご挨拶《あいさつ》なさっているのは侯爵令嬢のエリザベート様ですわ。社交界の華《はな》と呼ばれるだけおありの素晴らしい美貌をお持ちで……アマデウス様、あのお方々には気軽に粉をかけてはなりませんわよ」

茶目っ気を含ませてそう言ったのは小さい頃《ころ》からの友人、子爵令嬢のリリーナ。リリーナも華だよ。

「見てください、アナスタシア王女殿下を……なんて可憐《かれん》なのでしょう……黄金の髪が波打ってキラキラと……」

うっとりと青い目を潤ませて俺《おれ》にそう言ったのは子爵令息リーベルト。リーベルトとリリーナは兄妹だ。お前も可憐だよ。

幼馴染《おさななじみ》と言ってもいい親しい二人に、俺はまだ言えていないことがある。

〝――――君達と、あの王女様と令嬢、……そこまで変わらなくない……？〟

「王女殿下を口説《くど》いたりしません、というか私が普段から女の子を口説きまくっているみたいなことを言わないでもらえますぅ？」

俺は笑いながら飲み物で口を湿らせた。薄いレモン色の飲み物はアセロラジュースの味がする。

「なるほど、口説いてなくても寄ってくると？　流石《さすが》、〝音楽神の愛し子《いとしご》〟ですわね」

「他領でも知られ始めているらしいですよ。スカルラット領に天才がいるって」

二人の息の合った揶揄《からか》いには愛想笑いを返しておいた。

俺の今の名前はアマデウス・スカルラット。十二歳。

元々は男爵令息だったが、訳あって今は伯爵令息。

そして、地球・日本国からこの世界への転生者である。


前世で死んだ時のことは、苦しかったこと以外あまりはっきり覚えていない。生まれつき体が弱くて風邪《かぜ》を拗《こじ》らせる度に死にそうになっていたので、多分風邪だったと思う。

あまり外で遊べない代わりに俺は家の中で出来る趣味が多く、中でも音楽に夢中だった。三歳から習っていたピアノは特技になり、出来れば音大に行きたいと思っていた。ミュージシャンになれるほどの才能があるとは思えなかったが、何かしら音楽に携わる職業に就《つ》けたらいいなと夢見ていた。

大学受験を迎える前に俺は死を迎えてしまったが……。

中学までは休みがちで友達も全く出来ず寂しい子供時代だった。しかし色々と試した健康法の何かが効いたのか高校からはそこそこ通えるようになり、女の子とは縁がなかったが地味メン友達は数人できた。これから自分なりに青春を謳歌《おうか》するんだと、心配かけた両親にも親孝行できたらいいな、と……思っていたところだったのに。

――過ぎたことは仕方がないとはわかっているが思い出すとセンチメンタルになってしまう。弟の麗二《れいじ》……ちょっとひねくれてるけどしっかり者だった弟が、きっと親孝行してくれるだろう。

何だかムチャクチャ苦しくよくわからないまま死に、おそらく死んだこともわからなかったしどれくらい時間が経《た》ったのかもわからないまま、俺は暗く息苦しい場所から急に解放された。ぼんやりした視界では何が起きているのかさっぱりわからず、ぽかんとしていたら思いっ切り尻かどこかを叩《たた》かれて俺は火がついたように泣き出した。すると周りは安心したような笑い声に包まれた。

おい、俺は泣いてるのに何わろとんねん。鬼か？

似非《えせ》関西弁で内心動揺していたが、だんだん理解できてきた。

俺は赤ん坊だったのだ。前世の記憶を持ったまま転生したのである。


十七歳の記憶を持ったまま赤ん坊として世話されるのは羞恥心《しゅうちしん》がすごかった。三週間くらいで慣れたけど。赤ん坊から二歳くらいまでは人間として出来上がるのにとにかく必死だった。子供って、感情や体のコントロールがきかないんだな……。漏らすし、カッとなって泣くし、うまく喋《しゃべ》れないし、後先考えずに欲望で体が動く（例：目の前のモノを口に入れたくなる衝動を抑えられない）。頭の中で制御しようとしてもうまくいかなかった。身体《からだ》と精神は繋《つな》がっているのだ。きっとこの体が生活に慣れるまでは仕方なかったのだろう。周りの状況や文化に想いを巡らせることが出来るようになったのは三歳くらいからである。

ここ……地球ではないのでは……？　とは思っていた。

生活様式は日本人が考える典型的な昔のヨーロッパっぽい雰囲気《ふんいき》なのに、周りの人間の髪と目の色が異様にカラフルだからである。マンガとかイラストでしか見たことない髪色！

たまに奇抜な色に染めている若者とかオバチャンは日本にもいたが、染めた髪特有のプリン現象や違和感はない。髪が緑とか青とか紫とかピンクとか、地球で天然じゃ有り得ない色は俺が勝手に違和感を覚えている。

俺自身の髪もビビッドな赤である。目は新緑を思わせる鮮やかな緑。クリスマスを連想してしまう。この世界にクリスマスはない気がするからいいけど。

何より嬉《うれ》しかったのは顔が良かったことだ。五歳の頃には美ショタの予感がひしひしとしてきてワクワクしていた。様付けで呼ばれていたことから金持ちか貴族であることはふんわり予想できたのだが、使用人も揃《そろ》って顔が良いことは不思議に思っていた。

うちってもしかしてアイドル事務所みたいな所？　アイドルデヴューするまでの間ここで使用人のバイトしてる感じ？　そうなると俺は社長か重役の息子かもしれない……将来、アイドルをプロデュースしたり、作曲家を発掘したり、編曲したり音楽に携わる仕事につけちゃったりなんかして……!?

あわよくばその中の可愛《かわい》い子の一人と良い感じになっちゃったりなんかして……!?

五歳までの俺はそんな希望に胸を躍らせていた。――全然違うことはすぐ悟ったわけだが。

中年も普通にいるんだからアイドルではないわな。年嵩《としかさ》の使用人も皆イケオジと美熟女揃いだ。うちの親、顔で採用決めてんのか？　筋金入りの面食いかな？　と思っていたら……初めて屋敷の外に買い物に出かけた俺は目を疑った。

道行く人のほとんどが美形だったのだ。

美人が多い地域、というのはあると聞いたが、いくら何でも通りかかる人全員美形だなんておかしい。何かがおかしい。俺は驚きを通り越して恐怖に陥った。

「～～～アンヘン!!」

「どうしました、アマデウス様」

初老のダンディ執事アンヘンがパニくった俺の肩を優しく掴《つか》んだ。

「その……この町って……きれいな人が多くない？　多すぎない？」

「ははは、そうですか？　そういえばアマデウス様はうちの使用人のこともよく褒めてくださいますね。まだ特別に美しい人にお会いになったことがないから、よくわからないのかもしれません。うちの者も町の者も、普通ですよ」

————ふ、…………普通!?

俺は驚愕《きょうがく》のまま、執事と護衛と一緒に町を見学してまわった。時々、割と平凡な顔の人間!!　と言える人を見かけたが、男なら塩顔イケメンともてはやされてもいいくらいだし女なら地味だけど清楚《せいそ》系として普通にモテそうなレベル。日本なら。日本なら!!

そう、この異世界は美形インフレ世界だったのだ。日本人の俺にとって。

帰って一旦落ち着いた俺は、『外国人の顔、見分けがつかない現象』に近いのかもしれないと思い始めた。種類が沢山《たくさん》あるものは、見慣れないと違いが判らないものである。アニメの戦闘ロボが全部一緒に見えるとか、女子大生が量産型に見えるとか。

実際、俺には皆美形に見えるのに本人達はそう思っていない。俺の前では言わないが、使用人が陰口を叩いているところを盗み聞きしたところ、

『花屋の○○は嫁の貰《もら》い手がないって親が嘆いてたぜ。まぁ顔があれじゃなぁ……』

『鍛冶屋《かじ》の跡継ぎの◯◯も嫁の当てが全然ないって話だ。顔が残念だからなぁ』などと見た目を揶揄《やゆ》するような発言があった。その名前の人物を町に出た時確認したが、美男美女だ。

『宿屋の看板娘の◯◯◯、可愛いよな〜。恋人いるのかな』

『いるに決まってんだろ、あんな美人が』

その看板娘は確かに美人だった。でもうちの使用人達とそこまで差があるとは思えない。

どこを基準に美人と判断してるんだ？　いや美人だけど。紛れもなく美人だけど……それをいったらお前ら（注：使用人・二十代男）も美形じゃん⁉

そんなこんなで困った俺は〝見〟にまわることにした。

とりあえず、この美形インフレ世界の美形達の顔を自分が見慣れるのを待ったのである。

色々あって、十二歳。


わっっっから〜〜〜〜〜〜〜〜〜〜〜〜〜〜〜〜〜〜〜ん！！！！！

全員顔が天才ってことはわかる！！！！


結局のところ、こちらの美醜の判断方法がほとんどわからないまま今に至る。

病弱生活だったため日本で俺はインドアの趣味に色々手を出していたが、音楽の次に絵を描くのが好きだった。マンガの絵を模写したり画集を図書館で借りてじっくり読んだりしていた。そのため絵を描くと大抵褒めてもらえた。勿論《もちろん》マジの画力があるとまではいかず『普通よりは上手』『味がある』『素人《しろうと》にしてはまあまあ』くらいのものだが。

その過程で知ったと思うが『美形というのは不細工より作画コストが低い』という考え方があった。美形というのは整っている顔だ。パーツの配置や形がある程度決まっている。だが不細工はパーツの配置や形を崩さないといけないのだ。だから美形を描くよりも画力が必要になってくる……という話だ。

その視点から考えると、もしかしてこの世界の神様…………不細工を描く画力……いや、不細工を作る造形力がなかったのか……？

別にそんな力なくてもいいよと大抵の地球人は思うかもしれないが、人が美しいと思うものは千差万別。ブス専、デブ専、悪趣味と呼ばれる人達がいたように。

地球でそっちの好みの人が転生してきていたら絶望していたのかな……？

この世界の人達を美しいと思うのも、俺の美的価値観ではそうというだけのことなのだ。不細工がいないからといって皆同じ顔というわけではないから、見た目の格差は結局生まれるし。しかし地球生まれ地球育ちの価値観が捨てられない俺には、その格差の判断方法がまだわからない。

わからなかろうが、俺の人生は続く。

第一章　男爵家から伯爵家へ

四歳ぐらいの頃《ころ》に気付いたが、俺《おれ》はロッソ男爵家の次男だった。長男とは母親が違う。俺の母親は第二夫人だったのだ。そして父の顔も母の顔も兄の顔も、数回しか見たことがない。父は本館、母は別邸、兄は今貴族学院の寮にいる。皆俺には興味がないようで、たまに会ってもそっけなく形式的な挨拶《あいさつ》を交わすだけだった。

貴族ってこんなもんなのかなと思っていたが、いつものように使用人達の会話を盗み聞きしていたらやっぱりそれが普通ではないことがわかった。

『アマデウス坊ちゃんがお可哀想《かわいそう》です。奥様はもう少し頻繁に会いに来てくださらないのですか？』

『奥様は男爵家になんて嫁ぎたくなかったようだから……坊ちゃんにまるで情が湧かないみたいだ』

どうやら母親は元々公爵家の人間なんだそうだ。しかし何かやらかしたか事情があったのか、最初の婚約が駄目になりロッソ男爵家に、しかも第一夫人ではなく第二夫人として嫁がなければいけなくなった。それが大層不満だったそうで父に愛はなく、俺にも愛はないのだという。

俺、案外可哀想な立場っつーこと……？

壁が薄い盗み聞きスポットからこっそり部屋に戻ると、メイドのベルが気遣わしげに俺に声をかけた。

ベルは四十代くらいの吊《つ》り目の美熟女で、きつそうな顔立ちだが普通に優しい。怒ると恐い。

以前庭でカブトムシによく似た虫を見つけ、テンション上がってムンズと捕獲し家に入っていったらメイド達に半泣きで叫ばれベルには正座をさせられ懇々と説教されたことがある。男も女も虫には不快感を示すようだ。そういえば地球でも虫を愛《め》でる文化がある国は少数派なんだっけか……？

「アマデウス様……奥様は少々お急ぎの用が出来てしまわれたようで、明日いらっしゃるご予定でしたが……」

「こられなくなってしまったんだね、わかったよ」

来る予定がキャンセルされるのもよくあることだった。面識の少ない、好かれてもいない相手に会うのはぶっちゃけ疲れるので、俺は（ヤッタ～遊ぶ時間が増えたぞ～）くらいのもんだったのだが、使用人達は『坊ちゃん……お寂しいのにそれをおくびにも出さないで……』と健気《けなげ》なショタを見守る視線を向けてくる。ここで「全然平気だよ！」と言ってもより健気に虚勢を張ってるように見えるだけだろうし、「あんま会ったことないからあの人達のこと正直家族だと思ってないので……」なんて子供らしからぬドライなことは言えやしねぇ。

俺が平気なのは、未《いま》だに俺の家族とは『地球にいる家族』であるからだった。優しい父と母。小さい頃は病弱な俺にかかりきりの両親が面白《おもしろ》くなかったのか、問題行動が多かった弟。一度思いっ切り喧嘩《けんか》した後、弟は何か思うことがあったのかすっかり大人《おとな》びた。弟が中学生になってからは仲良くできた。

俺には愛された記憶がある。大事に育てられた記憶がある。現在使用人達は皆俺を大事にしてくれている。むしろ使用人達が俺を育てたのだから、家族は彼らだ。だからこちらの血の繋《つな》がった家族に興味を持たれなくても平気だった。

　でも、もう日本の母さんにも父さんにも弟にも二度と会えないのだな……と実感してしまい、涙が溢《あふ》れて暫《しばら》く止まらなかった。その日真夜中のベッドの中で静かに泣いた。

　翌朝は目が腫《は》れてしまって、使用人達には母親が恋しくて泣いたと誤解されいたたまれなかった。


　七歳になる初夏、貴族の子供達は『お披露目《ひろめ》会』というのに出席させられる。それまでは外の貴族との交流は全くなく、家の中で家庭教師に教育される。お披露目会には領地の貴族の代表が大貴族の城に集まって、新たに貴族の一員となる子供達の教育の成果を見る。教育の成果……『剣舞』か『演奏』、どちらかを選んで披露するのだという。大体の男子は剣舞、大体の女子は演奏を選ぶが、好きな方を選んでいい。演奏を選ぶ男子は割といるが剣舞を選ぶ女子は珍しいそうだ。

　子供の日に親戚が集まって七五三を祝うみたいな感じかな。そこで子供に芸をさせる的な……。

　俺は勿論《もちろん》楽器の演奏を選んだ。


　楽器を習うことに関して、一悶着《ひともんちゃく》あった。

　五歳になりそろそろ楽器の練習をせねばならないと聞いて、音楽好きの俺は早く習いたい！　早くやらせろぉ!!　と鼻息を荒くして待っていたのだがなかなか音楽の家庭教師は来ない。盗み聞きした結果『良い教師が見つからない』と使用人が悩んでいた。俺は兄・クリストフの昔の教師をそのまま紹介してもらっていたのだが、音楽の担当教師がもう予定が詰まっていて来られないという。

『他に教師が近くには住んでおらず……平民の中でも探して、ひとり腕のいい楽師はいたのだが』

『腕がいいのならひとまず平民でもいいのでは？』

『それがどうにも礼儀がなっていなくて……吟遊詩人でな、旅人みたいなものだから信用ならないし』

『しかしすでに遅いくらいですよ、お披露目で下手《へた》な演奏をすれば坊ちゃんが恥をかいてしまう……』

ぎ……吟遊詩人⁉

めちゃくちゃ会いたい。この世界では旅人というのは怪しい根無し草で警戒の対象のようだったが、本物の吟遊詩人の演奏と歌を聴きたくてたまらないし、家からほとんど出られず本も少ないので俺は外の情報に飢えている。話が聞きたい。しかもこの世界にいるんだから確定で美形ぞ。美形の吟遊詩人、会いたいの気持ちしかない。

「ねぇ！　ぎんゆうしじんがうちに来るの⁉」

「わっ‼　あ、アマデウス様‼」

俺は部屋に飛び込んだ。壁の向こうではなく入口近くで盗み聞いていた振りをして会話に割り込む。

「わたしの教育係でくるんだね？　楽しみ‼」

「いえ、あの……決まったわけではなくてですね」

「わたし早く楽器の練習したい！　ぎんゆうしじん早くつれてきてね‼」

期待した顔で真っ直《ます》ぐ見ると使用人達はウッ！　眩《まぶ》しい！　という顔で困っている。子供の輝く笑顔には逆らえまい。しめしめ。単語の発音が稚《いと》けなくなってしまうのはまだ子供だから舌が回りきらないのだ。決してかわいこぶっているわけではない。一人称が「わたし」なのは貴族が基本そうだからそうするように指導された。

こうしてプレッシャーをかけた結果、数日後無事に吟遊詩人がうちに来たのだが、彼を初めて見た俺は少しぎょっとした。

「………初めまして。ロージーと申します」

ロージーは俺がこの世界で見た初めての〝浮浪者〟といった出で立《いた》ちの青年だった。

俺の横にいたメイドの顔があからさまにひきつる。薄汚れた外套《がいとう》に破れがある靴、無精髭《ぶしょうひげ》、長身だが少し猫背。目を覆い隠しそうなボサボサで長い前髪。仏頂面《ぶっちょうづら》で目の下にはクマがある。使い込まれたように見える弦楽器だけは小綺麗《こぎれい》だ。

長い付き合いになる、俺の音楽生活における相棒との出会いだった。

「……はじめまして、ロージー。わたしの名前はアマデウス・ロッソです。どうぞよろしく」

にっこり笑うとロージーは驚いたようだった。小汚いからわかりにくいが、紛《まご》うことなき美形だ。見開いた目の形が良い。そしてホームレスのような出で立ちだが悪臭は漂ってこなかった。落ちない汚れが残っているだけで、ちゃんと服は時々洗っているのかも。髪を梳《と》かす道具を持ってないだけで洗ってはきたのかも。髭は……剃《そ》る道具を切らしてるとか？　もしかしたら、精一杯綺麗にしてきたのかも。そう思った俺はたとえちょっと不潔だな～と思っちゃったとしても顔には絶対出さんぞ！と気合を入れて彼に向き直った。

「それではさっそく教えていただきたいです。いいですか？」

「…………俺で問題ない、んですか？」

「……うちの者から依頼されて来たのでは？」

もしかして採用じゃなくてまだ面接です！　って言われて来たのかな……？

「そうだが……どうせ追い返されると思ってた。まともに雇ってもらったことなんてないから……」

ぼそりと呟《つぶや》くように話したロージーの声には疲労感が滲《にじ》んでいた。

「それは、身だしなみの問題で？」

「そりゃそうだ……です。こんな服しかないし……余所者《よそもの》だしな……」

「わたしはもんだいないので、ぜひわたしの音楽教師になってほしいです。あなたは腕のいいぎんゆうしじんだときいています。おれ……わたし、早く楽器が弾けるようになりたいんです！　あ……でも実は腕がよくない、となったら……クビにしなきゃいけないかもですが……」

ロージーは信じられないと言わんばかりにぽかんとした顔で十秒ほど固まっていたが、俺が「大丈夫ですか？」と手を振るとハッとして下がり眉《まゆ》になった。少し涙目だ。採用されて喜んでる……んだと思う。そして息を吸って、きりっと眉を上げて言った。

「腕には自信がある……あります。……それでは、楽譜の読み方は……ご存知ですか？」

お披露目で使われる代表的な楽器は、リュープと呼ばれる小型の弦楽器である。うっすい教本には弾き方の簡単な説明といくつかの曲の楽譜しか載っていなかった。流石《さすが》にこれだけでは弾けない。

「知ってます！　教本は兄のお下がりがあるので。あとは弾き方だけです」

「それでは、初心者に良い簡単な曲を手本に見せるので……」

※※※

「────……………アマデウス様、て、天才ですか……？」

「えー？　そうだったらうれしいですけどぉ」

デヘヘとだらしなく笑うとロージーは戸惑いと喜びが入り混じったような表情で俺を見ていた。前世ではマンドリンとバイオリンをほんのちょっとだけどかじったことがあるし、めちゃくちゃイメージトレーニングしていたのもあって飲み込みが早かったようだ。脳みそが大人《おとな》だし。他の授業でも飲み込みが早いとよく褒められる。学ぶ要領を知ってるんだから早いよそりゃ。

リュープは思ってたより幅広い音が出せる楽器だ。これは早いうちからみっちり練習してリュープマスターになりたいな〜、ならなくちゃ……絶対なってやる!!　と思ってやってるので気合も充分。

演奏技術の習得は急ぎということでとりあえず初日に三時間取っていたが、簡単な曲を二曲、大体弾けるようになった。ロージーも近くにいた使用人も驚いているのでお世辞《せじ》じゃなくすごかったらしい。

「教え方がよかったんですよ。また来週、よろしくお願いします」

「は……はい！　手持ちの楽譜を持って来ます、もっと難易度を上げてもいいかと」

ロージーは不愛想だしぼそぼそ喋《しゃべ》るし、教え方が特別上手《うま》いとは思わない。日本の様々な教師に学んだ記憶がある俺の印象としては、日本の優れている方の教師ほどの上手さはない。ロージー以外の家庭教師達もそんなに教えるのが上手いとは思わないので、この世界では普通、くらいかもしれない。

でもロージーには、情熱がある。と思う。歌も楽器も上手い（歌になればちゃんと大きな声が出る）。

音楽に対して真面目《まじめ》に向き合ってきたんだな、と思わせる上手さ。俺はそういう人に俺の音楽仲間になってほしい。なので、彼から教わることがなくなったとしても彼をうちで雇い続ける手はないかなぁと考え始めていた。

　うちから出た給料でロージーは少しずつ小綺麗になっていった。緩いウェーブのかかった薄い色の茶髪は梳かされて六：四に分けられ、髭は綺麗に剃られている。少しクマは残っているが初対面の時は何かどんよりしていた灰色の瞳には光も宿っている。どこかアンニュイな雰囲気《ふんいき》のある美青年の出来上がりだ。やはり身嗜みを整える手段がなかったのだな……。

「小綺麗になったらすっかり男前ですね！」と言うと照れたように礼を言われた。

「路上の演奏だけでは食うのにギリギリな上に、師匠が体を悪くしてるから薬が必要で……余所者を雇ってくれるところも見つからないし、このまま野垂れ死ぬしかないのかと思っていたところでした。本当に感謝してます、アマデウス様には頭が上がらねぇ……」

　廃墟《はいきょ》のような家が並んでいる区画、貧民街。その中の空き家には誰が住みついていても文句は言われないらしく、事情がある様々な人間が彷徨《さまよ》っているのだとか。

　ロージーはそこで長い間一緒に旅をしてきた吟遊詩人としての師匠、バドルと滞在していた。二人とも旅には慣れているし体は頑丈だったのだが、バドルは歳《とし》なのもあって冬にもらった風邪《かぜ》が長引いた。

　薬草があっても栄養のある食べ物がなければなかなか治らないものだ。うちは下級とはいえ貴族なので平民から見ればかなり給料が良い。精のつく食べ物も調達できて、すっかり調子が戻ったという。

　風邪は……風邪は馬鹿《ばか》に出来ないからね……。

　元気になって身嗜みも整えられるようになった頃に連れてきてもらったが、バドルは七十歳くらいに見える頭がつるぴかの老人だった。この世界の人間でも禿《は》げるんだなぁ……まぁ禿げてもかっこいい人はかっこいいからな……とアホな感想が出てきた。

腰は少し曲がり、細身でしわしわだが笑顔が朗らかで優しそうな爺《じい》さんだ。ここまで年寄りになると美形とかそうじゃないとかはさっぱりわからないが、肌は白くて綺麗だしどことなく気品がある。

「この度は弟子を雇っていただき、誠にありがとうございます。このご恩、天に召されるまでけして忘れは致しません」

バドルはゆったりと頭を下げて上げるとハキハキとした良い声で流暢《りゅうちょう》に敬語を使った。

良い声!!（重要）

ロージーのように、貴族に仕えたことがない平民は敬語を使い慣れていないものだという。バドルは昔どこかで仕えていたんだろうか。俺のおかげではなくちゃんと働いて甲斐甲斐《かいがい》しく世話をしたロージーの働きの賜物《たまもの》だと思うが、俺が吟遊詩人にめちゃくちゃ会いたかったおかげで二人が良い方向に向かえたんなら俺も良い気分である。

後で聞いたが、吟遊詩人が野垂れ死ぬのは珍しいことではないらしい。ホームレスになるまでには様々な事情があるだろうし、その人達全員を救うことなんてできやしないが（国の偉い人に訴えれば制度を整えたり出来るのだろうか？　それも視野には入れときたい）、腕のいい歌い手が人知れず失われるのは惜しい。困窮している歌い手をうまいこと見つけて雇いあげる方法はないだろうか……と俺はぼんやり考え始めた。

色々考えてはいるが、とりあえずまだ考えてるだけである。絵に描いた餅だ。

そんなこんなで、バドルが書き溜《た》めた様々な国の音楽を練習したり、アンヘンに頼み込んで買ってもらった比較的安価な様々な楽器を練習したり。俺が一番得意だったピアノを何とかこちらでも作れないかな〜……と画策したり。

お披露目までの二年ほど、俺はロージーとバドルと演奏技術を楽しく磨き続けた。

そうして迎えたお披露目の日。俺はとんでもなく注目を集めてしまうことになったのである。


会場はタンタシオ領、領主様の城の講堂。

馬車にドンドコ揺られて二時間で着いた。講堂の中に入れるのは貴族だけらしく、付き添ってきてくれたアンヘンには入口で「御武運を……」と送り出された。本当なら保護者が付いてくるものなのだそうだが、うちは来ない。親が忙しい場合はそういうこともある、とアンヘンは言っていた。俺以外に一人で入った子はいるんだろうか……悪目立ちしないかな、と少し不安だったが入ってしまうと人が結構ごちゃごちゃとしていて親同士と思われるグループや子供同士で話しているグループもある。大丈夫そうだ。

タンタシオ領主は公爵だ。

(日本人の感覚で勝手に番付けすると)県知事みたいなもので、その下の侯爵、伯爵、子爵、男爵は市長、町長、村長みたいな感じだ。中央の王族直轄区の王都が首都で、王様が総理大臣、みたいな。

ただしめっっっちゃくちゃ権力が強いし世襲。

講堂は煌《きら》びやかな装飾が壁や天井に施されていて、テーマパークに来たみたいにテンションが上がる。楽しくなった俺はほぁーッ……と間抜けな声を出してしまった。

「行儀のなってないのがいるな」

可愛《かわい》らしい声が俺の背中に刺さった気がする。くるりと振り返ると美少年が三人、俺をねめつけている。――やっぱもれなく全員顔が良いな……。そもそもこの講堂で美形以外を見かけていない。美形のバーゲンセール（？）だ。

「貴様、お披露目に参列する者か？　名は？」

真ん中にいたサラッサラの金髪に睫《まつげ》毛がバッシバシの金色の瞳を持つ大天使美少年が訊《き》いてきた。輝かしい。直射日光浴びてたら多分目が潰れる。

「アマデウス・ロッソと申します」

シャキッと背筋を伸ばして答えると、大天使はフッ、と鼻を鳴らす。

「ロッソ男爵家か……私はアルフレド・タンタシオだ。憶《おぼ》えておけ」

なんと、同い年だというタンタシオ領主の嫡男だ！　公爵令息!!

俺なんかよりよっぽど厳しい教育を受けてるんだろうな、姓だけでちゃんとどこの家か把握してらっしゃる。エラいな～～～顔も良いしエラい。俺はお披露目会に出る同い年の子の情報は領主の息子がいることくらいしか知らん。教えてもらってないので。身分が低くなると治めている土地も田舎《いなか》になりがちなので情報も不足しているようである。

「お二人のお名前も、よろしければお伺いしてよろしいでしょうか」

冷たい目で俺を見ていた両隣のタイプの異なる美少年にも尋ねると、侯爵家と伯爵家の息子でお披露目に出る同い年だそうだ。アルフレド様は俺よりちょっと低い背を踏《ふ》ん反《ぞ》り返らせて言った。

「お披露目に出れば貴族社会の一員になるのだからふるまいに気を付けるのだな。田舎者といえど」

高飛車な表情が映える～～～～～～～～～。映え………。

パツキン美少年の見下し顔、たまりませんな……。俺はショタコンロリコンの気はないはずだがこのままでは目覚めてしまうかもしれない。いやいやダメだ落ち着け、俺は不器用純情系の美女とかお色気お姉さんキャラが好きです。

ディスられているところもあるがポジティブにとらえると、俺の至らないところを早いうちに注意してくれたのだ。ありがたいこっちゃ。周りには目上の貴族が子爵家出身の家庭教師くらいしかいないので、高位の貴族からの助言は貴重であると心得よ俺。

「気を付けます。ご忠言、感謝致します」

眼福～～と内心思いながら満面の笑みで返すと脇の二人は微妙な顔をしたが、アルフレド様は少し驚いた顔をした後、満足げに笑った。

「うむ。そのようにせよ、アマデウス」

※※※

「あの……もしかして、ロッソ男爵家の？」

集合時間まで（舞台の前に集まる時間を入口で告げられた）フリードリンクをちびちびしながら隅っこで大人しく人々を眺めていた（つまらなくはなかった。色んな美形がいるなぁ～と観察してたので）俺に、おずおずと話しかけてきたのは栗毛の美少年だった。

はいはい、美少年美少年。いちいちテンションをあげていては疲れてしまうので今日はなるべくローテンションで挑もうとしている。平常心平常心。

「はい。私をご存知で……？」

「あぁ、やっぱり。ロッソ男爵家は代々赤毛と聞いておりまして……あ、はじめまして、グロリア子爵家三男、リーベルトと申します！」

格上なのに人懐《ひとなつ》っこい笑顔だ。わんこ系キャラという感じ。高飛車美少年を浴びた後だったので気さくに接してもらえて感動してしまった。友達になれるかな……!?

「ロッソ男爵家次男、アマデウスです！　仲良くしていただけたら幸いです」

「こちらこそ！」

ヒャッホ〜〜〜！　第一の友達ゲット!!

平常心といった決心虚《むな》しくハイテンションになってしまった。でも仕方ない、今日は祭（儀式兼学習発表会なんてお祭みたいなもんでしょ）だ。

お披露目の発表は身分の低い方から始めるのだが、なんと今年は俺が一番手。トップバッター！　緊張しないといったら嘘《うそ》だが、待つ緊張に比べたらマシかも。ささっと終わらせて他の子の剣舞と演奏を楽しめる。司会進行らしき司祭様が講堂のステージの横の台に立ち、楽器を携えた俺を筆頭に剣、楽器、剣、楽器、楽器……とそれぞれの得物《えもの》を持った子供達がステージの前に進んで並んだ。ステージっていうかでかい体育館の舞台って感じだが。

司祭様から軽く説明を受ける。始める前と終わった後に礼をすること。演奏の子には椅子と譜面台があるのでそれの用意を待つこと。剣舞の子は前の人が演奏だったらそれらの道具を修道士が一旦片付けるのでそれを待って舞台に上がること。譜面台あったんだ。一応持ってきた楽譜用意するか、別に見なくても弾けるけど。

並んだ時に「私がお名前を呼んで、『どうぞ』と言ったら始めてください」と司祭様が言っていた。発表会感が増す。等間隔に並び終えると歓談していた観客がシン、と静かになった。

「それでは、お披露目の儀を執り行いたいと存じます。一番。ロッソ男爵家次男、アマデウス様の演奏です。どうぞ」

※※※

結果から言うと俺はこの上なく堂々とお披露目の演奏を終えた。出来栄えも良かった。練習では、ロージーとバドルは百点満点中百五十点です！　と太鼓判をくれたし、使用人達もこれなら絶対大丈夫と安心して送り出してくれた。練習通りに出来た。

庶民の間で流行したりよく知られている曲の楽譜はバドルとロージーが結構持っていたのだが、お披露目の演奏は貴族しか聴かない。貴族ウケの良い曲の方がいいだろうとのことで、ここ数年で貴族の間で流行していた曲の楽譜を探してもらったのだが、まぁ〜なかなか手に入らなかったそうだ。田舎なので。この世界では紙がまだ貴重で紙の代わりに白っぽい薄い木の板を使うことも多いのだが、そんなわけで楽譜も貴重なのだ。結構お高いわけだ。アンヘンが父親に掛け合ってくれて何とか一曲だけ手に入った。

俺が弾き終わってドヤ顔で観客の方へ顔を上げると、シ――――ン……と静まり返っていた。

エッ……拍手とかしない感じ……？　なんかダメでした……!?　作法を間違えた？　演奏自体は良かったと思うんだけど………………。

途端に不安になる俺。こういう時トップバッターは不利なんだよな！　前の人のやり方を見てなるほどなるほど、そういう流れね……？　というのが出来ない!!

顔は平静を装いつつ内心ドキドキしている俺をよそに、ハッとした様子の司祭様が口を開いた。

「つ……次は、グロリア子爵家三男、リーベルト様の剣舞です。どうぞ」

リーベルトも剣舞を無事終えた。失敗はなかったようだし子供にしては上出来だろう、というのが感想だ。そして次は女子で演奏、続けて男子の演奏だったのだが、問題はそこからだった。

下手だったのだ。

伯爵家の令嬢、別の伯爵家の令息だったのだが、俺と比べたら明らかに下手だ。本人達の顔色も少しおかしい。具合が悪かったんだろうか？

会の進行を暫く見ていて、俺が特に作法を間違ったようには思えないが、観客の反応も何だかざわざわとしていて普通の発表会とは異なる雰囲気があった。何だか注目されてる気がするし。

そして、剣舞をじっと見ていて俺は気付いた。

身分が上の子の方が、どんどん、明らかに上手くなっていってる………。

お披露目の演奏の最後はアルフレド様の隣にいた侯爵家令息だったが、上手ではあるのだが俺よりは明らかに下手だ。

大トリのアルフレド様は剣舞。

見事としか言いようがない立ち振る舞いに、その日初めて大きな拍手が響いた。

「すごかったではないですか、アマデウス様！　あんなに達者な演奏をお披露目で聴いたのは初めてだって母上も父上も仰《おっしゃ》っていました!!」

「あ、ありがとうございます……？」

会が終わった後は自由解散のようだったが、まだ正解がわからない俺にリーベルトが興奮しながら話しかけてきてくれた。助かる。遠巻きにチラチラ見られているのが気になるが、リーベルトの笑顔のおかげでとりあえずとんでもないマナー違反はしていないとわかった。よかった。

リーベルトによく似た美女が後ろから徐《おもむろ》に現れ、俺に話しかけてきた。

「普通は身分が上なほど家庭教師の質が上がるので上手いものですが、男爵家の身分でここまでお上手な例は寡聞にして存じ上げません。お見事でした、アマデウス殿。わたくしはリリアーヌ・グロリアと申します、お見知り置きを。リーベルトと親しくしていただけたら嬉しいですわ」

「グロリア子爵夫人でいらっしゃいますね、改めまして、アマデウス・ロッソと申します。こちらこそ仲良くしていただきたいです！」

童顔だから若く見えるし可愛らしすぎる奥様だ。優しそうだし羨《うらや》ましい。リーベルトには一つ下の妹もいるらしく、折を見てお茶会に招待したいと言われて飛び上がりそうに嬉しかった。友達の家に遊びに行く経験、前世でも二回くらいしかなかった！　楽しみ！

二人と少し談笑した後お別れして、俺も帰るか……と講堂を出ようとしたところ、美少年に声をかけられた。どこの美少年だ？　美少年ばっかだからな。

アルフレド様の脇にいた侯爵家令息美少年だった。演奏の方のトリだった彼だ。顔を赤くして睨みつけてくる。

「貴様、演奏だけ上手いからって図に乗るなよ。上の者達に恥をかかせるような真似をして……社交界で穏便に過ごせると思うな」

………なんですと⁉　なるほど、そういう見方もあるのか……！

マナー違反はしていないが、俺の後に演奏を披露した子供達のプライドは傷つけてしまったわけだ。
リーベルトのように剣舞を披露した子や家にはダメージはないけれど、演奏を選んだ家の方々には『男爵家のくせにナマイキだ！』といった感情を持たれてしまった……？

「────おい、ハイライン。聞こえたぞ、情けない真似をするな」

「‼　ア、アルフレド様……‼」

アルフレド様がスッ……とどこからともなく侯爵家令息の横に現れた。少し小柄だからか全然気付かなかった。剣舞の動きも凄《すご》かったし、足運びが素早いのか？

「お前は下の者に持ち上げてもらって優れた成績を残したいと思うのか？　上に立つ者として、そんな心掛けでいるのは恥ずべきことだぞ」

「は、はい。申し訳ありません……」

────ま、……ま……まぶし〜〜〜〜〜〜〜‼　ええ……ウソ……大天使、中身まで高貴……⁉　高飛車だけど芯があるタイプ！　マンガとかで超人気出るタイプだァ〜〜ッ‼　俺も大好き‼　ドンドコドンドコ‼

アルフレド様が美イケショタすぎて涙目で震えていると、彼は慈しみを持った視線を俺に投げた。

「フン、心配するな。お前をつまはじきにするような真似は私がさせない。見事な演奏だったぞ、アマデウス。また会おう」

脳内で太鼓を叩《たた》き鳴らしていただけで心配して泣きそうになってたわけじゃないけど、感動したので「はいッ！！！　ありがとうございます!!」と良い返事をした。


「いかがでしたか、アマデウス様……？」

外で待機していたアンヘンと合流する。心配そうにしていた彼に衒《てら》いの無い笑顔を返す。

「上手くいきました！　多分！」

「多分ですか……？」

詳しい話は帰りにするよ、と言って俺達は馬車に乗り込み帰路についた。

そんなこんなで数日後。

ロッソ家に『次男殿をスカルラット伯爵家の養子として迎えたい』という申し出が来た。

※※※

ティーグ・スカルラット伯爵には八歳になる娘と六歳の息子がいる。

今年お披露目の子供はいないがお披露目会には来ていた。俺の演奏に心を打たれ、是非養子にと申し出てくれた。ティーグ様の祖母がロッソ男爵家の出だったそうだ。当時話題の恋愛結婚だったとか。

俺の演奏がお披露目会において全貴族が呆気《あっけ》にとられるほどの腕前だったことは確からしい。

指導者は平民のロージーとバドルだったし、使用人達も平民なので貴族しか知らないお披露目の演奏のレベルなんて知る由もない。そのため俺に待たれい!! 上手すぎまする!! なんて進言する者はいなかったわけである。

それにしたってだ。演奏が上手いだけで……？ ほんとにぃ？ 実の娘も息子もすでにいるのに？ 怪しいなぁ、なんか裏があるだろ……と思いながら面会に出た。

ティーグ・スカルラット伯爵は赤みの強い紫の髪を持つたくましい美丈夫《びじょうふ》だった。かっこいい。ムキムキででかい。伯爵位を継ぐ前は騎士団の副団長で、剣の腕は国でも五本の指に入ると言われていたとか。すごい。名乗り合い向かい合って椅子《いす》に腰を下ろすと、彼はさっそく本題に入った。

「ロッソ男爵にすでに許可は頂いているが、アマデウス君本人の気持ちを聞きたい。伯爵家に来ることをどう思う？」

父が許可したんならもう俺に拒否なんて出来やしないんじゃ……。

この世界はまだまだ子供の権利など認知されていないので、子供をどうこうするにあたっては親が全権を握っているのだ。子供の就職、結婚、身の振り方、親が全部に口出しする権利があるし子供は従うものである、というのが常識みたいだった。

そのため俺の気持ちを聞きたいと言ってくれる伯爵はかなり寛容な方の父親な気がする。俺の気持ちなんて歯牙《しが》にもかけず養子行きをいつの間にか決めた実の父親に比べれば。

いや、良い話だけどさ……男爵家から伯爵家なんて驚きランクアップだからね。

「正直なところをお話ししますと……不思議に思っております。演奏の腕だけで養子に欲しいだなんて、流石に有り得ませんでしょう」

ティーグ様はニカッと笑った。

「やはり年の割に聡明《そうめい》だな。はしゃぐでもなく萎縮《いしゅく》するでもなく。お披露目でも素晴らしく堂々としていた。元々君の事は調べて知っていたのだ。元公爵家のアマリリス様の息子が、育児放棄されていると噂《うわさ》に聞いてね……」

………いっ、育児放棄!?　そ、そこまではねぇと思うんだけど……！

ちゃんと使用人が世話してくれてたよ!?　飢えたりもしてないし……。

「子育てを平民の使用人に丸投げして家庭教師もろくにつけていない。顔を見に行くことすら滅多にせず放置していたのだろう？　父君も、兄君と比べてあからさまに援助をしていない。特に忙しい時期でもないのにお披露目にも同行していなかったしな……このままでは、君は貴族社会に出ても非常に困ることになるだろう」

――――そ、そうだったんですか……。

家族に好かれてないよな～と思ってはいたけど、傍《はた》から見て結構アレなのか。俺の環境。

……確かに、普通の子供だったらかなり寂しいだろう。家族の愛が無いというのは、成長する過程で心に影を残すと思う。その影の種類によっては歪《ゆが》んでしまう。日本の家庭で考えたとしても、ずっとシッターと学校に任せっきりだとグレそうだもんな。使用人達が両親について俺に気を遣うのも、よく考えればわかる。少しはちゃんと考えろ俺。

俺が異世界転生してきたちゃらんぽらんな高校生だったから良かったものの……。

「そんな扱いでも君は非常に優秀で朗らかな少年だと、報告が来ている。もったいないと思ったのだ。もっと良い教育の場があれば君はこの国に大きな貢献が出来る臣になれるのではないかと、私は考えている。どうだろう。私と一緒に来ないか」

本心で言ってくれているように見えた。貴族というのはにこやかな笑顔の裏で腹の探り合いもしなければいけないと教わったが、ティーグ伯爵の真っ直ぐな目と、声。信じたい人を信じていきたい。俺をつまらないものを見る目で一瞥《いちべつ》する、血の繋がった家族より。

「……私が希望するだけ、使用人を連れて行っても構いませんか？」

「……構わんとも。それくらい」

こうして俺はめでたく伯爵令息にランクアップした。

使用人の希望者は全員そのまま俺とスカルラット領に移り、居住区を移したくない等の理由で希望しなかった者は他家へ紹介状を書いたり、家族の館に移ったりしてお別れした。寂しかったが、皆俺の身分が上がることを喜んで送り出してくれた。

伯爵家に移ってからは連れて行った使用人達が『信じられないくらい厳しい』と苦言を呈すほどの勉強の日々が始まったのだが、一日に計六時間ほどの勉強時間（休憩時間挟む）である。学校みたいなスケジュールで懐かしさがある。内容が濃くて疲れはするが、家庭教師は男爵家に来ていた教師よりも教え方がわかりやすい。俺の教育の遅れを取り戻すために厳しかったのだそうだ。

厳しかったのか……。暗記が多くて苦労はしたけど。現代日本の教育経験が少しは生きたか。つっても前世の俺は義務教育中病弱ゆえにあまり学校に行けず、具合の良い時を見計らって某通信教育ゼミのテキストで遅れを補っていた。ありがとう、ゼミとゼミをやらせてくれた親……。弱音も文句も言わない真面目な生徒だと教師達からの評判はすこぶる良かったらしい。そいつぁ良かった。

男爵家の時も料理は素朴な味付けで悪くなかったのだが、伯爵家で出てくる料理は明らかに凝った味付けのものが出てくるようになった。嬉しい。

そして何より嬉しかったのは風呂事情だ。

この世界は、時代観からしても貴族といえど毎日風呂に入る習慣が………ない！

一日の終わりに体を湯で絞った布で拭くくらいで、頭を洗うのは三日に一度すれば多い方。体を洗うために大量の湯を使うというのは結構な贅沢《ぜいたく》なのだ。水は運んで沸かさないといけないし重労働である。町には有料の湯屋がいくつもあり、平民は何日かに一度全身を洗いに行くという。

俺の所感では、このウラドリーニ国の気候は日本列島よりも湿気が少なく夏は過ごしやすいが冬は割と雪が多く積もる。激しい運動でもしないと夏でも汗をかかなかったりするのだ。そのため、毎日風呂に入る人は稀《まれ》なのだろう。

だがそんなの関係ねぇ!!

汗をかこうがかくまいが風呂には入りまくりたいのが日本人だ!!（※個人の感想です）

男爵家の時も二日に一回頭を洗わせてもらってたが、伯爵家では毎日洗わせてもらっている。我儘《わがまま》かなぁ……とも思ったが、

「綺麗好きだな、潔癖の気があるのかもしれぬ……しかしそれぐらい大したことではない。他に必要なものなどあれば言っていいぞ。なるべく調達しよう」

とティーグ様には言ってもらえたので、まだ手元にない楽譜と、質はそこそこで良いので書く紙が沢山欲しいとリクエストした。

因《ちな》みに今手元にある楽譜はこれらですとびっしり曲名が書かれたリストを渡すとティーグ様に「お、おう……」と若干引かれた。イエス強欲！　……と思ってたけど、少しするとどうぞどうぞとばかり

に次々と知らない楽譜と紙が提供された。伯爵家の財力をナメていた。

教育の合間に、正式に楽師として雇ったバドルとロージーと一緒に曲の練習に明け暮れる日々。しかしただ享受だけしていたわけではない。楽器の腕を見込まれて伯爵家に貰われたことは社交界にはすでに知れ渡っていたので、お茶会に招かれる度に楽器を少し弾いてもらえないかと持ち掛けられる。そこでバドル達が集めてきた珍しい楽譜を清書して用意しておき、それを演奏してみせる。珍しい曲、聞いたことがないな、と楽譜を欲しがる人が出てくる。楽譜が売れる、という寸法である。せっせと売るとまた紙が買えるし音楽も広まって盛んになるし、一石二鳥だ。

貴族の前で楽器や歌を披露する緊張感に出来栄えが売り上げに影響する高揚感が加わり、メキメキと楽器の腕を上げた。元々演奏は好きだし修業と思って頑張った。もう俺も吟遊詩人と言っても過言じゃないのでは……？

俺はいつの間にか『音楽狂い』『演奏の天才』とか囁《ささや》かれるようになるのだが、その異名の中に『天賦の女誑《おんなたら》し』というのがあった。前の二つに関しては嬉しいけど大袈裟《おおげさ》ですよ～～フへへ……と満更ではない俺が、三つ目の異名に度肝を抜かれたことはおわかりだろう。

……一応、心当たりが無いわけではなかった。それは俺がこの世界の人間全員を美形だと思っていることに起因する。

七歳から様々なお茶会に参加してきたが、十歳くらいの頃にリリーナに言われたことがある。

「アマデウス様は身分が下でも容貌があまり良くない者でもとてもお優しく接するものだから、わたくしのお友達の間でも人気がおありなのですよ」

容貌で差別しないの偉いね！　と言われましても、すいません、美醜の判断と区別がついていないだけです……と目が泳ぐ。この世界の子供、総美ショタ美ロリ。

勿論見た目で態度を変えるなんて失礼なことをするつもりはないのだが、頭ではそう思っていても人間案外、態度や顔に出てしまったりするものだ。前世の知り合いで不細工には露骨にぞんざいな態度になる人はいた。美形を目の前にするとついつい緊張して声が上ずってしまったりなら覚えがある。容姿で差別される側はそういう些細《ささい》な態度の違いに敏感な人もいるのだろう。おそらくそういう人から見ると俺はとても公平な態度の人間に見えるのだ。因みにリリーナの友達の顔は大体知ってるがもれなく全員可愛い。告白されたとしたら全員にオッケー出してしまう。

俺から見たら全員顔が天才なのにもかかわらず、この世界の人は結構見た目にシビアなようで。

率直に悪口をいうことは流石に少ないものの不細工な人間には愛想がむちゃくちゃ悪くなりがちだ。お茶会で令息達が特定の令嬢には妙に冷たいな、とか令嬢達が全く近寄らない令息がいるな……とか、俺は少しずつそれを理解した。

でもさぁ。その辺の気の良いおっちゃんだと思ったら勤め先の社長だったみたいなことがあるかもしれないじゃん！　いや偉い人だから愛想をよくしろって話ではないんだけどぉ……誰にでも笑顔で気持ちよく買い物してもらうのが接客のプロってもんだろ!?　……別にこの世界の人接客のプロじゃなかったわ……。

――と一人脳内でワチャワチャしたが、とどのつまり、俺は八方美人なのだ。

日本人の美徳とも言われるお・も・て・な・しの精神でどんな女子にも優しいので無類の女好きだと思われている、らしい。男子にも優しくしてるよ！

また、十一歳の頃に起きた、俺を誘惑しようとしたメイドが二人解雇されたという事件の噂も女誑し説の裏付けみたいになっている――あれはビックリしたな……――ティーグ様が穏便に処理してくれたそうなのだが人の口に戸は立てられず、ヒソヒソと広まった。

そして今日、現在十二歳。シレンツィオ領主主催の大規模なお茶会に出ている。

今日のお茶会は、子供は貴族学院入学前の十二歳までしか出席していない。国の貴族の子が貴族学院に通うのは十三歳から十八歳。学院時代は、将来仕事で付き合う相手と交流を深めたり、家の跡継ぎ以外は学院で勤め先を模索したり、婚姻相手を探したりする重要な期間である。学院に入る前に方々《ほうぼう》にご挨拶しておくのは円滑な学院生活を送りたいならやっておくべきミッションだ。

「デウス、王女殿下にご挨拶に行きますか？　私は緊張してしまって一人では無理です……ご一緒していただけると……」

リーベルトはもじもじしながら俺を窺《うかが》った。頬染《ほお》め上目遣いかーわーいーいー。

昔は俺の方が格下だったからリーベルトを様付けして、今は俺が上になったのでリーベルトは俺を様付けしないといけないが、仲良しなのでプライベートでは呼び捨てし合っている。リリーナも俺を呼び捨てにしてくれて構わないのだが、「アマデウス様の追っかけに悋気《りんき》を起こされても面倒ですから」と様付けを崩さない。

「お兄様ったら根性なしですわね、まぁこの機会を逃すと学院でもお近付きになるのは難しいかもしれませんし、麗《うるわ》しいご尊顔を間近で見たい気持ちはわかりますが」

リーベルトがうるうるしてるのに対し一つ下のリリーナの方が肝が据わっている。

「そうですよ、デウスも行きたいでしょう⁉　ね！」

「私は別に……王族への挨拶って緊張するし、しなくていいならいいかなって……」

「えー⁉　デウス、女誑しの肩書が泣きますよ‼」

「いらないんですよねその肩書。泣いて家出してくれた方が良いです！」

公爵様までならアルフレド様に何度も挨拶しているので心構えがあるが、王族となると恐れ多い気持ちが上回る。確かに遠目に見てもお人形さんのような美少女だが、他の少女も皆美少女だし……。

そもそも俺は精神年齢的に自分より年下に下心を持って近付くのは忌避感があった。

やっぱ……子供、だし。

十七で転生してもう十二年生きているわけだが、体と精神は連動しているので大人としての積み重ねをしている感覚はなく、気持ちとしては二十歳くらいの気分で過ごしている。二十歳から見て十歳そこらの女子に恋をするのは、『合法だけど、……ヤバい‼』と前世の常識がブレーキをかけてくるのだ。

同い年だと意識してしまうところはあるし、十五歳くらいから上だったら四十代くらいまで余裕で恋できるけど。こちらの人間は四十代でも三十代前半くらいにしか見えんので。

それに、俺はスカルラット伯爵におそらく政略結婚の人材として望まれている。軽率にその辺の女子とお付き合いすることは出来ない。

純粋に親切心で引き取ってくれた部分もあるだろうが、やはり引き取るからには俺には期待されている役割がある。跡継ぎがすでにいる伯爵家にとって養子を取って育て上げるメリットは、十中八九縁談による家の勢力強化だろうと予想する。多少は俺の気持ちを汲《く》んでくれると思うが、ティーグ様が縁談を持ってきたら断れないと思った方が良い。

――――まぁ、十中八九俺は大丈夫だけど。この世界の人間の顔、総じて好きなので……。性格が悪くても顔が良ければ許せてしまう気がする。流石にこっちを殺そうとしてくる人とかは無理だが……そこまで問題のある相手はティーグ様も流石に選ぶまい。

王女殿下に挨拶に行く行かないでウダウダしていると、美少年三人組を発見したので駆け寄った。

「アルフレド様！　御機嫌麗しゅう！」

「おぉ、アマデウスか」

「ハイライン様、ペルーシュ様も、御機嫌よう」

「聞いたぞアマデウス。また何か変なことをやったそうだな」

意地悪そうな顔を作って見下してくるのはハイライン様。俺がお披露目で彼より上手い演奏をしてからよく突っかかってくる。光の加減でピンクっぽさが混じる銀髪を後ろで一つに縛った、紫の瞳の美少年である。

「変なこと？　どれの話です？」

「複数心当たりがあるのか……私が聞き及んだのは楽団を組織して平民の前で定期的に演奏しているというものだ。そこで金をとっているとか。貴族としての矜持《きょうじ》がないのか？　自ら見世物になって金を集めるなど……」

「あぁ、定期演奏会のことですか。別に変じゃありませんよ、私も民も楽しんでるし。ちょっと個人的にやりたいことがあって資金も集めたかったので……」

ハイライン様は嫌味が通じなかったと思ったのか険しい顔をしたがアルフレド様は面白そうに神々《こうごう》

しく笑った。相変わらず大天使である。

「何を企《たくら》んでいるのだ？　前に話していた新しい楽器か？」

「それも進めてるんですけど！　まだ上手くいくかわからないので現実味が出てきたらお話しします」

伯爵家の資金のおかげで色々やりたいことは広がったがとりあえず今は金策に励んでいる。前世の考え方に基づいたアイデアはこの世界の人からしたら突拍子も無い発想に聞こえるらしく、『天才』と言ってもらえたり『変人』と呆《あき》れられたりする。

大天使高貴美少年アルフレド様、プライド高々美少年ハイライン様、無口なクール系美少年ペルーシュ様とリーベルトと俺はこの五年弱で結構仲良くなったと思う。リーベルトは最初家格が上の三人組にビビっていたが今では大分慣れたようだ。

他愛のない話をしていたら、アルフレド様がふと真顔になって俺をじっと見つめた。

何だ何だ。男といえど大天使なので見つめ合うとドキッ……フワッ……としてしまう。フワッは背景に花が舞う幻覚である。

俺は女の子が好きだが、この世界の美男になら真面目に愛を告白されたら勢いでオッケーしてしまいそうなので気を付けたい。抱かれたい、とまでは思わないが抱かれてもいっか……くらいは余裕で思えるので危ない。

「どうかされましたか、アルフレド様」

「……アマデウス。お前を稀代《きたい》の女好きと見込んで、頼みたいことがある」

待って‼　そんな見込み方はやめて‼

「いやあの、違うんですよぉ……私は別に女遊びしてるとかそういうことはなくてですね」

「わかっている、お前が女性を弄《もてあそ》んでいるとは思っていない。お前はただ女性に優しいだけなのだろう。どんな女性でも良い所を見つけて好ましく感じることが出来るのはお前の才能だ。褒めているんだぞ」

「は、はぁ……」

ストライクゾーンがだだっ広い、天性の女好きだと思われとる……。

女の子が好きであることは否定しないけど別にそういうんじゃないんだよな。全員顔が良いと思ってるだけで。

アルフレド様は何かを決心したような覚悟のある顔で言った。

「これから、シレンツィオ公爵令嬢、ジュリエッタ様にご挨拶しに行こうと思っている。一緒に来てほしい」

第二章　化物令嬢の憂鬱《ゆううつ》

ウラドリーニ王国シレンツィオ公爵領、領主の城。

日の当たらない、どこか陰鬱《いんうつ》とした空気の部屋に少女はいた。

頭につけた髪飾りから黒のベールが顔を覆い、周囲からは少女の顔は見えない。

「……いつものベールよりも厚いから、見えにくいわ……転んでしまいそう」

侍女が痛ましげな顔をしつつ優しい声で少女に語り掛けた。

「ですがお嬢様……お顔を見せたくないのでしょう？　お嬢様は身体能力が高くていらっしゃるから、きっと大丈夫ですわ」

「……そうね……お披露目《ひろめ》会の時のようなことになっては、いけないものね……」

少女は七歳のお披露目会で、物心ついた時から肉親以外の前では外さなかったベールを外し剣舞に挑んだ。結果、見学に来ていた幼いアナスタシア王女が少女の顔を見て気を失ってしまった。大人《おとな》達は顔を歪《ゆが》め、子供達は泣き叫んだりその場を逃げ出したりと、会場は騒然となり王女は治癒《ちゆ》師の元へ運ばれた。少女の順番が最後だったため、お披露目自体は済んだとして司祭の呼びかけでそのまま解散になったが、祝い事の明るい雰囲気《ふんいき》など消え失せてしまい、人々の責めるような恐れるような視線が針のように少女の体を刺した。

剣舞を選んだのが間違いだったのか。少女は楽器も得意だったが、剣舞で参加したかった。

厳しい父が少女を唯一褒めてくれた剣術。それを見てもらいたかった。

お披露目後。初めて参加した貴族の集まるお茶会で、将来婚約者となる可能性が高いという三人の少年を公爵である父が少女に引き合わせた。一人は泣き出して親のところに駆けて行き、一人は青ざめて俯《うつむ》き固まったが、一人は必死に顔を強張《こわば》らせながらも挨拶《あいさつ》を交わした。最後の一人に感謝しながらも、目すら合わせてもらえない自分が情けなくて、少女は泣き出しそうなのを必死に堪《こら》えた。

剣の練習をする時は単純な作りの仮面をつけて、指導してくれる師匠にすら素顔を見せずに、少女は鬱屈《うっくつ》をぶつけるように剣の腕を磨いた。十二歳にして騎士団の若い衆と渡り合えるほどになった。

騎士団員は皆少女に親切だったが……。

ある日、少女の仮面を結んでいた紐《ひも》が不意に切れてしまった時。

少女の顔を見た騎士団員達はある者は悲鳴を上げ、ある者は尻餅をついて凍りつき、ある者は「ばっ……化物……」と呟《つぶや》いて後退《あとずさ》り、自分の失言に気付いて震える声で謝罪した。

強くて礼儀正しい騎士団員達に憧れていた少女の心は深く傷ついて、その傷は未《いま》だ癒《い》えることがない。

「モリー、私がお茶会に出て喜ぶ人はいないのに、出るべきだと思う？　具合が悪いことにしてしまった方がお互いのためではないかしら」

「お嬢様、そんなこと仰《おっしゃ》らないでください。小さなものなら流しても、今回は王族も出席する大きな催しです、重要な社交の機会です。挨拶回りくらいはしないとお嬢様のお立場が……」

「……公爵位を継げなければ、私は嫁ぎ先が見つかるかわからないものね……継ぐことが出来ても婿《むこ》が見つかるかはあやしいけれど」

少女には母親の違う妹がいる。少女があまりにも社交をおざなりにすると、職務能力に不安があるとして妹を跡継ぎに据えようと姉妹間で争いが起きる可能性がある。

「い、以前お会いになった公爵令息のお一人はお話できたのでしょう？　きっとその方でしたら……」

「無理よ、アルフレド様はとんでもない美男子よ。とても将来有望だというし婿になど出さないわ……本人も嫌がるでしょう」

少女は畏怖《いふ》の籠《こも》ったアルフレド少年の目を思い出す。恐ろしく思いながらも懸命に少女を不快にさせまいとしていたことは伝わり、少女は少年に好感を持った。だからこそ無理に縁談など持っていって困らせたくはない。少女は父がそうしようとしていたら止めなければと思っている。

「それに…………私、……結婚するなら、見せかけでもいいから、私に笑いかけてくれる人が良い。人前だけでも、私を大事にしているように振る舞ってくれる人が良い。本当に愛してくれなくてもいいから、裏で何人愛人がいてもいいから、表面だけでも私に優しくしてくれる人……そういう器用な人が良い……それすらもだめかしら？　私には高望み？　叶《かな》わない夢なのかしら……」

「お……お嬢様、そんなことはありません、きっと、きっと見つかります！　そういう人ならきっといますわ……そうです、公爵様だって探してくださいますわ……」

侍女のモリーが少女の肩をさすると、少女は俯いていた顔を上げて立ち上がった。

※※※

「ジュリエッタ様、お久しぶりでございます！　お体の調子はよろしいんですの？」

ぽつんと隅に立っていた私に声をかけてくれたのは、ヴェント侯爵令嬢カリーナ。橙《だいだい》色の髪に黒い目をした、同い年でお茶会の度に声をかけてくれる優しい子だ。私と同じ不吉の黒色を持ち、あまり容姿が良くないのもあり、私に同情してくれているのだと思う。同情だとしても人付き合いをまともに出来ていない私には救いだ。容姿が多少悪くても快活で親切な彼女なら、嫁ぎ先には困らないだろう……。

「ありがとうございます、カリーナ様。今日は平気です……貴方《あなた》にご挨拶できて良かったわ、あまり長居はしないつもりだから……」

「まぁ、そう仰らずに！　今日こそわたくしのお友達を紹介しますわ。ベールを被《かぶ》っていらっしゃるなら大丈夫ですから、遠慮なさらないで」

「……ええ、それでは……お願いしようかしら」

ベールを被ったまま、令嬢達と挨拶を交わす。好奇心や畏怖、憐《あわ》みの籠った視線が刺さる。

一年前、もしかしたら大丈夫かもとベールを外したら気の強いカリーナでさえ気を失ってしまった。素顔だと私は同性にすら笑いかけてもらえないのだ………。

令息達は遠くから様子を見守っていて近寄ってこない。自分から近付く勇気はないので、学院に入った後に友人になってもらえるかもしれない令嬢達にだけでも挨拶して帰ろう。そう思っていたら、カリーナの友人がある方向を見て小さな歓声を上げた。

「まぁ、アルフレド様ですわ！」

「はぁ〜〜！　麗《うるわ》しい……」

「あら、あちらはアマデウス様では……!?」

「本当！　わたくし、アマデウス様が発行なさった楽譜でも〝シーリヌィ紀行曲〟がとても好きで……」

「それ、歌っていらっしゃるところも拝見しましたわ。リュープが本当にお上手で素敵でしたわ〜……」

「羨《うらや》ましい、お願いしたら演奏してくださるかしら……アジェント男爵令嬢がお願いしたことがあるそうなんですけれど、快く弾いてくださったって……――」

アルフレド様が近くにいらっしゃる。一言ご挨拶くらいはしたい気もするけれど、迷惑かもしれないし……こんなに注目されている方に話しかける気概はない。

……年頃《としごろ》の令嬢達と一緒に、麗しい令息達に浮き立ってはしゃげたら良かったけれど。私に好意を寄せられたら絶対に嫌がるだろうと予想できる相手にそんな気にはなれない。きっとアルフレド様以外の令息は素顔を見せたら腰を抜かすだろう。泣いてしまうかもしれない。

ふん、軟弱者め。そんな情けない男、こちらからお断りなんだから。

そう思って自分を慰める。

それに、私が一言でも誰それが素敵、とこんな場所で溢《こぼ》そうものなら『化物令嬢があそこの令息に好意を持っているらしい』と噂《うわさ》になってしまうかもしれない。それは避けたい。

私は公爵位を継ぐためにも、学院で私の顔に耐えられる男子を探さねばならない。独身で親戚から養子を取る手も無いわけではないけれど、母方の親戚は血筋を途絶えさせることを簡単にはよしとしてくれない。お父様も婚姻相手が見つからないなんて事態は家の恥だと思っている。見つける努力はするだけしないと許されないのだ。心身が成長し、精神力を磨かれた男性ならきっと候補も出てくるだろうとお父様も仰っていた……学院ではもっと社交を頑張らなければ………気が重い。

ぼんやりと考えていると、アルフレド様御一行がずんずんとこちらに近付いてきた。もしや挨拶にいらっしゃる……？　律儀な方だ。茶会の主催の娘に挨拶に来るのは当然の礼儀ではあるが、主催の娘の顔を見て叫んだり気絶でもしたら当然かなりの失礼に当たるので、皆敢《あ》えて来ないのである。私もその方がありがたい。

「ジュリエッタ様、お久しぶりです。タンタシオ公爵家嫡男、アルフレドがご挨拶に参りました」

「……恐れ入ります、アルフレド様。お久しぶりです」

アルフレド様はとてつもない美男子だし親切で好感度は高いが、彼が私に向けた目を思い出すと私が彼にときめくことはない。むしろその美貌に微《かす》かな嫉妬《しっと》心が滲《にじ》む。彼が連れてきた令息達がにこやかに次々自己紹介する。私の周りにいた令嬢達が好機とばかりに自己紹介し、世間話に花を咲かす。カリーナがたまに私にも話を振ってくれて、好きな食べ物や趣味の話などをした。

「ジュリエッタ様、お好きだと仰っていたペスコのジュースがありますよ。取って参りましょうか」

アマデウスという貴公子が私にそう言ってくれた。令嬢達の話だと音楽の才能に優れた令息のようだが、無邪気な笑顔を浮かべる活発そうな少年だ。紅《あか》い髪は外側にはねていて、背も高め。音楽を好むというと優雅で繊細な雰囲気を思い浮かべるが、彼は騎士見習いと言われた方がしっくりくる。

「……い、いえ。飲めませんので……」

「？　今は飲まないのですか？」

「……ベールを取るわけにはいきませんので……」

「無理にとは申しませんが、少しくらい捲《めく》って飲んでもいいと思いますよ」

無責任なことを言う。彼は私の噂を知らないのだろうか。捲った時に誰かに見られて叫ばれでもしたら……いや。そんなことすらも恐れていたら、学院でこの顔を恐れない結婚相手を探すことも出来やしない。ベールを少し捲って食事くらいなら……でも……。

迷っていたら、アルフレド様が意を決したように言った。

「ジュリエッタ様、これまで不自由な思いをなさったでしょう。私達の前ではベールをお取りになっても大丈夫ですよ。我々は、大丈夫です」

戦にでも向かうような真剣な顔で言われたが、俄《にわか》には信じられない。ハイラインという令息が重ねて言う。

「私どもは大丈夫ですよ！　ご令嬢のお顔を見たくらいで我を失うような無様は致しません」

「……本当に、大丈夫ですか？　誰とは申せませんが、わたくしの顔を見て泣きながら粗相《そそう》なさった方もいますが……」

つい、第一王子殿下の九歳の頃の醜態を口に出してしまった。二つ年上で、今は十四歳。貴族学院では全女生徒の憧れと言われているらしい。父が私に引き合わせた令息三人のうちの一人だ。内一人はアルフレド様だった。その場にいたため、誰の事か知っているアルフレド様は気まずげに目を逸《そ》らす。

「情けない！　貴族の風上にもおけませんな！」

ハイラインは馬鹿《ばか》にしたように鼻で笑った。貴族の子息で最も位の高い相手だが……。

ふとアマデウスの方を見ると彼はこれから自身に訪れるだろう恐怖（私の顔を見た時の感情を指す）を全く想像できていないのか、「そういうこともあるんですねぇ……」と暢気《のんき》な声を出した。


何だか腹が立ってきた。大丈夫だなんて軽々しく言わないでほしい。

大丈夫じゃなかったからずっとこんなものを被っているのだ。

平気かもしれない、この人達なら、この人なら、そんな期待を何度も裏切られてきたのだ。きっとこれからも裏切られていくのだ。何度も、ずっと…………もしかしたら、死ぬまで。


……言葉には責任を持ってもらおう。

「……カリーナ様、ご令嬢方を離れた所へお連れしてくださいますか？　お見苦しいものを晒《さら》すので」

「じゅ、ジュリエッタ様……」

カリーナがどうするべきかとおろおろしている。モリーも少し離れた所で見ているはずだが、きっと心配しているだろう。

「わたくしは大丈夫ですから。お願いします」

「……わかりましたわ」

カリーナがお友達を連れて離れた。これで、ベールを取っても顔をしっかり確認できる範囲には令息四人しかいない。自傷するような心持ちで、私はベールを全部捲って頭の後ろに流した。

※※※

俺《おれ》がアルフレド様に一緒に来てほしい、と言われた直後。

「あ、あのシレンツィオ公爵令嬢にご挨拶を……!?」

面食らった声を出したのはリーベルトだった。ハイライン様達も驚いた顔をしている。神妙な顔でアルフレド様は言う。

「知っているだろう、彼女の噂くらいは」

今日のお茶会の主催者のご令嬢のことだ、勿論《もちろん》聞いている。

〝化物令嬢〟。シレンツィオ公爵令嬢ジュリエッタ様の通り名だ。失礼千万な通り名である。曰《いわ》く、その顔を目にした者が恐怖で泣き叫んだり気絶したりするほどの容貌だという。

……いや……そこまでいくともう不細工へのリアクションとかじゃなくない？　お化けとかジェットコースターに対する反応だよね……？

——ゆうて多分、大したことないやろ……この世界、美形しかいないし…………。

とは思ったが、病気とか怪我《けが》とか、生まれつきの何がしかで顔が歪んでしまっているとかならあるかもしれない。

思いつく顔の変形した女のお化けの代表格といえば、東海道四谷怪談のお岩さんだろうか。盛られた毒で顔が崩れてしまったお岩さんの絵面《えづら》が有名だ。

この美形インフレ世界で観測できる範囲の、一番の醜女《しこめ》。正直なところ、むちゃくちゃ気になる。彼女の顔を見ることでこの世界の美的感覚の謎が解けるかもしれないし、この国の容姿の底もわかるだろう。ちょっと失礼だけど、そういう恐いもの見たさで是非とも会ってみたい。

「ご挨拶に一緒に行くくらい、断りませんけれども。何故《なぜ》私を名指しに？」

「言っただろう、稀代《きたい》の女好きと見込んで、と。お前ならジュリエッタ様の容姿を恐れずに会話できるかもしれない」

「……アルフレド様も、怖かったのですか？」

「……ああ。七歳の頃は、恐ろしくてまともに目を見ることが出来なかった……失礼な態度を取ってしまった。後悔している。だが今ならもう少しまともな対応が出来るはずだ」

一度屈した、恐いものに立ち向かおうとする心意気。それを勇気という。アルフレド様の横顔、英雄譚《たん》の主人公みたいである。何度も（脳内で）言うけどハーッ……神々《こうごう》しい～～～。

「アルフレド様！　私達だって令嬢の顔を恐れるほど臆病者ではありません！　私達もお連れください！　なぁペルーシュ！」

「はい」

ハイライン様が強気で同行を希望した。ペルーシュ様も当然ついていくつもりだ。

「……一緒に行くからには、ジュリエッタ様に失礼がないようにするのだぞ。約束できるか？」

「勿論です！　アマデウスが腰を抜かすことを心配した方がよろしいかと存じます」

ハイライン様は剣術がまるで出来ない俺をこうしてちょくちょくディスってくる。めんどくさい。でも敬愛するアルフレド様に気に入られたくて俺に対抗心を出すところは微笑《ほほえ》ましく、かわいいと思っている。笑顔になってしまう。そういう俺の態度がハイライン様は気に喰《く》わないんだろうな、多分。微笑ましいものは微笑ましいんだからしょうがない。

リーベルトは、失礼をしない自信がありない……と言って同行しなかった。

女性の輪の中に、黒いベールを付けて顔が見えない令嬢が一人いるのが見える。あれがジュリエッタ様か。挨拶して他愛のない話をしたが、第一印象としては。

ジュリエッタ様、声が良い。

少し掠《かす》れて甘い、可愛《かわい》らしい声だ。そんなに口数は多くないが、ベールをしていれば普通に社交は出来るらしい。ほっそりとしていて、茶色を基調とした上品なドレスに漆黒のストレートロングの髪。ベール以外は普通の令嬢に見える。しかしずっとベールをしているつもりなのだろうか……？

そういえば、飲み物は至る所に用意されていて自由に飲めるのだが、彼女だけは手に持っていない。こうした集まりは大抵お茶会と言いつつお茶よりジュースやカクテルの方が多い。個人的には炭酸水が存在しないのが少し残念。さっき皆で好きな食べ物の話をしていて、ペスコ（甘い果物。桃みたいな味）が好きだと言っていた。ペスコのジュースを持ってこようかと提案したら、ベールを捲って飲むわけにはいかないと考えているようである。一瞬顔の口元が見えるくらいなら大丈夫だろう、と思って言ったが意外と渋っている。

「ジュリエッタ様、これまで不自由な思いをなさったでしょう。私達の前ではベールをお取りになっても大丈夫ですよ。我々は、大丈夫です」

アルフレド様がベールを外していい、と真剣な顔で説得した。ハイライン様も自信満々で後押しする。念のためにと他の令嬢達を遠ざけてから、ジュリエッタ様はベールを上げた。

確かに、他の人間との明らかな違いはあった。彼女の右目側には斑《まだら》な痣《あざ》があった。赤褐色と濃い桃色、桜色の入り混じった大きな痣が顔の約半分を覆っている。火傷《やけど》の跡のように見えなくもないが、よくわからない。

だが、それだけだ。

お岩さんが出てくると覚悟して待ち構えた俺には拍子抜けだった。それに、痣以外のジュリエッタ様の容貌はかなり良いと思う。艶々《つやつや》の黒髪に、大きな瞳は俺の髪色にも近い緋《ひ》色。睫毛《まつげ》が長くて色白で、すっと通った鼻筋と小さな唇。その輪郭の中では痣もむしろボディーペイントの一種のように見える。黒と赤でまとめられた芸術品を見たような気持ちだった。

…………綺麗《きれい》だ。

俺は素直にそう思った。

こんなに美少女なのに、国一番の醜女と言われてんのか………………………。

全員頭おかしいんじゃねぇの!?

いや、この世界で価値観がおかしいのは俺の方だとわかってはいるんだけど……お岩さんに謝りなさいよ!!　……謝られてもお岩さんも困るか………。

脳内でジャッシャーンドンパンドンパンジャンドンジャンドンとドラムを叩《たた》き鳴らしていても、顔は平然としていられる。価値観の相違で受けた衝撃を顔に出さないことには慣れた。にこっ、と慣れた愛想笑いを浮かべてジュリエッタ様を見ると彼女は驚愕《きょうがく》したようにビクッと体を震わせた。

え、顔になんか出ちゃってたかな……？　この世界の人間全員頭おかしいんじゃねえの？　と思ってることとかが……。

「改めまして、ペスコのジュース、持って参りましょうか？」

笑って誤魔化《ごまか》すしかねぇなと思って愛想よく言うと彼女は驚いた顔のまま固まっている。何故だ、変なことは言ってないと思うんだけど……。

ふと三人の方を見ると、ハイライン様は青い顔で何故か座り込んでいる。えっ、どうされたんですか……と言おうとして『アマデウスが腰を抜かすことを心配した方が……』という元気な声を思い出す。

――――ハイライン様ァ‼　自分が腰を抜かしちゃった感じ⁉

あちゃ〜〜と思って他の二人を見ると、アルフレド様は険しい顔で固まり、ペルーシュ様も口を片手で覆って固まっている。俺がハイライン様を見て笑顔を引《ひ》き攣《つ》らせたことに気付いたらしいアルフレド様が彼の方を見て渋い顔になった。

「……アマデウス、私とペルーシュはハイラインを休める場所に連れて行く。悪いが、ジュリエッタ様のお相手を頼めるか？」

「あぁ、わかりました。お二人も休んできていいですよ、顔色が良くない」

皆顔が青ざめてるのでそう言うと、アルフレド様は『無念……！』とか言いそうな顔で目を瞑《つぶ》った。

「ジュリエッタ様、連れが失礼をして申し訳ありませんでした」

「……い、いえ……お気遣いありがとうございました、アルフレド様。御機嫌よう」

挨拶して息を大きく吐いてから、アルフレド様は「ペルーシュ、そちらの肩を持ってくれ」と言って二人でハイライン様を支えて連れて行った。

「……では、少々お待ちくださいね」

一声掛けてから俺はさっさか歩いてジュースを取りに行った。なるべく急いで二つペスコジュースを持って戻ると、ジュリエッタ様はぼうっとした表情で俺を見た。

「どうぞ」

「っあ、……ありがとうございみゃす」

かわいく噛《か》んだ。震える手でジュースを受け取った彼女は視線をきょときょとと彷徨《さまよ》わせている。

アルフレド様や、剣術で体を鍛えていて俺よりずっと胆力があるはずのハイライン様とペルーシュ様でもあんな反応なのか……。彼女の顔を見て叫ぶとか気絶するとか、大袈裟《おおげさ》じゃなかったってことなんだな。なるほど、俺みたいに平気そうな奴には慣れてないのかもしれない。それで動揺しているのか。

「あ、あの……アマデウス様、は……」

「はい」

「目がお悪かったり…………？」

「……目？　いえ、視力は問題ないと思いますが」

ちら、と綺麗な紅い目を俺に向けて、目が合うことに驚いたように逸らす。

「あの、しょ、少々お待ちください！」

「え」

ジュリエッタ様は早歩きで少し遠くに待機していた侍女らしき人の所へ向かった。何か話して早歩きで戻ってきた。

「アマデウス様、あそこの侍女が指を何本立てているかお見えになりますか？」

まさかの視力検査。

侍女が指をスッ……と二本立てた。シュールなピースサインで吹き出しそうになった。

「二本立ててますね」

「で、では……次……」

本当に視力検査みたいになってる。ジュリエッタ様の視線を受けて侍女が親指をグッと立てた。知らん人に真顔でＧｏｏｄ ｊｏｂ！ されてるみたいでまた面白《おもしろ》い絵面だった。こちらの世界ではハンドサインは特にないようでこれらの手の形に意味は付与されていない。

「親指を一本立ててます」

「……………あ、あたりです……」

呆然《ぼうぜん》として俺を見るジュリエッタ様。視力検査を当てたくらいでめちゃめちゃ驚いた顔されるのも何か面白い。

「ちゃんと見えてますよ」

「そう、なのですね……申し訳ありません、試すようなことを……」

「いえ、ちょっと面白かったです」

マジで。

「わたくしの顔を、初めて見る方で、平然としている方は、今までおられませんでした……」

「え、一人も？」

「はい」

マジで⁉

わ……わからね～～～……。顔に大きな痣があるくらいで？　こんなに可愛いのに……。その痣もどこかアーティスティックだし。

あ……でも、この国の絵画は地球の欧州の……ざっくりすぎる感覚だけど、印象派が出てくる前くらいのイメージだ。俺の中での芸術も、この世界の人が考える芸術とは一致しない可能性が高い。芸術において進んでるとか遅れてるとかいうのはナンセンスかなとは思うが、多様性に富んでいるという点では地球の方が進んでいるのだろう。

音楽も、地球の古典音楽……クラシックを思い起こすものが多い。ポップスやロックも楽譜にしたいけど、俺が前世の記憶からそれを引っ張り出すのは盗作というか、無断転用？　というか、よろしくないよな……と躊躇《ちゅうちょ》している。誰にもバレないとしても、罪悪感。そもそも音楽も流行や歴史ってもんがある。前世で俺が生きた時代の流行歌がこの国で今受け入れられるかは怪しいものだ。

憂いを帯びた顔で視線を伏せたジュリエッタ様は、ジュースを少し口にした。

「……お茶会で何かを口に入れたのも初めてです。少し顔を出して退場することが多かったので……」

「それはもったいない、美味《おい》しい茶菓子が沢山《たくさん》あるのに。適当に選んで持って参りましょうか？　茶菓子がお嫌いとかでなければ」

「お、お菓子は好きですわ。でも……人目がある所で……食事なんて……」

ジュリエッタ様は周りの目がかなり気になるようだ。それはそうか。いちいちあんな反応されてたら過敏にもなる。でもお茶会に来て茶菓子食べずに帰るなんて、プールに行って水着着たのに泳がずに帰るくらいもったいないと俺は思っているので、テーブルで適当にお菓子を大きめの皿に載せてきて彼女の所に戻り、彼女に提案した。

「ここ、庭園に出ても構わないのですよね？」


俺が、美少女と二人きりになってもスマートに振る舞えるイケイケ男子か？　と言われたら否《いな》である。前世でも今世でも男女交際経験一切無し。女の子を楽しませるトーク力も自信はない。前世、家で留守番してた時間が長かったから一人でだらだら話し続けるだけなら割と得意だけど……（一人で過ごす時間が長いと独り言《ひとりごと》が多くなるらしいよ）。

でもジュリエッタ様に安心できる場所でお菓子くらい食べさせてあげたい。誰かと一緒に食事をするというのは思い出になるのだ。前世で虚弱だった俺は小中高時代色んなイベントを欠席した。遠足、運動会、修学旅行、文化祭……数回だけ参加できて、誰かとちょっとしたものを食べた思い出は、今も俺の中で鮮やかだ。

高校生になって友達と学校帰りに買い食いしたこと。休み時間にスナック菓子を交換したこと。そんな些細《ささい》な思い出が、具合が悪い時や凹《へこ》んでいる時に自分を支えてくれたりするのだ。

嫌な相手とだと悪い思い出になる可能性はある。嫌だな～と思われていないことを願う。

大丈夫大丈夫、俺は今……それなりにイケメンらしいし！

俺にとってこの世界の美醜判断は未だ謎が多く、自分の顔のレベルも自分ではぶっちゃけわからない。でも友達と言える相手と気さくに話すようになってから大体の評価はわかった。「なかなかの美男子」「爽やか」「結構かっこいい」というのが俺の顔の評価だった。俺の目にはめちゃくちゃイケメンに見えるんですけど⁉　とは思うが、不細工判定でなかっただけでも御の字だ。

それプラス、楽器が出来る男はどちらかというと……モテる！

バンドマンや歌のうまい人間がモテるのと同じロジック。音楽は人間を一段階、神に近付ける効果があると思う。音に魅了されるとその音の主が大層魅力的に見えるのだ。音の主を神の如《ごと》く崇《あが》め信者となり、小さな宗教のような世界に陶酔する喜びは癖になるものだ。覚えがある。楽しかったな～～。推し活。

俺は色んなお茶会で楽譜の宣伝のためにも歌いまくってるので、アイドルの如く憧れてくれている女子もいるみたいだ。出来ればロージー連れてきて歌わせて俺は楽器だけ弾いてたいんだけど……。歌うのも好きだけど演奏ほどには自信がないんだよな……練習はしてるけども。剣術はまるで習わなかったくせに歌のために腹筋だけは鍛えている。あとは体力と健康のために軽い運動くらいはしてる。

シレンツィオ城の庭園は美しく整えられていた。スカルラット伯爵邸の庭も綺麗だが、大きさが明らかに異なる。でかい。

「広い！　ここで演奏したら気持ち良さそうですね～！」

「演奏、ですか……？　あ、あそこに東屋《あずまや》がありますので……」

白くて小綺麗な東屋に、持ってきたお菓子の皿と飲み物を置いて向かい合って座る。

「どうぞどうぞジュリエッタ様。私も頂きます」

遠慮なくクッキーを口に運ぶ。サックサクやぞ。伯爵家でのおやつも美味しいし不自由してないのだが、育ち盛りなのでおやつはいつどれだけあっても食べられると思う。

ジュリエッタ様は俺を少し窺《うかが》いながら、恐る恐るクッキーを齧《かじ》った。

「……美味しい、です」

「美味しいですよねこのクッキー。流石、公爵家で出されるお菓…………ん？」

よく考えれば、ジュリエッタ様の家は今日の主催だ。

「あ!!　ジュリエッタ様のお家《うち》が出されたお菓子なんだから、よく考えたら別にここで食べなくてもいつでも食べられましたよね!?」

連れ出さなくても、お茶会が終わった後食べようと思えば落ち着いて食べられたんじゃん!?

いやでも、お茶会中に食べることに意義があるよな、うん。

「い、いえ！　こんなに沢山の種類のお菓子を作ることはお茶会でもなければありませんから、色々選べて、楽しいですわっ。それに……誰かとご一緒に、お菓子を食べられるなんて、……はじめてで…………」

つるり、と。何か落ちた、と思った。俯いたジュリエッタ様の顔は見えないが、ぽろぽろと水滴が彼女の膝上《ひざ》に落ちてドレスに跡を作った。

な、泣いてる……⁉

ななな泣かせてしまった――――――――――⁉

えっどどどどどどどどうしよ⁉

俺はとっさにアンヘンにSOSを求めるように視線をやった。ジュリエッタ様の侍女もアンヘンの近くに佇《たたず》んで見守っている。そう、お茶会の参加者としては二人きりだが貴族には侍従が少し離れてついて来ている（アンヘンは伯爵家に移った後、俺専属の侍従になった）。貴族同士はそう簡単に二人きりになどなれないようになっている。会話は聞こえない距離だけど。アンヘンは察してくれたのか足早に近付いてきた。そして俺に楽器を差し出し、ササササーッと元の位置に戻る。視線が微妙にこちらからずっと外されていたのは、もしやジュリエッタ様の顔を見ないように……。

いや、メデューサじゃないんだからさぁ‼　見ても死にゃしないよ⁉

まぁ万が一倒れられても困るから仕方ないのか……あと楽器持ってきてくれの合図じゃないんださっきのは‼

でも………何もしないよりは、いいか？

箱からリュープを取り出して、楽譜も出そうとして――思い直して、楽譜は出さずに箱を閉めた。リュープを持って軽く鳴らして指をわきわきして回す。ジュリエッタ様が顔を上げようとしたが、それを制すように声をかけた。なるべく優しく聞こえるように。

「あ、そのままでいいですよ。勿論顔を上げても構いませんけど……お菓子を食べていてもいいですし。……楽にしていてください」

俺は前世で好きだったある曲を弾き始めた。

少し前から、時々練習していた曲。ロージーに「作曲なさったんですか……!?」と驚かれたが「違うよ、どこかで聞いたことがあるんだよね、どこだったか忘れちゃったんだけど……」と下手な言い訳をした。


――――メイドに襲われかけた事件の後、なんとなく弾きたくなったのだ。

伯爵家に来てからお世話になっていた、可愛らしい若いメイドだった。一人は緑髪、一人は紫髪。

ある日のお茶の後、急激に眠くなり仮眠を取りに寝室に入った。ふと目覚めると、なんと半裸の緑髪のメイド、クロエが体に乗りかかっていた。体が重くて動かせず、声を出そうとすると口には布を噛ませられていた。

な、な、何事!? と思っていたら、クロエの手がいかがわしく俺の体を触ってくる。

え……? 夢………!? いや、現実っぽい。スケベイベント発生!? ちょっと嬉《うれ》し…… いや喜ぶな俺。可愛いメイドに迫られるのは吝《やぶさ》かではないけれど、体が動かないのは恐いし彼女の顔は何だか苦しそうだった。

アカンアカン!! と脳内だけでパニクってると、紫髪のメイド、マルタがガチャガチャバーン！とドアを開けて乱入してきて、クロエに飛びかかって押さえ込んだ。ドアからベルやアンヘン、伯爵家メイド長のセイジュなど数人がドタバタと入ってくる。

「アマデウス様！ ご無事ですか！」

心配そうなアンヘンに頭を持ち上げられ、口の布を外してもらう。

「だ、大丈夫……、ゲホ」

アンヘンはまだ心配そうだったが俺の全身をさっと見てホッと息をついた。上半身の服がはだけた状態だったが下半身はちゃんと服を着ていた。

よ、よかった～～～～～～……！　俺のがやる気満々になる前で……。

セイジュが数人の下男にクロエを取り押さえさせ、俺に向かって座り込み床まで頭を下げた。

「申し訳ございません、アマデウス様。これはメイドを統括するわたくしの落ち度でございます……」

「えっと……とりあえず、どういう状況か教えてほしいです……」

ベッドで腰まで立てて座らせてもらい、セイジュの説明を聞いた。

クロエは魔法薬を手に入れてお茶に盛り、既成事実を作って俺の愛人になろうとした、とのこと。

マルタはクロエの友達で、クロエがしようとしていたことを事前に知っていたのに黙っていた。でもギリギリでやっぱり良くないと思い直しセイジュに報告して俺を助けに来たのだという。

ちょちょいちょいちょっと待って!!

魔法薬って言った!?　この世界魔法とかある感じ!?　初耳ですけど!?

そして愛人て。割と背が高い方とはいえ俺まだ十一歳なんだが……!?

混乱していたらクロエが泣き出した。

――ごめんなさい、いけないことだってわかってました、でも私、男性にあんなに優しくされたの初めてで。かわいいって言ってもらえたのが嬉しくて、忘れられなくて……。どうしてもアマデウス様の愛人になりたかったんです……――

そう言ってしくしくと泣いた。確かに、新しい髪飾りを付けた姿を可愛いと褒めた記憶がある。

重い空気の中マルタが口を開く。

――この子、見た目が良くないから……男性には良い扱いをされたことがないんです。私も似たようなものだから、気持ちがよくわかって……こんなにぎりぎりまで止められませんでした。申し訳ありません……この子と一緒に罰を受けます……――

二人とも、見た目が良くない側だったのか。普通に可愛いと思ったから可愛いって言っちゃった。俺の気軽な一言で、まさかこんな事態を引き起こしてしまうとは……。

後で知ったが、上級貴族の家の使用人は下級貴族の三子以下が多く、上級貴族の家に仕えてるうちに愛人として取り立てられることは案外よくあることらしい。


二人は犯罪者として騎士団に連れられて行った。伯爵家もクビだ。

俺はそこまで嫌な思いはしていないから、出来れば情状酌量とか……とティーグ様にお願いしたら、「罪人に情けをかけすぎるのも良くないと知れ、アマデウス。よくよく話を聞いたが今回お前に非は無いし、身勝手な行為をした者は罰せられなければならない」と叱《しか》られた。はい。ぐうの音《ね》も出ねえ。

そりゃよく考えなくてもレイプ未遂だもんな……。

「だがまぁ……お前もそう言っているし、セイジュをあまり落ち込ませても家の中が暗くなる。あの子らが罰則を終えたら別の勤め先への紹介状くらいは手配しよう」と言ってくれた。ティーグ様やさしい。好き。

セイジュは少しベルに雰囲気の似た厳しそうな美老婦人メイド長である。実際物言いは厳しい。子爵家出身で、スカルラット伯爵家の使用人じゃ一番の古株らしい。俺が元男爵家だからかそれまで俺を見る目は何となく冷たかったのだが、この事件の後、

「……恐ろしい思いをなさったでしょうに、あの子達を庇《かば》っていただいたと聞きました。……ありがとうございます。アマデウス様の寛大なお心に感謝の念が堪《た》えません」と赤くなった目で言いに来た。

メイド一人一人を大事に思っていたのが伝わる。厳しい姑《しゅうとめ》みたいな印象だったが、面倒見が良い人のようだ。ちょっと怖かっただけで本当に嫌な思いはしていないのだが、見直されてしまった。

それからセイジュは親身にお世話してくれるようになり、色々と助かることもあった。俺が連れてきた使用人は勤務経験は長くても平民出身ばかりなので、上級貴族のことだと知らないこともある。

そんなことがあって。

なるべく、「綺麗」とか「可愛い」などの単純な褒め言葉は使わないようにしようと決めた。褒めるとしたら、具体的に。生まれ持った容貌以外を褒めようと決めた。

こちらの世界の美醜を理解してない俺が軽率に褒めるのはリスクがあると感じたのだ。クロエのように極端に俺に期待してしまったり、その人自身が気に入らないところを褒めてしまったら嫌味や皮肉と捉えられる可能性もある。どんな美男美女でも自分の容姿に気に入らないところがあるものだ、

と確か何かのマンガでも言ってた。だから上手い人は、褒める場合はなるべくその人が努力で身に付けたであろう能力や持ち物のセンスなどを褒める、のだとか……。俺も出来るだけそうしよう。具体的に褒めるっていうのは結構難しい。でも具体的になれば説得力が増すし、誤解もされにくくなるだろう。褒め言葉が時に攻撃にもなり得るということは、褒め殺しという言葉があることからもわかるし。

…………でもなぁ。可愛いと思ったのは本心だったんだよ。

クロエには、その言葉を真っ直《まっす》ぐ、そのまま受け止めてほしかった。

ただ嬉しいと、褒められたと、良い思い出にしてくれてたらよかったのに…………。

そう思って少し落ち込んだ時に思い出した曲。

俺が死んだ年から数えると結構前に流行《はや》った洋楽だ。世界的に人気になったイギリスのバンドの爽やかなラブソング。ピアノで弾きたくて練習した記憶があるからよく覚えている。

直訳で〝君を美しくするもの〟。内容は自分の美しさに自覚がない女の子に恋してる、という曲だ。

俺はこの曲が好きだったけど、歌詞に共感したことはなかった。『誰もが認める可愛い子が、自分の可愛さに気付いてないなんてことある？』と懐疑的だった。見た目が良い人が自覚的に振る舞うと口さがない人にナルシストとか言われたり突っかかられることも増えるだろうから、無自覚な振りしてるだけだろ、と思っていた。まぁ歌詞にそんなツッコミを入れるのは野暮ってもんだが。

――だがしかし、そんな懐疑的だった状況に俺はまさに直面している。

あの曲の歌詞は、恋に落ちた男から見た相手への気持ちのようなものなのかもしれない。あばたもえくぼ、恋は盲目。恋する相手は、自分の目から見たら誰もが魅力的に思うような人なのに、当事者だけはそれに気付いていない…………

ジュリエッタ様はこの世界では誰もが認める美少女ではないが、俺にはそう見えている。彼女は自分の魅力に気付いていない。寂し気に俯くことが多く、自分の顔を見られることをずっと恐れている。ジュリエッタ様にも、クロエにも。

俺の目を通して世界を見てもらったとしたら、きっとわかってもらえるのにな。

でも俺はそれを率直に伝えることは出来ないのだ。真正面から口説《くど》くことになってしまうから。ぽんぽん口説いて責任を取れるような立場ではない。そんな俺に、何が出来るんだろうか。救うことなんて出来ないのだろう。俺一人では。

でも気を紛らわすことくらいは、きっと。

〝まさに今、君を見ている僕には信じられないけど君は気付いていないいんだね
君は君が美しいってことを知らない〟

※※※

「…………どこの国の言葉でしょう……わからなかったわ」

弾き終わって少しの沈黙の後、ジュリエッタ様がぽつりと溢した。英語で歌ったのでそりゃわから

んだろう。歌詞の意味も伝わってないだろうから、口説いたことにはならない。はず。

「……どこだったかな……遠い国の言葉らしいですよ。私の雇ってる楽師は元吟遊詩人で、色々な国を旅して楽譜を集めてきたんです」

ロージー達が集めてきた曲の一つってことにしてもらおう。貴族は基本的に平民の間で流行った曲なんて把握していない。平民は字が書ける者がそもそも少ないので楽譜もほとんど残されず、広まるのも口伝《くでん》なのだ。忘れ去られたら、そこまで。

「……どこの言葉かご存知ないのに、歌えるのですか？」

「耳記憶なので、細部は間違ってるかもしれませんが。大体合ってるはずです」

「意味のわからない歌詞を憶《おぼ》えているのですか……すごいですね……」

どこかぼんやりとしていたが、ジュリエッタ様の涙は止まっていた。よしよし。あまりうるさくないくらいに穏やかに歌ったつもりだけど、近くの人が急に歌い出したら驚いて気が逸れるよね……赤ん坊を泣き止ますテクか？

まぁいいか、うまくいったみたいだし。

「お気に召したようで良かった。私も好きです、この曲」

「……っ……あ、あの……何という曲ですか？　歌詞はわからないけれど……素敵な曲でした」

あ。やっっっぱ……曲のタイトルそのまま言ったらこれ、口説いてることになるわ……。

「え～～っと……なんだったかな……ド忘れしました……まだ正式に清書してないものですから……ちゃんとこの国の言葉に訳して歌に出来たら、楽譜におこして売り物にしようかなと思ってたんです」

ちょっと苦しい言い訳か？　と思ったがジュリエッタ様は特に疑問に思ってないようで助かった。

「そうですか……では、売り出したら教えてくださいい、是非、買わせていただきたいです」

彼女は少し赤くなった目の縁《ふち》を緩ませて、作り笑いではないとわかる微笑みを浮かべた。彼女の顔を見て平然としてる他人が初めてなら、この笑顔を見たのも俺が初めてだろうか。

……………そうだったらいいな。

誤魔化せたけど、買わせてと言われたからには楽譜にしなきゃ……帰ったらロージー達に相談しよう。

泣いたことには触れずに、その後は好きな音楽の話などをしながらお菓子を摘まんだ。ジュリエッタ様の一番の趣味はなんと剣術の練習だという。剣術！　皆で話していた時は読書だと言っていたが、剣術の方が実は好きだとか。スカルラット騎士団には少ないが女性騎士もいる。男も文句なしにかっこいいが綺麗な女性が騎士の団服を着ているのは、こう、胸にグッとくるものがある。乙女《おとめ》みたいにときめいてしまう。ジュリエッタ様が騎士服を着て剣を使ってるところ、絶対かっこいい、見たい。が、それは言ったらあまりに下心が透けていそうだから言わなかった。

結構楽器も得意らしい。

「しかし歌はあまり得意ではないので、披露するのは恥ずかしいです……」と言っていたが、「是非いつか歌を聴かせてもらいたいです、こっそり私だけにでも」と言ったら頬《ほお》を染めて早くも照れていた。

照れて赤面すると、体温が上がると浮き上がる古傷みたいに彼女の痣がうっすらと濃くなる。傷痕をなぞりたくなるように、触れてみたいという気持ちが俄に湧き上がる。そんなことは出来ないけど。

この時はまだ俺は気付いてなかった。お茶会の会場を抜け出して二人きり、麗《うら》らかな庭園で、目の前の女の子のためだけに楽器を鳴らしながら歌を歌ってみせる…………。

そんなの傍《はた》から見れば口説いている以外の何物でもない、ということに。


ジュリエッタ様の侍女がいそいそと近付いてきて彼女に目配せした。そういえば、お茶会もそろそろお開きの時間かもしれない。

「名残《なごり》惜しいですがそろそろお暇《いとま》しないといけない時間でしょうね」

「あ……そう、ですわね……」

俺は楽器をアンヘン（ずっと目線がどっか行ってる）に預けて立ち上がった。

「私は一度会場に戻りますが、ジュリエッタ様は戻られますか？」

「……はい、カリーナ様が心配しておられるかもしれませんので、一度お会いしなくては……」

ジュリエッタ様はベールをきっちりと被り直して立ち上がった。皿やグラスはこういう場では使用人が片付けてくれるものなので置いていく。手が空いた俺は習ったことを思い出しながら手を差し出した。

「よろしかったら」

エスコート。ちゃんと習ったし義姉相手にはちょくちょくしているのだが、まだ慣れない。さりげなく出来ていたらいいが……。俯きがちな顔から「あ、ありがとうございます……」という小さな声がして、恐る恐る白い手袋をした手が俺の手の上に重ねられた。

「私もアルフレド様達に挨拶しておきたいです、中途半端な別れ方をしてしまいましたから……」

「……申し訳ないことをしました、お三方の気分を悪くさせてしまって」

「え？　あぁ、いえいえ、アルフレド様がお願いしたようなものですから向こうが申し訳なく思ってますよ。お気になさらず。……結果的に退散してしまいましたが、アルフレド様だけならあのままお話できていたでしょうし、悪く思わないであげてください」

アルフレド様だけ庇っておく。他の二人はいいだろ。

「悪くなど……アルフレド様は勇敢な方ですし、感謝していますわ」

「それは良かった……あ、いらっしゃいましたよ、カリーナ様」

会場に戻ると、ざわりと空気が変わり注目された。見られてるな〜。見られることには大分慣れたが。

ヴェント侯爵令嬢カリーナ様と視線が合うと俺達の方へすごい速さで寄ってきた。走ってないのにすごい速かった、何だ今の。

「ジュリエッタ様！　アマデウス様！　まぁ……！　今までお二人で……？」

カリーナ様はオレンジの長い巻き髪を後ろの高い所でまとめている美少女だ。黒い瞳はこちらでは珍しい気がする。薄いそばかすとキリッとした眉《まゆ》で、ジュリエッタ様とも他の令嬢達ともコミュニケーションを気さくに取っていた。率先して仕切ってくれる体育会系リーダー女子っぽい。この人に嫌われたら女子全員から総スカン食らうタイプな予感がする、気を付けよう。

俺とジュリエッタ様を見てキラキラわくわくしてそうなところをみると、将来は噂&お節介好きおばさんになるかもしれない。味方にいると心強いタイプだけど。雑談している時ジュリエッタ様は彼女の名前を何度か出していた。あまり同世代と交流できていないと言っていたが、カリーナ様というお友達はいるようで勝手に安心した。

「庭園でお話させていただきました。ジュリエッタ様を独《ひと》り占《じ》めしてしまいまして、申し訳ない」

「そっそんな、わたくしの方こそ、アマデウス様を……お引き留めしてしまいまして……」

「楽しかったです、またお話致しましょう」

「は、はい！　こ、こちらこそ、その、よろしくお願い致します……」

手をそっと離して胸に当て、ジュリエッタ様とカリーナ様に目礼してから歩き出す。


あ〜〜。

ジュリエッタ様可愛かったな〜〜〜〜〜〜〜〜〜〜〜!!　どこか恥ずかしげで、初心《うぶ》な反応しかしない、男はこういうのに弱いんだよな……たとえ演技だとしても釣られてしまう、十代の男なんてイチコロだわ。多分。知らんけど。

アルフレド様達と、リーベルトとリリーナには一言挨拶してから帰りたい。俺が通り過ぎると大人も子供もひそりひそりと何か言っている。ジュリエッタ様と噂になっちゃってるのかな。クラスメイトが男女二人でいつの間にかいなくなってたらあいつら付き合ってんじゃねーの!?　とキャッキャした高校生時代を思い出す。気恥ずかしいけどまぁ、皆すぐ別の話題に気が移るだろう。

リーベルト達を見つけた。俺とリーベルトがアルフレド様達と話していた時は友達の令嬢と話していたリリーナもリーベルトと合流している。帰り支度を始める頃なのだろう。

「リーベルト、リリーナ、お疲れ様です」

「デウス！　どこ行ってたんですか、捜したけど全然見つからなくて心配しましたよ」

「アマデウス様！　あの、………シレンツィオ公爵令嬢とどこかへ消えたってお聞きしましたが……本当ですの？」

「消えたって。一緒に庭園に行っただけですよ」

「えっ⁉　本当に⁉」

「シレンツィオ公爵令嬢のお顔を見た後、逃げたのではなくて？」

「逃げてませんよ！　あぁ、ハイライン様が腰……ちょっと気分を悪くして退散なさいましたけど。そうだ、アルフレド様達を見ませんでした？」

「いえ……あ、それなら休憩室にいらっしゃるのかも」

リーベルト達に挨拶して別れ、休憩室の場所を案内係に聞き、行ってみると簡易ベッドにハイライン様とペルーシュ様が横たわっていた。アルフレド様は近くに座っている。

「具合はいかがですか？」

「！　アマデウス、戻ったか……無事か？」

戦場に行ってきたみたいな感じで聞かれた。俺はずっと無事だが。

「私は大丈夫ですよ。アルフレド様は顔色が戻ったようですね、よかった」

「ジュリエッタ様はどうされた？」

「しばらくお話していましたがそろそろ時間ですから、お別れしてきましたよ。アルフレド様達のことを怒ってはいらっしゃらないようでしたから、安心してください」

「そうか……お前を連れて来て正解だった。礼を言わねば……」

「いえいえ、アルフレド様は悪くありませんとも」

アルフレド様はね！

「う……アマデウス……」

「ハイライン様、もう少し休んでいた方がいいのでは」

顔色がまだ悪いハイライン様とペルーシュ様が体を起こして座った。そのまま馬車に乗ったら酔って吐きそう。だがここはシレンツィオ公爵の城だし、お茶会が終わるのにあまり長居も出来ないか……。

お二人は望んでついて来て大口叩いたのにこのザマなのだから反省した方がいいと思うが、こんなに具合が悪そうだと責めらんないな……悪気はなかったんだろうし。自信満々だったもん。

「アマデウス……私は、お前の事をずっと、信用ならない男だと思っていた」

誰の声かと思ったらペルーシュ様だ。短めの濃い紅茶色の髪をかき上げ同じ色の瞳を伏せて、呟くように語り出した。クールな美少年が悩ましげにしているところ、ご令嬢達に見せたらめっちゃ喜びそう……とかいらんことを考えた。

「楽器と歌で婦女子を惑わせて楽しむ、軽薄でいけすかない男だと思っていた……でも、今日わかった。お前が決して軽い気持ちではなく、心から女性という存在そのものを敬愛していることが。芯が強くなければ出来ないことだ。お前を尊敬する………」

無口なペルーシュ様がこんなに長く話してるの初めて聞いたかも。十二歳にしては低音のイケボである。いけすかないと思われてることは何となく知ってたけど、何か誤解されている。天性の女好き説が採用されとる。

だからそういうんじゃないんだよなぁ～～!!　でももうそういうことでいいか!?

「そうだな……今回は私の負けだ……」

ハイライン様も負けを認めた。何か知らんが勝った。

「アマデウス、貴様……ジュリエッタ様が恐ろしくなかったのか？」

「……私には皆様が何故そんなに恐ろしく思うのかわかりません。少し人と違うところがあるだけの、普通のご令嬢ではないですか」

ほんとにわからん。どうすればわかるのやら。困ったように笑ってみせると、アルフレド様は満足げに微笑み、ペルーシュ様には尊敬するような目で見つめられ、ハイライン様にはドン引きみたいな顔をされた。

アンヘンは特に今日の事には触れず、馬車に揺られながら俺はのんびりと寝てしまった。

帰り着いてからいつも通り夕食を食べて風呂に入って、つつがなく就寝した。翌朝セイジュとティーグ様が朝早くに突撃してくるとは知らずに。

※※※

アマデウス様が去っていった後。

未練がましく彼の背中を見つめていた私を横に、カリーナは「アマデウス様はなんて心の清い貴公子なのでしょう、人の見た目に惑わされないのですね……わたくしも見習わなければ」と感心していた。

「彼とはどのようなお話を？」

「当たり障《さわ》りのない話ですわ。でも、とても……楽しかったです……」

楽しそうなカリーナにそう返すのが精一杯だった。浮かれていることはお見通しだっただろう。

「……わたくし、反省しましたわ。ジュリエッタ様の容貌を目にしたら皆、失礼な態度を取ってしまうものと思ってしまっていた自分を……あんな方もいらっしゃるのね。きっと学院に入れば平気な方ももっと沢山いらっしゃるのでしょう。わたくしもきっと平気になります、なってみせますわ」

彼女は私の顔を見て気絶してしまったことをずっと気に病んでいるようだ。男性でさえ腰を抜かすのだから申し訳なく思わなくてもいいのに。カリーナが真面目《まじめ》に、率直すぎるくらいにそう言ってくれたことはとても嬉しかった。

だが、学院に入れば……というくだりには納得しかねる。

私が練習に加わらせてもらっているシレンツィオ騎士団の若い衆はすでに学院を卒業した者ばかりだったが、不意に顔を見せてしまった時は皆青ざめて震えた。優しい言葉をかけられるようになったのは私が顔を隠してからだ。大人にだって、平気な顔で会話を続けられた人はいなかった。ベールを外したままでも会話が出来るのはモリーとお父様と、母方の伯父様くらいしか私は知らない。

知らなかった。

部屋に戻ってベールを外して鏡を見る。ここを出る前と何も変わらない、痣のある見苦しい顔。

「お嬢様、お着替えを……」

鏡を眺めてどれくらいじっとしていたのか、モリーが遠慮がちに声をかけてきた。

「モリー……私、白昼夢を見ていたわけではないわよね……？」

「はい」

「アマデウス様は実在していたわよね……？」

「はい。夢ではありませんわ」

モリーは眉を下げ潤んだ目で頷《うなず》いた。夢だったら覚めないでほしい、彼と一緒にいた庭園で何度も思った。途中で感極まって泣いてしまったくらい、私には奇跡的なことだったのだ。

嬉しいのに涙が止まらなくなってしまって黙って俯いた私の横で、アマデウス様は楽器を鳴らして歌を歌い始めた。聞いたことのない心が浮き立つような旋律に、いつしか涙は止まっていた。

どういう内容の歌だったのだろう。明るい曲調だったから、悪い内容ではないと思うけれど。

飲み物を手渡してくれた時。庭園へ誘ってくれた時。楽器を弾き終わった時。アマデウス様は真っ直ぐ私の素顔を見て笑ってくれた。目が悪いわけではないのに、どうして。

……………いや。どうだっていい。考えたってわからないだろう。今はこの奇跡に浸っていたい。

ぼんやりと浸りながら着替えて夕食、入浴をして寝る準備を整える。アマデウス様のことをずっと反芻《はんすう》していた。楽しかったと言ってくださったけど別に面白い話が出来たわけではない。私は見目が良いわけでもないのだからお世辞《せじ》でしょうね。でも嬉しかった。またお話してくださる、それだけでも。

学院への入学までもう間もない。次に会えるのは入学式か。学院の制服を着ていらっしゃる姿、早く拝見したい。あの曲の楽譜を買わせていただく時ならまたお会い出来る。ああ、でもまだ売り物として完成していないかもしれない、急《せ》かすようなことは言えないわ…………。

つい数時間前まで学院へ行くことを気が重いと思っていたのに、早く学院に通いたいという気持ちで興奮しながら目を瞑る。しかしなかなか寝付けなかった。

※※※

朝食を終えたジュリエッタは父親に呼び出され、応接室に向かった。何故応接室かと訝《いぶか》しんでいたら、そこには父親と並んで伯父の姿があった。

「おはよう」

「レアーレ伯父様？」

「久しいなジュリエッタ。元気だったか」

漆黒の髪をした父、ティーレ・シレンツィオ公爵と空色の髪をしたレアーレ・タスカー侯爵。レアーレはジュリエッタの亡き母の兄だ。

「ご無沙汰しております。元気です」

「朝っぱらから呼びつけてしまって悪いな。まぁ、座りなさい」

二人は向かい合ってソファに座っている。空いているのは机の短辺の席。そこに腰を下ろしたジュリエッタはベールをした顔を伯父に向けた。

「伯父様もお変わりないようで良かったですわ。伯父様がわたくしをお呼びに……？」

「あぁ、……お前に、昨日の話を聞きたくてな。単刀直入に聞くが、お前の顔を見て……動じなかった貴公子がいるとは本当か？」

伯父は鋭い目でジュリエッタを見た。婿候補が見つかったと喜んでいるようには見えない。

「はい……本当ですわ。モリーから報告が上がっているかと存じますが……」

茶会等の出来事は侍女が逐一報告を上げている。これまではこれくらいの時間茶会に出席した、程度しか上がっていなかったが、昨日の報告は今までで一番長かった。

「スカルラット伯爵令息、アマデウス殿で合っているか？」

「はい……お父様」

ティーレ公爵はそこで押し黙った。ジュリエッタも感情が読めない父がどう考えているのかわからずに不安に思いつつ、黙っていた。レアーレ伯父がむすっとしながら言う。

「伯爵家か。まあ悪くはない……どうだ、お前に優しく出来そうな令息だったか？」

「はい」

即答したジュリエッタに男二人は顔を強張らせた。伯父が言う。

「……そうか……それなら、婚約の打診をしても構わんか？　逃す手はない」

ジュリエッタは焦って裏返った声を上げた。

「そ、それはお待ちください！」

「む、何故だ？」

「何故って……まだ一度お会いして、お話をしただけですし……そんな早急に縁談など持ちかけたら、その……前のめりすぎてお恥ずかしいですし……伯爵家では公爵家からの打診を断れませんでしょう」

「断れないからいいのではないか。囲い込んでおくべきだ、公爵家と縁付けるのだから向こうにも悪い話ではあるまい。お前の婿になれそうな自由の身の貴公子が他に出てくるかわからんのだぞ」

「そ、それはそうかもしれませんが……でもそんな圧力をかけるようなことをして……アマデウス様に嫌われてしまったら……次に会った時に、冷たくされてしまったら……わたくしはどうすれば……」

少女の声が震えて小さくなっていくのを聞いてレアーレ伯父はハッとして気まずそうな顔をした。

「そう悲観するなジュリエッタ、報告を聞いたところによるとその令息もお前に好意がありそうだったではないか」

「……そうだったら、良いですが……」

「……ただ、そのアマデウス殿、どうにもかなりの女好きだという噂だ。酷なことを言うが、女なら誰でもよくて……お前の地位に擦り寄ってきただけかもしれん」

難しい顔でそう言った伯父に、ジュリエッタは微笑んだ。顔は見えていないから伝わらないが、声にも笑みが滲んでいる。

「……構いません。わたくしが女性であるというだけで、彼に愛してもらえる可能性があるということでしょう？　その情報は福音ですわ」

「ジュリエッタ……」

「わたくし、わたくしを蔑《ないがし》ろにしすぎないのであれば、婚姻相手が愛妾《あいしょう》を囲っても構わないと以前から思っていましたから。アマデウス様はわたくしが望んだその素質をお持ちということかもしれません。愛してもらえるのなら、沢山の女性のうちの一人でもいいのです。……確か東洋の、シデラス国には平民にもそういう制度がございましたでしょう？　多くの妻を娶《めと》ってもいいが、夫は妻の待遇に差をつけてはいけない……という、」

「ここはシデラス国ではない」

ティーレ公爵がジュリエッタの話を遮った。

「お前の意思はわかった。婚約の打診は見送ろう」

「お父様、その……わたくし、学院でもっと打ち解けて、アマデウス様にわたくしと婚姻する利点を顕示して、縁談を受けていただけるようにお願いしますわ。もし、了承していただけたら、その時は……」

「……いいだろう。その時には、婚約を申し込むとしよう。良い報告を待っているぞ」

無骨だが期待を含んだ父の言葉にジュリエッタは嬉しそうに答えた。

「ありがとうございますお父様。努力致しますわ！」

ジュリエッタが退室し、残された二人の壮年の男は渋い顔で沈黙した。

※※※

「もうすっっっっかり入れ込んどるではないかァ!!」

少女が退室して数分沈黙していた二人のうち、レアーレが大きな声を出して机を叩いた。

「落ち着いてくれ、レアーレ」

「お前は落ち着きすぎだ!!　娘が心配ではないのか!?」

ダンダンと机を叩く義兄に、ティーレは眉間《みけん》に皺《しわ》を寄せる。

「どうしたものかと考えているところだ」

「一度会って話しただけで、惚《ほ》れてしまっているとは……好印象だろうとは思っていたが、警戒心が強いあの子が」

「仕方がないだろう、素顔の状態で同世代と交流できたのが初めてなのだぞ」

「あれだ、タンタシオ公爵の息子とは話せたのではなかったのか？　あちらは嫡男だから諦めたが……」

「話せたといっても、挨拶を交わしてほんの少し会話をしただけで限界だったのだ。今にも卒倒しそうな顔色だったのですぐに切り上げた。ユリウス殿下に至っては……」

「あ――……泣いて漏らして大変だったな、あの時は………」

レアーレが溜息《ためいき》を吐《つ》いて背もたれに体を預けずるずると姿勢を崩した。

「……得難い令息だが、いかんせん不安要素が多い」

「貴殿もそう思うか」

「大急ぎで調べてきた。情報を擦り合わせようか」

レアーレの侍従が薄い板を差し出した。取り急ぎ集めた情報が書いてある。

「演奏の腕が天才的とのことで、令嬢達の人気が高い。外見もなかなか発育の良い美男子だし、明るく人当たりも非常に良い……少々変わり者だとも言われているが……貴族学院入学試験の成績も手に入れたが、まああだ。これだけなら文句無しなのだが」

「……昨年に、メイドが二人解雇された件か」

「そうだ。表向き、メイドが誘惑して無理矢理迫ったとのことで内密に処理されているが、こんなものは令息が部屋に連れ込もうとして抵抗されたからクビにしたと相場が決まっている。一口に女誑《おんなたら》しといっても、紳士的かそうでないかで大きく違う。貴族の間に悪い噂はないが、見えないところで素行が悪いということだろう、悪賢いぞ」

「しかし、スカルラット伯がそんな所業を許すとは思えんのだがな」

「あぁ、……ティーグ・スカルラットか。人格者として知られた男だったが、流石に子には甘いということだろう」

「アマデウスはスカルラット伯の実子ではない。ロッソ男爵家からの養子だ」

「――は？　実子で息子がいたはずでは？」

「一つ下にな。お披露目で目をつけて養子に迎えたそうだ……元々はロッソ男爵家の第二夫人の子だ」

「は？　………まさか」

「アマリリス・アロガンテの息子だ」

レアーレは驚いた顔で暫《しば》し固まった。

「……アロガンテ公爵令嬢か！　あの女の息子⁉」

アロガンテ公爵令嬢アマリリスは、今のアマデウスの親世代の貴族ならば知らない者のいない令嬢だった。美しく華やかだったが冷酷で、先代の第一王子――現・国王陛下――の婚約者の座を二人の侯爵令嬢と争い、一人は心の病に、一人は命を落とす寸前まで追い詰めた。証拠は掴《つか》ませなかったが最後の嫌がらせで侍女に裏切られて証言され、王族の婚約者候補の資格無しとされた。その後も様々な証言が上がった結果、男爵家の第二夫人として嫁ぐという冷遇措置に落ち着いたのである。その嫌がらせで命を落としかけた侯爵令嬢が現王妃だ。

「あの性悪女の息子だったなんて、ますます信用ならん！　公爵家に息子を送り込んで何かしでかそうという魂胆ではないか。あの女、王妃殿下を逆恨みしているだろう」

「そう考えるのは自然だが……スカルラット伯がそんな悪巧《わるだく》みに力添えをするとは思えん。養子の素行不良を許すのもらしくない、アマリリスの影響など全く受けていないただの無害な令息である可能性もある」

「そんなわけあるかァ‼　騙《だま》されているんだよ、お人好しのボンボンどもが‼」

金持ちのボンボンであるのはレアーレも同様だが、レアーレは政略渦巻く中でこれまで地位を守ってきた自負があった。

「大体、あの子の素顔を見ながら庭園に連れ出して楽器を披露して口説いて見せるなんて、下心しかなかろう！　怪しいことこの上ない、あの女の差し金だとしたら納得だ。そんなろくでなしを婿にしたらとんでもないことになるぞ‼」

ダンダンと机を叩くレアーレをうるさそうに横目で見てティーレは溜息を吐いた。

「しかし……あの子が望んでいる」

男二人は渋い顔で再び黙り込んだ。レアーレは渋い顔のまま呟く。

「……あの子は構わんと言っていたが、何人も愛人を囲われて平気なわけが無かろう。恋している相手なら尚更だ。結局あの子が苦しむことになる。誠実な男を慎重に選んだ方が良い」

「ほう、あの子の顔を見ても平気で、優しく笑いかけることも出来て、家柄も申し分ない誠実な貴公子か。貴殿が見つけてきてくださるのか？」

皮肉げに口を歪ませたティーレに、レアーレはウッと呻《うめ》いて目を伏せる。

「……あの子は、ジュスティーナの忘れ形見だ。幸せにしてやらねば妹が浮かばれん」

ジュリエッタの母・ジュスティーナは産後の肥立《ひだ》ちが悪く、娘の顔の痣の責任を感じ、娘の行く末を心配しながらこの世を去った。ジュリエッタの妹・ロレッタは後妻・ロレンツァの子で、後妻はジュリエッタを疎《うと》んじていた。後妻の影響を受けてロレッタも姉を疎んじている傾向がある。ジュリエッタと違い美しく育ったロレッタには縁談の心配はない。後妻はロレッタに婿を取らせて公爵位を継がせたいと考えている。公爵家全体がジュリエッタに婿が望めないかもしれないと思っているからだった。

ジュスティーナの兄であるレアーレは姪《めい》のことをずっと気にかけていた。今回お茶会の翌日に駆けつけてきたのも、ジュリエッタの侍女の一人にレアーレが差し向けた者がいて報告が届いたからである。

ティーレが呟くように溢《こぼ》す。

「しかし、貴殿も言っていただろう。アマデウスを逃して今後婿になれる貴公子が現れるかわからないと。……爵位も、好きな男と添う機会もあの子から取り上げるのは、それこそ酷というものだ」

「…………あ～～～～～～～～～～～～～～～～～!!」

レアーレがぐしゃぐしゃと髪をかき乱して呻いた。

「わかった、いいだろう!!　いざ婿に来てジュリエッタを悲しませるようなら私が直々《じきじき》に教育してやる!!　覚悟していろよアマデウス!!」

「いや……まだ婚約も決まっていないからな」

一人盛り上がるレアーレを見てティーレは何度目かわからない溜息を吐いた。

第三章　空騒ぎ

「アマデウス様……起きてください……」

「……はっ。ん……？　アンヘン、どうかした？」

アンヘンにユサユサと肩を揺すられて目を覚ました。いつもはアンヘンに打楽器のどれかを少しずつ大きく鳴らして起こしてもらっている。声をかけてもらうより楽しく起きられるし、アンヘンも慣れてからは何だかリズミカルで楽しそうだし良い起こし方だと思う。だから普段はこんな風に起こされることはない。

寝ぼけ眼《まなこ》で時計に目をやる。この世界にも前世とよく似た時計があるのだが、数字の位置が違う。数字はこの国の言語のものだし、かつ、前世では十二が頂点にあったが、この世界では頂点が一から始まる。一つズレているのだ。一つだけとはいえ最初は違和感がすごかった。流石《さすが》にもう慣れたが。

「寝坊……じゃないよね、まだ七時だし……」

朝の七時、つまり前世だと朝六時である。

貴族の朝は結構遅く、前世の十時くらいに朝食だ。前世の十二時くらいから仕事に取り掛かり、おやつの時間にお茶と茶菓子（結構ボリュームがあるものを出してもらえる）を食べてから、数時間後に夕食という流れ。もうすぐ通う予定の学院も、授業が始まるのは十二時……つまり前世でいうところの十一時から。朝がのんびりなのは大変ありがたい。少し前に学院入学試験というのを監督官の監視の下で受けさせられたが、試験とはいっても入学することは決定している。どんなに成績が悪くても貴族の子女なら入学だけは出来るのだそう。この試験の成績でクラス分けするのだとか。

「朝早くに申し訳ございません、しかし……伯爵様とメイド長が扉の前までいらしていまして。寝巻のままでいいと仰《おっしゃ》っていますが、お通ししてもよろしいでしょうか」

「えっ……何で来たの？」

「……昨日のお茶会でのことかと。私の報告をご覧になったのでしょう」

えっ何、怒られるようなこと書いたん？　と言いそうになって、いやその場合怒られるの俺《おれ》だ……と気付いた。気付かないうちにアウトなことした……？

とりあえずティーグ様とセイジュに今更寝巻姿を見られるくらいどうってことないので入ってもらうことにする。その前にアンヘンが用意してくれた盥《たらい》のぬるま湯で顔を濯《すす》ぎ、部屋備え付けの洗面台でうがいをして、髪を梳《と》かしてもらって、簡単に身嗜みを整える。寝癖直し水というスプレーボトルがあるのだがそれからはハーブっぽい匂いがする。虫除《むしょ》けにもなりそう。俺の髪は梳かしてもらってもどうにも後ろ髪が外に跳ねるのだけど。

アンヘンが扉を開けるとティーグ様が普段の優雅さがウソみたいに早足でズカズカ入ってきた。

「アマデウス!!　お前、昨日の茶会でシレンツィオ公爵令嬢と懇意になったというのは誠《まこと》か」

「はぁ……懇意とまではいかないかと思いますが、仲良くお話はしましたよ」

男女で懇意という言葉を使うと一気にやらしく感じられてしまう（偏見）。

「……お前だけが、ジュリエッタ嬢の素顔が平気だったというのは？」

「はい、平気でしたが……」

「…………………ハア――――――――――――――――…………………」

ティーグ様に溜息《ためいき》を吐《つ》かれるの地味にショックだな……。俺が奇行に走ったと報告を聞いても大体笑い飛ばしてくれるのに。セイジュも沈痛な顔をしている。何だ何だ、何をしでかしたんだ俺は。

「……お前……女好きとは知っていたが、あの……ジュリエッタ嬢を口説《くど》くとは思わなかった……どうするつもりだ、シレンツィオから縁談を持ちかけられるかもしれんぞ」

「……ジュリエッタ様との？　公爵家と、だなんて……もし来たらとても良いお話では？」

そういえばこの国の貴族社会では、跡継ぎは男女関係なく基本的に本妻の長子だ。そして貴族男性だけではなく、貴族女性も結婚相手を複数持つことが可能。つまり爵位持ちが女性の場合は本夫の長子。第三夫までいた女侯爵が二世代前にいたと本で読んだ。ただし女性が複数夫を持つ例は一夫多妻に比べたらとても少ない。まぁ、女性が複数だと子が沢山《たくさん》生まれる確率が上がるという利点があるが逆だとそれはないからな。平民は一夫一妻しか許されていない。裕福な人間が愛人を囲う例は多いようだ。

ジュリエッタ様は跡継ぎだったはずだ。縁談が来れば俺が婿《むこ》入りということになるかと思うが……俺は跡継ぎじゃないし問題ないはず。公爵家の婿に俺が相応《ふさわ》しいかどうかという問題はあるが。

「……アマデウス様。ジュリエッタ嬢と結婚してもいいと思っていらっしゃるのですか……？」

セイジュが険しい顔で言う。

「……今のところ嫌だとは思っていません。公爵家の婿として私が相応しいかどうかというひっかかりはありますけれども。というか縁談が本当に来たわけではないんでしょう？」

「ええ、しかし目は付けられたはずでございます」

「仲良くしたところを茶会で大勢に見られているしな……そんな中、縁談を断るのは公爵家から相当な反感を買う」

目を付けられたって……ヤンキーか？

そもそも貴族は上の身分の人に逆らうことなんてほとんど出来ないと思った方が良い。上司と部下みたいなもんと言っても上司が下の者の人権まで握っている感じ。信頼関係があれば対等な立場でものを言うことは出来るが、それは上の者が『許す』という前提があって出来ることだ。マジで逆らうとしたら、社会的に殺されることを覚悟するか、その上の者に逆らうに至る正当な理由・証拠等をしっかり揃《そろ》えてからでないといけない。世知辛《せちがら》い。

だから仲良くなるのは嫌われるよりはずっと良いはずだ。叱《しか》られるなんて心外である。

「………嫌だとは思っていない、そう仰るのはアマデウス様の優しさだろうと存じますが、いいですか。差し出がましいことを申しますが……婚約して、いざ褥《しとね》に入ったとしてやはり無理だと仰っても遅いのですよ。そんなことになってしまえばジュリエッタ嬢により深い傷を付けることになるのです、おわかりですか？」

セイジュは真剣な顔で諭《さと》すように言った。俺は面食らって黙ってしまった。

うん……つまり、『いざ子供作る時に無理って言っても許されんぞ』と言われているのである。

『お前、ジュリエッタ様に興奮することが出来るのか？』と。

貴族女性であるセイジュが男に対してこんなにはっきり性的なことに言及することは多分そうそう無い。プライベートで友人と話したりすることはあるかもしれないが、主に当たる俺にそんなことを言うのには俺の想像よりも覚悟が要っただろう。

性教育というのは一応受けた。保健体育のような説明を受ける時間。五十代くらいの髭《ひげ》がイケてるナイスミドル（家庭教師）に「まず口付けや愛撫《あいぶ》をすることで雰囲気《ふんいき》を盛り上げまして……――」なんて真顔で淡々とした説明をされ、何だか気まずいし笑ってはいけないと思うあまり笑いそうになり顔を引き締めるのがキツかった。マンツーマンで受けるもんじゃないのでは？　淡泊性教育。

まあまあまあ。待ってくれ。ジュリエッタ様に興奮できるかって？

できるが…………？　余裕なんだが⁇

こんなチート無双系主人公みたいなことを思う日が来るとは思わなかった。

「……セイジュ。ティーグ様。ご心配をおかけしたようですが、大丈夫ですよ。ジュリエッタ様と結婚したとしても何も困ることはないと思います。私はね」

努めて穏やかにそう言うと、二人は目を大きく見開いて驚き顔だ。……俺はジュリエッタ様に興奮しますよ、という宣言をしてしまったわけでちょっと恥ずかしい。

いや〜〜〜〜〜〜……ジュリエッタ様、本当にこの世界だとものすごい醜女《しこめ》扱いなんだ。

相手の男が萎《な》えて子作りすら無理かもと言われるほどだとは…………。この世界……というのは早計でも。この国で、本気でジュリエッタ様を可愛《かわい》いと思っているのはマジで俺だけなのかもしれない。

それなら、俺が結婚して甘やかしてあげられたら……――なんて、思うのはおこがましいか。

ジュリエッタ様がどういうスタンスで結婚相手を選ぼうとしているかなんてわからないし。俺のことを今の時点で好ましく思ってらっしゃるとしても、男として好きかという話とは別だ。

今は伯爵家とはいっても、俺は男爵家上がり。男爵家以上の貴族に何となくまだ下に見られている空気がある。「元が男爵家でいらっしゃるからご存知ないかもしれませんが……」的な嫌味を言われることもちょくちょくある。まぁそういうこと言ってくる男子は大抵気になる娘が俺のファンだったりするみたいだが。可愛い妬《ねた》みだな～～見た目も可愛らしいので全っ然腹立たないな……と明るい笑顔で聞けてしまう。すると変な奴を見る目で見られる。

結婚するとなると身分の釣り合う相手じゃないと嫌かもしれないし、同世代にはいなくても年上で良い相手はいるかもしれない。見た目じゃなくて中身を好いてくれる人を探すぞ！　と思っているかもしれない。大多数は学院の六年間で相手を見繕うのだから、婚約なんてまだまだ考えていないかもしれない。俺も学院で探す、またはティーグ様から何かしら話があると思っていたから、まだ婚約は早いだろと思っているし。

でも、ジュリエッタ様との縁談が来ても全く困らない、というのは明示しておく。目の前の二人はそんなことになれば俺が嫌だろうと思って説教しに来てくれたようなので。

「シレンツィオ公爵家と対立する派閥にいるだとか、何かティーグ様が困ることがあるのですか？」

「いや、そんなことはないが……」

「でしたら、何も問題はないかと」

二人は驚き顔から徐々に不審そうな顔になる。ん……？　何か疑われてるっぽいぞ。ティーグ様は目を鋭くして俺を見据えた。

「……アマデウス。お前……野心があるのか？　母親が公爵家出身だ、自分はもっと上にいるべきだと考えても無理はないとは思っていたが。公爵家に入るために、ジュリエッタ嬢を口説いたのか？」

「……はい？」

全く予想できていなかった方向だったのでぽかんとしてしまった。母親が……あぁ、そういえば元公爵家なんだっけ。今言われるまですっかり忘れていた。

俺が本当に驚いているのが伝わったのか、ティーグ様は目元を緩めた。

「いや、すまない。今の言葉は忘れてくれ。お前が身分の上下にこだわりが薄いことはわかっている。身分を驕《おご》る者には必ずどこかでその兆候が出るものだ。男爵家出身であることをどれだけ揶揄《やゆ》されようとお前が怒ることはなかったし、身分が下になった者達に威張るでもない。使用人にも平民にも、誰に対しても平等に丁寧《ていねい》に振る舞える、私はお前のその性質を気に入っている。……虫や植物にも優しく出来て、芸術神に愛されているだろうお前には、人の美醜などは気にするに値しないのかもしれんな……」


俺は前世の価値観が顔を出して、時々こちらの人には奇行に見える行動をしてしまう。断じてわざとではない。蟻《あり》の巣かと思いきや芋虫が地面に巣穴を作っていたり、ネコチャンがいる⁉　と思って繁みをよく見たら猫によく似た体にちんまりとした鹿の顔が乗っていたりしたら、観察したくなるだろ。追いかけなきゃウソだろ……。

知ってる形とは何か違う生き物が色々いるのだ。面白《おもしろ》いので追いかけてよく見て絵に描いたりしてコレクションしている。生き物の名前を周りに聞いても知ってたり知らなかったりする。貴族学院の図書館に生物図鑑があるそうなので、入学したら調べに行きたい。

植物は地球のものに似てるのも多いが、当然名前が全然違う。花は贈り物として一般的なので結構知られているが、花の咲かない木の名前などはそんなに知られていない。木こりだったら知っているかも、と言われたり。まあ前世でもその辺の木の名前を知らない人は普通にいただろうけど。

因《ちな》みに鹿の顔した猫みたいなやつはヤコカっていうらしい。角で攻撃してくるし、噛《か》むから追いかけたら危ないと怒られた。

子供なら割とするだろ案件ばかりだと思うのだが、絵を描いて残そうとしたり虫にも興味を持っているところ、花以外の植物に興味があるところがちょっと珍しいみたいだ。周囲の人は虫にはすごい忌避感を表すし男でも結構怖がる。虫を見つけると下男は秒で殺そうとする。メイドは気の強い方ならすごく嫌そうに追い出すか殺そうとする。気が弱いメイドは震えて動けなかったり泣き出したりする。仕方ないのでそういう時は俺が虫を保護して逃がす。

これも美形インフレ故にだったりするのだろうか。箱入り娘がエロ本見て気絶する、みたいな……？　気持ち悪いと思うものに対する耐性が低いというか……。まぁ俺も苦手な虫はいるけれど。毒があるとか動きがやたら速い奴は普通に怖い。

前世の技術を受け継げたため俺の絵の腕前は子供にしては上手いので、そこも褒めてもらえる。褒めてもらえると嬉《うれ》しいので絵も音楽の合間にちょくちょく練習して、結構上達したと思う。ティーグ様の言う、『虫や植物にも優しく出来て、芸術神に愛されている』という言葉はこの辺の事情からきている。

でもちょっと待ってほしい。

その流れで、『アマデウスは人の美醜なんてどうでもいい』という話にされるのはちょっとまずい。

料理を作って『美味《おい》しい』と言った人が、後に『食べ物は別に何でも良い』と言っていたらどう思うだろうか。美味しいと言ったのは嘘《うそ》かお世辞《せじ》だったのかと疑ったり落胆しないだろうか。『どうでもいいと思っている』と思われるのは、良くない。心から褒めても信じてもらえなくなる可能性がある。今まで褒めた相手を傷付けることにもなるかもしれない。『皆良いと思っている』のと『皆変わらないと思っている』では違うのだ。美醜なんてどうでもいいという話ではなく、俺がジュリエッタ様を純粋に良いと思ったことをわかってもらわねばならない。野心も否定したいし。

え～～～～～～～～～っとぉ………普通に可愛いと思いました、というのは絶対信じてもらえない雰囲気だ。性格に惹《ひ》かれて……いや、小一時間話しただけでそんなん説得力がないよな……。

――――――――あ。そうだ。

「いえ、ティーグ様……美醜が気にならないというわけではありません。……正直に申しますと……私、女性を好きになる基準は、声なんです。ジュリエッタ様はとても良いお声でいらっしゃったので……、私は彼女のことをとても好ましく思ってるんです。楽器もお得意だそうですし」

俺の発言にセイジュもティーグ様も電撃を受けたような顔をしたが、数秒後には『なるほど……そういうことか……！』と言いそうな顔になった。謎が解けた探偵のように。俺が音楽狂いと言われるほど音楽スキスキアピールをしてきたことがこんなところで功を奏すとは……。

「なるほど……そういうことか……！」

ティーグ様は口にも出した。

「ご理解いただけたようで良かったです」

全くの嘘ではない。俺は声が良い人や歌が上手い人が大好きだしジュリエッタ様の声が可愛かったのは本当だ。

「……っハハハハハハ！　参ったな、そういうことだったか……いいのだな、アマデウス。ジュリエッタ嬢と婚約の話が来たら、受けても」

「来たら、ですけどね」

「……婿が望めないだろうというかのご令嬢の噂《うわさ》を聞く度、気の毒に思っておりました。しかしアマデウス様なら彼女を大事にして差し上げることが出来ましょう……このセイジュ、アマデウス様には感服するばかりですわ。器の大きい主人に仕えていること、嬉しく思います」

大袈裟《おおげさ》なくらい褒められてしまった。セイジュは本当に感激しているようだ。不美人側への感情移入がすごい気がするが、もしかしてセイジュは不美人側なのだろうか。セイジュの外見のことは誰も触れないのでわからん……。

まぁいいか。実際俺は使用人達の外見の評価なんて、本音ではどうでもいいのだ。見た目がどうであろうと、俺の味方で、皆俺の大好きな家族だ。

結局のところ、何日か経《た》っても公爵家から縁談の打診は来なかった。その事実にティーグ様は納得がいかないようだったが、俺はまぁそんなもんだろうと思った。

※※※

朝、身支度を整えたら朝食を取りに食事室へ向かう。食事は部屋に持ってきてもらうことも出来るそうだが、俺は基本的に食事室で取ることにしている。

「おはようございます、姉上、ジーク」

「おはよう」

「おはようございます、兄上」

具合が悪いわけでもないのに持ってこさせるのも悪い気がするし、食事室に行けば姉弟がいるからだ。

「聞いたわよ、アマデウス。化物令嬢まで口説いたんですってね、あさましいこと」

「ち、違いますよね兄上、兄上は誰にでもお優しいから」

義姉のマルガリータ姉上。俺の一つ上で今十三、貴族学院一年。もうすぐ二年。俺よりも暗めの紅《あか》い真《ま》っ直《す》ぐな長い髪、クッと吊《つ》り上がったアーモンドアイ。瞳は榛《はしばみ》色だが、目の形と髪の色が俺と結構似通っているので本当の姉弟と言われても信じてもらえそうである。言うまでもないが美少女。

義弟のジークリート。ジーク『フ』リートではなくジークリートだ。〝竜殺し〟ジークフリートは神話に出てくる戦士で、クラシックにも結構出てくる。だが義弟のジークは戦士って感じではなく秀才タイプの美少年。濃い青の髪に瞳は榛色で、俺と兄弟にはあまり見えないが彼はこの数年で俺を兄と認めてくれている。

義姉はツンデレ……いや、ツン単品である。デレを見せないなかなか強情なツンだ。俺に感心しているような気配がある時でも悔しそうだったり、フン大したことないわね、的な顔を崩さない。スカルラット伯爵家の跡継ぎとして育った彼女はいきなり養子に来た俺に大層不信感を持っていたようで、初対面から物言いが悪役みたいだった。

初対面の台詞《セリフ》が、「もしかしてとは思うけど、スカルラット伯爵家の跡継ぎになれると思って来たの？　お前は政略結婚の駒として使われるだけの捨て駒なのよ、残念だったわね」だ。

別に捨てられるわけではないのでは……まぁ細かいことはいい。初っ端《しょぱな》から敵意ムンムン隠す気一切無しである。跡継ぎの座が危ぶまれると思って俺に絡んでいるようだったから、「跡継ぎはマルガリータ姉上でしょう？　伯爵家を継ぐために呼ばれたとは一メレも思っておりません」と返した。全然信じていない目でジロリと睨《にら》まれた。八歳にして疑り深い幼女だった。

メレとはこちらの単位でミリと大体同じくらいの幅である（俺には大体同じに見えるけど厳密には違うかもしれない）。特定の選手の顔が浮かぶ。

一センチは一メンチという。メンチと聞くと俺はメンチカツがいつも一瞬脳裏を過《よぎ》る。そしてなんと一メートルは一メーテルである。特定の美女キャラクターの顔が浮かぶ。

ともかくそんな感じで姉上は当たりがきつめだ。俺が楽譜を売り捌《さば》いたり町の所々で定期演奏会をしたり、ピアノを作ろうと町の工房の職人達とあーだこーだしたりと、禁止されてはいないけど貴族が普通はしないことをする度に嫌味を言ってきた。言ってることは間違ってなかったりするので聞いたり聞かなかったり凹《へこ》んだり聞き流したりしている。ハイライン様とノリは似てるんだけど、より嫌味が尖《とが》ってんな～～って感じ。

「マルガリータ様、おそらくグリージオ伯爵家のアンドレア様を婚約相手として狙《ねら》っていらっしゃるようなんですが……お顔は可愛らしいのに笑顔があまりお上手じゃないので、他のご令嬢に押し負けているようなのですって。アマデウス様がおモテになるのが悔しいのでは？　アマデウス様に良い所のご令嬢が嫁いで来たとしたら、跡継ぎの座が危ないと思っていらっしゃるのかも」

グロリア家に遊びに行った時に軽く愚痴《ぐち》ると、そうリリーナが教えてくれた。リリーナは何で俺より俺の姉上のことに詳しいの？　まぁ、女子の噂は女子の方が詳しいものか……。

ティーグ様には妻が二人いて、すぐ近くの別邸にそれぞれ住んでいる。七歳までは子供もそこで育ち、お披露目《ひろめ》後の子供はティーグ様の仕事場でもある本邸に移った。第一夫人の子が姉上で第二夫人の子がジークだ。第一夫人と第二夫人の仲は微妙らしい。仲良くはないが険悪というわけではない。ただ、第一夫人はジークが跡継ぎの座を狙っていると恐れ、第二夫人もそれを目指しているのかジークに厳しい教育を施しているという。いずれ姉上が継ぎ、ジークがその補佐として伯爵家を支えていく……今のところはそういう予定なのに、母親同士がそれだから二人も仲良くなるはずもなく。

俺が本邸に合流して一カ月くらいは、食事室の空気がクソ重だった。

この二人、挨拶を一言した後は何も喋《しゃべ》らないのである！

静まり返った空間に食器の音だけが鳴る。せっかくの美味しい食事も味が落ちたような気になってしまう。ようやく人と一緒に堂々とご飯を食べられるようになったのに。基本的に貴族は使用人とは一緒に食事を取れないのだ。貴族は貴族だけで食べなければならない。だから俺はこの体で物心ついてからずっとぼっち飯であった。親とも食事を一緒にしたことないし。

……前世の家族との食事。何を話していたか、もうほとんど思い出せない。他愛のないことだったと思う。その他愛のない会話で家族は俺を、俺は家族を、すっかり知っていると思い込んでいたんじゃないかと思う。本当は全然知らないことだらけだった気がする。お互いの本当の気持ちなんて何にもわかっていなかったかもしれない。

でも別に良かったんだそれでも。家族という形がちゃんと出来ていたんだから。

「――……ずっと静かだと耳が落ち着かないので、勝手に喋っていいますね。いいですよね？」

沈黙に耐えかねた俺は食事中、下品にならないように気を付けながら話をした。だらだらと、自分のこととか、好きな音楽の話とか、楽器の話とか。勉強で気になったこととか。

一方的すぎるのも寂しいのでたまに「好きな楽器は何ですか？」とか何かしら質問を挟むようにした。姉上は警戒を露《あら》わにしながらも簡単な質問には答えた。ツンツンしているが無視とかはしない。多分返事をしないのは不作法だと思っているのだろう。

ジークは俯《うつむ》きがちで自信が無さげなおどおどした子だった。俺がだらだらと垂れ流すどうでもいい話を、最初は怪訝《けげん》そうに、だんだんしっかり聴いてくれるようになった。質問をしたら最初は戸惑っていたが慣れると普通に話してくれるようになった。

根気よく話しかけた結果、マルガリータ姉上のツンは続いているものの普通に話すようになった。ジークとは結構仲良くなれたと思う。お互いの部屋に行って一緒に勉強したりお茶をしたりする。ジークは多分すでに俺より成績が良い。暗記量を褒めると驚いた顔をしてから戸惑ったように照れて「そんな、これくらい……大したこと……ないんです」と縮こまる。

ジークが褒められ慣れていないところを見ると、第二夫人はあまり褒めるということをしないようだ。頑張って課題をこなしてもこなすのは当たり前、ミスをすれば怒られるか注意されるかで、自己評価が全く上がらなかったのではないだろうか……と、俺は予想している。

自己肯定感が育ってねぇ〜〜!!

ある程度必要だよ自己肯定感は〜〜〜〜!!

俺はジークを出来るだけ褒めようと決めた。なるべく具体的に。姉上は褒めると「フン、当然でしょ」と言わんばかりの顔なのだが。謙虚さゼロである。第一夫人は煽《おだ》て上手なのかもしれない。第二夫人と合体して均等になって二で割れてくれないかな。

そんなこんなで現在。姉上は「化物令嬢まで口説くとはあさましい」なんて言い出した。今までも「女性を大勢誑《たぶら》かしているそうね、卑《いや》しいこと……生まれが生まれだものね」「お前のせいで私がどれだけ煩《わずら》わされているかわかる？　恥ずかしいったらないわ」（これは他の令嬢達に俺について質問されすぎてうんざりしているの意）とか散々な言われようだった。普段は割と流してしまうのだが、今回は俺だけへのディスりではないので反論しておく。

「私はともかく、その言い草はジュリエッタ様に失礼ですよ」

「……フン、シレンツィオから縁談が来るかもしれないわね。その時になって泣いて嫌がっても遅いのよ、馬鹿《ばか》なことをしたものだわ」

「別に嫌がりませんよ。ティーグ様にも、もしシレンツィオから婚約の打診が来たら受けていいとお伝えしています」

「………はぁ!?　正気!?　……汚らわしい、お前、本当に女なら誰でもいいのね」

「……誰でもいいわけないでしょう？　姉上もお嫌でしょうが、私も姉上とは無理ですし」

「っ、私だってお前なんてごめんよ！」

ジュリエッタ様を下げるようなことを言うものだからつい、言いすぎた。

姉上は婚活中なのだ。狙っていた伯爵令息は学院に入ってから早々に他の令嬢と婚約した（とリリーナに聞いた）。この通りツンが強いので、人気のある令息は他の積極的な令嬢に先手を取られてしまうらしい。無類の女好きと言われている俺に『アリかナシかでいうとナシで〜す！』と言われるのは堪《こた》えたと思う。

「失礼、今のは少々良くない言い方でした……私が姉上とは無理だと言うのは我々がもうすっかり姉弟だからですよ、姉上が女性としてダメとかいう話じゃありませんからね」

「っ……わかっているわよ、私にダメなところなどないもの!!」

ポジティブ～～～。自分にダメなところなどない、俺もそれくらいのメンタルでいたい。でも駄目なこと言った時は反省してくれ。

姉上は学院でも成績優秀だそうで、努力家であることは間違いない。努力をしている自覚が自信に繋《つな》がっているんだろう。一応フォローは出来たか……？　まぁ、しつこく嫌味を言ってくるのだからたまには反撃したっていいよな。

「そ、そうですよね……姉上にお相手がまだいないのが不思議なくらいですからね。ね！　兄上」

姉上はギッとジークを睨んだ。そのフォロー、人によっては追い打ちになるやつだぞジーク。

ジークは優しい子なのだが姉上との相性がいまいち良くないようで、俺を挟まないとほとんど会話をしない。話すようになっただけでも前進はしているのだが。

「……兄上、伯爵家への恩を返すためにと無理をしていらっしゃいませんか？　結婚は一生を左右するものです。慎重に決めた方が……」

おっと、ジークも俺がジュリエッタ様と我慢して婚約しようとしているんじゃないかと誤解しとる。

「無理なんてしてないよジーク。私はそこまで殊勝な性格じゃない。嫌なものは嫌と言える方だし」

「あ……それは、そうでしたね……」

納得してもらえた。理解があって助かる。

俺は『男なのだから少しは剣術を習え、音楽の時間を減らせば出来るだろう』という家庭教師の要求を断固として「嫌です!!」の一点張りで突破した前科がある。

　だって剣術は貴族に必須じゃないし。騎士団に入るという選択肢が出来るので貴族の次子より下は嗜《たしな》んでいる率が高い。だが俺は騎士団に入る気などさらさらない。自衛隊みたいに音楽隊があるのなら考えるけど無いしな。剣術をやっている人を見るのは絶対楽しいので興味があるけど、やることには興味がないのだ。

　前世でもスポーツは観戦するものだったから……。スポーツ出来るほど強い体じゃなかっただけだけど。少しはやればハイライン様に馬鹿にされなくなるかもしれないが……いや、そうなったらどうせ仕合《しあい》を挑まれて負かされて馬鹿にされるのがオチだな。何より、音楽に没頭する時間を減らしてまでやりたいことではない。勉強だって頑張らなきゃなんだから、義務と好きな趣味以外に時間を割《さ》きたくないのなんて当然だろうと思うんだけど、ティーグ様が騎士団で有名だったこともありスカルラットの剣術の家庭教師は「男子で養子に来たからには剣術をやるだろう」と思っていたらしい。すまんな、全くやる気がなくて……。

　剣術はジークが頑張っていて家庭教師が熱心に教えている。ジークは何でも頑張っててマジで偉い。

「あ、今日の夕食には……また料理長に頼んだ新しい料理を出してもらう予定ですよ」

　二人ともバッと俺に視線をやった。タイミングが良かったな、新メニューで気を逸《そ》らせる。

　伯爵家に来てから俺はたまに料理長に新しい料理を提案している。前提として伯爵家の料理は文句なしに美味しい。前世でほとんど料理をしたことがない俺に口を出せるようなレベルではない。男爵家での料理も素材の味を生かした味で悪くなかった。

　だが、レパートリーが思ったよりも、ない。

煮込み料理、焼いたもの、揚げたもの、茹《ゆ》でた野菜にソースをかけたもの。色々あるにはあるが勿論《もちろん》前世の方がバリエーションは多い。俺はまだこちらでは見ていない、作り方を知っている料理をリクエストした。大体の作り方を書いて簡単に絵に描いてこういうものが食べたい、と見せると初老のイケオジ料理長カルドは驚きながらもすぐさま作ってくれた。

「アマデウス様……この挽肉《ひきにく》の塊焼き、レシピにしたら売れると思います。とても」

ハンバーグである。

「レシピって売るもんなの？」

「ええ、私は買ったことしかございませんが……時々、お茶会で新メニューが発表されるのです。伯爵家以上の上級貴族から出されることが多いですね。そこで好評だとレシピが飛ぶように売れます」

楽譜と大体同じ値段で売れるようだ。前世でレシピが売れるというと本にまとまって売られているイメージだが、こちらでは紙や板に書かれたものを売るのが通常になっているらしい。

「じゃあ、お茶会を主催しないと売れないかな……？」

「親しくしているお家《うち》の茶会に話を持ち掛けて出してもらう手もございます」

そこで俺はグロリア子爵家にも協力してもらい、ここ二、三年でレシピを四つくらい作成して発表し、売った。ハンバーグ、下味をつけた唐揚げ、餃子《ギョウザ》、マヨネーズの四つ。

レシピを手書きで沢山用意するのも大変だし、カルドと料理人達がしっかり作り方を覚える時間もいるのでお茶会一回につき一メニューくらいにしておいた。是非お名前を売った方が良い、社交界でも役に立つと言われたが、レシピの名義はカルドにしてもらった。カルドには売り上げの一割を受け取らせて影武者になってもらった。一割は少ないかなと思ったがすごい感謝された。俺ではもはや再現できないくらい巧みに料理を作り上げてくれるしこちらが感謝しないといけないくらいなんだけど……と返すと「料理人は料理が仕事だからそれは当然です」と言う。ボーナスあげてほしい。

俺は料理に関しちゃ素人《しろうと》だ。レシピの考案者になると新しい料理のアイデアを期待されるようになるだろう。前世の知識で今いくつかは出ても、そんなにぽんぽん新作が出てはこない。期待されても困る。どうやって思いついたのかと当然聞かれたが、男爵家にいた時は料理場に忍び込んで料理の手順を眺めたりしていたから何となく思いついた、とふんわりした説明をした。俺は演奏の天才と言われていたのもあって『やはり天才か……』という顔をされた。もうそれで押し切るしかない。

そういう流れで、俺が新料理のアイデアを出していることを知っているのはこの家の者だけだ。

姉上が俺に感心するのは大体料理に関してである。

「夕食、楽しみにしています！」

「ふっ、批評してあげてもよくてよ」

新しく提案したメニューはまずうちで出してもらって、感想を聞く。それをカルドに伝えて何度も試作してレシピを完成させる。俺は好きでもこちらの人の舌に合わなければ意味がないから。二人に友人に布教してもらえば売り上げにも繋がるし。ティーグ様はすごく喜んでくれて知り合いに勧めまくってくれているそうだ。食事が目新しいと姉弟が揃って笑顔になる。食べ物の話というのは天気の次くらいに無難な話題だ。たまに好みの争いは生まれるが。

俺にとっては趣味のための資金稼ぎの一環なのだが、思いがけず姉弟と打ち解ける材料になってよかったなと思う。

食事を終えると、ロージー達の所へ行く。男爵家で俺が住んでいた所にはなかったが伯爵邸には音楽を楽しむだけの部屋、音楽室がある。セレブ～。ロージーとバドル、スカルラット伯爵家の音楽教師・ラナドの職場だ。普段は子供達に教えたり自身が練習したり楽器の手入れをしたり、清書した楽譜を量産したりしてもらっている。

部屋に入るとラナドが誰よりも早くバッと俺を見て目を輝かせて近寄ってきた。

「アマデウス様！　お越しをお待ちしておりました！」

ラナドは今年三十三歳の楽師で、灰茶の髪をおかっぱに切り揃えた美丈夫《びじょうふ》だ。子爵家の五男で、貴族子女の音楽教師で生計を立てている。奥さんと一人の子持ち。演奏を聴いてから俺にかなり懐《なつ》いて（？）くれていて俺専属の楽師ではないのに俺が売る楽譜の増産などをちょくちょく手伝ってくれる。

「音楽神の愛《いと》し子《ご》の御力になれることを誇りに思います！」などとちょくちょく持ち上げてくる。本気で讃《たた》えてくれてるようなので嬉しいがちょっとむず痒《がゆ》い。もう五年の付き合いなので慣れたけど。

因みにロージーの歳《とし》は今二十七、バドルは六十を越えてから数えてないらしく不明。

ラナドはバドルを楽師の先達《せんだつ》として敬っているし、ロージーの楽器の腕を認めたようで仲良くしている。二人は平民なので貴族の同僚との付き合いには不安があったが、ラナドが良い人でよかった。

「ズーハー工房から！　連絡があったのです！　〝ピアノ〟の最終調整が済んだと！　嗚呼《ああ》、早くアマデウス様の演奏をお聴かせいただきたい、この手でも演奏してみたい、どの楽器と合わせるか試したい、この耳に焼きつけて反芻《はんすう》したく思います！」

そう、音楽馬鹿である。引っ越し先で早々に音楽馬鹿に出会えて運が良かった。

「本当!?　行こう行こう!!」

「我々はすぐにでも行けます。デウス様にはお付きの者が必要でしょうが……」

バドルがそう言ってアンヘンと目を合わすと、アンヘンが人を呼びに行く。貴族が出歩く時はなるべく一人以上の護衛がいるのだ。

「……ご同行します……」

アンヘンはあからさまに嫌そうな顔の執事見習ポーターを捕まえてきた。ポーターは黄緑の髪をしたイケメンで、クロエの親戚なのだと聞いた。以前は普通だったのだが、クロエがクビになった後から俺への態度が冷たくなった。……クロエと仲が良かったのかな。俺を……恨まれても困るけど、良く思えないのはわかる。ポーターと行動するのは何となく気まずいのだが、まぁ手が空いているのが彼だけなら仕方がない。急な外出だ。

ズーハー工房は楽器工房で、三年前からピアノ作りを相談している。

ピアノを作るのはそこまで遠い道程ではないかと思われた。何故《なぜ》ならこの世界にはオルガンやチェンバロ（名前は違うけど）とほぼ同じ鍵盤楽器がすでに存在していたのである！　オルガンは地球でもむちゃくちゃ昔からある楽器だしな。

チェンバロとはピアノの親みたいな楽器である（諸説あり）。音の強弱が付きにくいことに不満を持った音楽家が改良……いやチェンバロ自体もすごくロマンチックな音がする素晴らしい楽器なんだけど、そこから発展させてピアノを作った。そこから様々な時代に様々な改良が加えられて俺が弾いていた現代のピアノになっていく。細かいことは忘れたんだけど、小学生の時に自由研究で調べてまとめたんだよなピアノの歴史。

チェンバロが爪で弦を弾《はじ》くのに対しピアノはハンマーで弦を打つことで音を出す。見た目は近いとはいえやはり仕組みが違うと作り方が全く異なる。俺は楽器作りについてはわからないので工房の職人達に任せるしかない。

「へい、アマデウス坊ちゃん、いらっしゃったな！」

工房の親方はフォルトという濃いピンクの髪のワイルドなイケマッチョだ。腕の筋肉がモリッとして愛想も良くて、下町の気の良いおっさんである。筋肉に名前つけて育ててそう。

初対面の時は、世間知らずの金持ちの坊ちゃんにどう対応したものかと困っているように見えた。どう宥《なだ》めて帰ってもらうかなぁ、という顔だ。新しい楽器を作ってほしいんです！　なんて八歳くらいの子供が言いに来たら困るだろうね、そりゃね。そこで俺は工房にあったチェンバロ……――こちらではクラブロと呼ばれている――を、音色の確認をしたくて許可を貰《もら》って弾いた。

いいクラブロだなー、うん、ここにお願いしよう……と思って振り返るとフォルトはぽかんと口を開けて「うっま…………」と呟《つぶや》いた。ありがとう。

相談するうちに真剣に考えてくれるようになり、あーでもないこーでもないと試作を重ねた。連打すると上手く音が鳴らなかったり、弦が数回で切れたり、高音が弱い気がするなどの障害を乗り越え……。

今日、最終的に目指した物が出来上がったと言う。

「さあ坊ちゃん！　弾いてみてくださいよ！」

フォルトが挑むような目つきでけしかけてくる。弾いてみないとわからない問題はあるので、内心ドキドキしているのだろう。何回もケチをつけてきているからな……。まず褒めたよ、まず褒めてからケチをつけたけど。

一通り音を鳴らしてみて、思った通りの音が出ることを確認する。すごい、……鍵盤は木製でペダルはないけど、俺の知ってるピアノだ。背中がゾワッと喜びに震えて、大きく息を吐いた。

何を弾こうかな……あれかな。強弱が忙《せわ》しなくついてて、ピアノの出来が目指していたものになっているかわかるだろう。小学生の時にひたすら練習したけど、完璧に弾けている気がついぞしなかった。

『トルコ行進曲』。ヴォルフガング・アマデウス・モーツァルトより。

♪たららら、たららら、たらららららららららら……

前世、誰もが一度は聴いたことがあるだろう、様々なカバーもオマージュもされている、ド名曲だ。ただ弾くだけなら出来ても上手く弾こうとすると難しい曲だと思う。

あ～～～、久しぶりだしやっぱり指が回らない。ミスるミスる。でも楽しい。懐かしい、この音色。母が、父が褒めてくれた、弟から夜はやめろうるさいと怒られた、厳しかったピアノの先生が〝よく出来ました〟というハンコを手に押してくれた、友達が超かっけ～～！　と言ってくれた。

大好きだった、
今でも好きだ。

弾いてる途中から俺は泣いてたんだけど、ぼやける視界で何とか弾き切った。曲と一緒に思い出を繰り返して、心臓が掴《つか》まれたような切なさがあった。でも、それでも楽しかった。

「……神の愛し子よ……」

振り返るとラナドも泣いていた。号泣である。

「何で⁉」

「いや、デウス様も泣いてますけど……」

ロージーが苦笑してハンカチを差し出してくれる。バドルが「ついに完成ですな」と微笑《ほほえ》んだ。

楽器の完成に感動してると思ってくれているようだ。実際それもあるけど。俺はロージー達の歌を聴いてる途中に泣くことがたまにあるので、よくあることだと思われている。いや二人の歌は良い声で息が合っててすごく良いんだ、故郷を思った曲とか歌われると泣いちゃうんだ……。

ポーターは後ろの方で驚いたような顔で固まっていた。微動だにしないが大丈夫かな。

「というか、今の曲また初耳なんですが⁉ どこで仕入れてきたんです、そろそろ教えてくださいよ」

ロージーには、俺が貴族の繋がりでどっかから曲を仕入れてきているけど何か訳アリだから教えてくれないのだと思われているようだ。訳アリなのは俺自身なんだよな。〝君を美しくするもの〟の楽譜起こしに関しても相談しなきゃいけないし、どうしたものか……。

前世で作られた曲をこの世界に持ち込むことにはずっと抵抗があった。今もある。だが、俺はこうしてこの国の音楽の歴史に介入してしまった。食い物の歴史にも多少介入しちゃったし……そもそも俺もこの世界に産み落とされた一人なのだから、別に異物ではないはずなのだ。この世界の神様が手違いでも起こしたのだとしても、時間を巻き戻しでもしない限りもう歴史は紡《つむ》がれ始めている。異物なのだとしたらもっと早く排除されてたんじゃないだろうか。

だから俺の行いは、神様に許されている…………なんて、言うつもりはないけれど。

見逃されている。そう信じて、前進あるのみ。

その代わり神よ。俺は他人の作品、他人の発明、他人のアイデアで稼いだ金を、決して悪事には使わないと誓います。……楽しむという私利私欲にはめっちゃ使うと思うけどお許しください。

「ロージー、バドル、帰ったら相談したいことがあるんだ……ちょっと荒唐無稽《こうとうむけい》かもしれないんだけど……聞いてくれる？」

「！　ええ、勿論。デウス様がそう言ってくれるのを待ってたんですよ」

ロージーとバドルは笑って俺を見て頷《うなず》いてくれた。さて、何から話そうか。

この時はまだ知らなかった。この後、俺の知らなかった……いや認識できていなかったこの世界の真実を、二つも、一日で知ることを。


「フォルト親方、工房の皆さん、本当にありがとうございました」

「資金もしっかり頂いたし、俺達は仕事をしたまででさぁ。作ってる時から思ってたがこいつぁ良い楽器だ……表現力が豊かだ。聴き応《ごた》えがある」

「うーん、でも売るのは難しいかな……」

ピアノは現代日本でも高級品だ。いわんやこの国をや。しかも今回作ったのは幅を取るグランドピアノ。家庭にも置けるアップライトピアノと違ってとてもでかくて重い、コンサート用である。小型化もお願いするつもりだが、グランドピアノの方が連打がきくみたいなんだよな……。

「愛し子が貴族学院で弾けば、必ず売れます」

ラナドが真剣な顔で言う。涙は止まったようで良かった。俺を愛し子って呼び出したよこの人。

「そう思う？」

「ええ。学院の芸術棟に一台寄付して大勢の前で弾くべきです」

「寄付か……まぁ、学院でアピールするにはそうした方がいいよな」

貴族であるラナドがそう言うならイケるかもしれない。練習しなきゃ。ピアノ用の楽譜も作らなきゃだ。やることをリスト化しなきゃ～と考えていたら、フォルトが何かに気付いて俺を見た。

「そうだ、アマデウス坊ちゃん、塗装はどうしやす？　茶色が自然かねと思ってるんだが」

ああ、そういやまだ木目が丸出しだ。

「黒かなぁ」

ピアノが黒、というイメージは日本が湿気対策に漆塗りを始めたからだと本で読んだな。当初外国だと別に黒ではなかったらしい。日本人の俺としてはやっぱ黒だろう、と、思ったのだが。

「く、くろ？」

「ご冗談でしょう坊ちゃん」

「デウス様、黒はちょっと」

ラナドもフォルトもロージーも微妙な顔して駄目出ししてきて驚いた。

「え……黒じゃダメなの？」

「不吉ですよ」

不吉……？　黒猫が横切ると不吉みたいな話？　こっちの世界ネコチャンいないけど……。

「アマデウス様、神話を学ばれたでしょう？」

「？　はい……」

「光の神と闇の神が地上の支配権を争って闘い、闇の神は『黒い箱』を用いてあらゆる災いを世界に撒《ま》いた。全ての穢《けが》れは闇……黒から生まれる。だから不吉なのです。死の国の色、喪服の色ですし。髪や瞳に黒が出た者は災いを持つと言われ、好かれないでしょう？」

でしょう、と言われても。

し、知らん!!　そうなの!?

いや神話は知ってる、習った。確かにそういう話があったけど。パンドラの箱みたいなやつ。え、じゃあ髪が黒いジュリエッタ様って……もしかして顔だけじゃなく髪までヤバいの……？　日本人的には黒髪の方が親しみ深いんだけど。

でも神話なんて大昔の話、っていうか伝説、迷信みたいなものじゃ……でも迷信、迷信か。現代にもあった。霊柩車《れいきゅうしゃ》が通ったら親指を隠すとか北枕は良くないだとか、縁起とか厄年とか。科学的な根拠はないとわかっていても大抵の人は気にするものだった。冠婚葬祭では知っていないとマナー違反にもなりかねないものもある。宗教意識が薄めらしい日本人でもそうなのだから、いわんやこの国をや……ってコト……!?

この国は光の神を最高神とした神話があり、初代国王は光の神の子孫ということになっている。神話は町の教会でも司祭がよく語るので、本があまり流通していない平民もざっくりとは知っているものだという。光の神と敵対する闇の神のイメージカラーが黒い箱の黒、ということは……確か、光の神は黒い箱から出た災いを、金の雨を降らせて潰した……という話だったはず。

――……………もしかして。

「……気にしたことなかったけど……逆に一番美しいと言われるのって金色だったりする？」

「当然です！　金は光の神の色ですから。え、アマデウス様、そう思われないので……？」

「えっと……どの色が一番綺麗《きれい》だとか、考えたこと無いな……」

「神の愛し子はやはり考え方が常人とは少々異なるのですねぇ」

——謎が…………、いや全てではない、全然全てじゃないが、謎が、一つ解けた!!

同世代ではアルフレド様が特段美麗な貴公子として有名だった。わかる、アルフレド様が大天使美少年なのはわかるんだけど。睫毛《まつげ》なっがいし。でもなんだかんだで他の男子も皆美少年なのに、どこで差がついているのかわからなかったのだ。

金髪………!!　金の瞳!!　ブロンドに少し黄みの強いゴールドの瞳。言われてみれば髪と目どっちも金色の人は今までアルフレド様しか見たことがない!!

黒に近い焦げ茶くらいの髪ならいたけど、漆黒ともいえる黒髪の人はジュリエッタ様しか見たことない!!　目が黒の人はカリーナ様くらいか!?

喪服の色……喪服は黒なのか。……い、言われてみれば、今まで黒い服を着てる人を見たことがない……!!　小物や装飾品では黒が使われていることはあるけど、黒がメインカラーになっているものが、なかった。なかったのだ。黒が使われてそうなところも、そういえば濃い灰色や濃い茶色だ。

何で気付かなかったんだろう……——いや気付かん。まだ葬式には出たことないし、この世界、妙にカラフルだからカラフルなところにばっか目がいってたし……俺が鈍いだけかもしれんが。

勿論それが全てではないだろうけど、色で美醜が左右されていたとは気付かなかった……。

——い、……色くらいで………!?

……いや。考えてみれば地球だって、肌の色で未《いま》だに争い事が絶えない世界だ。黒目黒髪だらけの国で過ごした記憶のある俺が黒髪を悪く思わないのは当然だが、この国にはこの国が積み上げてきた価値観がある。感情では理解できないけど理性ではそういうことなのだとちゃんと心得ておこう。

……ジュリエッタ様が心配になってきた。大きなお世話だろうけど。

俺はむしろ黒髪の方が良いよ、親近感もあるし清楚《せいそ》なイメージもある。よく手入れしてあるのがわかる綺麗な髪だったし……あ、でも今知れて良かったかも。もしジュリエッタ様と良い雰囲気になれたとしても髪に関して何か言うのはアウトな可能性があったわけだ。髪が綺麗だと言ってもタイミングによっては皮肉にとられるかもしれない。

「……ラナドは何色が良いと思う？　ピアノ」

「金色であれば愛し子がより神々《こうごう》しいでしょうね……！」

金色のピアノ……は、派手だな！　目は引けるだろうけど個人的にはちょっと趣味じゃないな……。

「ラナド様、塗料が高くつくのではありませんか？」

ロージーの冷静な一言で却下になった。ラナドはしゅんとしたが助かる。

「……茶色がいいかなぁ。暗めの……でもまぁ、任せます」

「承知しやした！　塗れたらこれは伯爵邸に。学院への寄付用の物も大急ぎで作りまさあ！」

アップライトピアノの開発もお願い（丸投げ）して、俺は家路についた。ピアノが完成した喜びと、世界の真実を一つ知った驚嘆でどっと疲れた日だったな……と家路で思っていたが。

俺には家に帰ってからもう一つ、衝撃が待っていたのだった。

帰ってから俺はロージーとバドルとラナド、ついでにポーターにも〝君を美しくするもの〟をリュープで弾いて歌ってみせた。アンヘンは昼休憩に入ってもらったのでいない。

前世の話をする前に一旦この曲の所感を聞きたいなと思ったのだ。

「以前弾いていたものですよね。聴き慣れない調子というか……どこの言葉です？」

ロージーが俺とバドルに尋ねるように視線をやったが、バドルは首を左右に振った。

「私にもわかりません」

「師匠にもわからないというと、東洋の国でしょうか」

「まぁそれは一旦置いといて、どう思った？　私は良い曲だと思うんだけど」

気になっているのはこの国の人に受け入れられるのかどうかだ。馴染《なじ》みが無さすぎるとなると、プールに入る時足から水をパシャパシャかけて慣らすように、クラシックっぽい曲から徐々にポップスっぽくしていく方がいいかもしれないので。

「とても甘美な旋律です、良いと思います。しかし……やはり歌はこちらの言葉に訳さないと楽譜を売るのは厳しいかと」

「訳せるかな？　大体の意味はわかるんだけど」

「少々難しいですが、今までも外国語の歌はこちらの言葉に直して歌ったりしていましたから。お時間は頂きたいですがやれないことはないかと」

バドルが頼もしい。バドルはこの国の近隣諸国の言葉は数か国語話せるらしい。書くのは難しいらしいが。絶対どっか良家の出身だよな……。

「師匠ほどではありませんが俺も手伝えるとは思います」

「私も！　私も手伝わせてください愛し子……アマデウス様!!」

ラナドが顔を紅潮させて元気よくハイ！　と手を挙げた。元気だな……アラサーだけど多分俺より体力ある。この曲を訳してもらって上手くいったら、俺が弾けるピアノ曲や前世の名曲もどんどん楽譜にして売っていきたいと思っている。色々考えている野望のために資金はあればあるだけ安心だ。

曲をどんどん出すとなると、一番の協力者達には前世のことをある程度開示しなければならないと思う。でも大きな声じゃ言えないことだから、知らせる人員は絞りたい。頭がおかしくなったと思われても仕方ないことを打ち明けるのだ。ロージーとバドルには話すとしても……ラナドは俺の専属楽師じゃない。しかし人柄と音楽馬鹿ぶりは信用できるしこれまでも色々と協力してもらった……うーん、迷うところだ。

「アマデウス様、外国語の歌詞を訳すのには御力になれますぞ！　老師はともかくロージーは平民ですので貴族が好む言い回しには不慣れです。貴族に売る楽譜ですから私の語彙《ごい》がお役に立つかと」

「ちょ、ちょっとラナド様、俺の座を奪おうとしないでください！」

「ええい早い者勝ちだ！」

いや早い者勝ちじゃないが。

「うーん……じゃぁ、皆に一回それぞれ歌詞を書いてきてもらおうかな……？」

俺は急いで楽譜を書き、英語の歌詞をこちらの文字でざっくり書いたものとこちらの言語で訳した歌詞を書き込む。直訳なのでこれだけでは歌にならない。それを歌えるように言葉を組み立ててきてもらうのだ。

「一番ぴったりの歌を組み立てた者の歌詞が採用、ということですかな？」

目を爛々《らんらん》とさせたラナドが言う。真面目《まじめ》な顔のロージー、興味深そうなバドルが顔を突き合わせて書き上げた一枚の楽譜を見ている。

「まぁ、そうかな。それか皆の書いた歌詞で良い所は組み合わせるとかかな……歌詞担当者には売り上げの何割かを分けるようにして……」

俺は三人に渡すために大急ぎでザクザクと同じものを二枚書く。

「婦女子にうけそうですね、流石です」

「う……恋歌か……いや、俺だって……」

「ふむ……」

三人三様に考え始めた。するとロージーとラナドが同じタイミングで少し眉《まゆ》を寄せた。バドルは驚いたように眉を上げていた。何だ？

「何かわからない所がありました？」

「いえ、あの……」

え、いつも淀《よど》みなくペラペラ喋るラナドが言いにくそうにしてるの何？　こわっ。

「〝化粧なんていらない、素顔のままでいい〟という歌詞は当り前すぎて不自然と申しますか。唐突に出てくるというか……化粧という単語は削っても？」

「……化粧という単語を削る？」

不自然？　唐突？　ラナドが何を言っているかよくわからなくて首を傾《かし》げると、バドルもロージーも少し困ったような、何と言っていいか迷っているような顔で黙っていた。

……化粧が……不自然……？　――――待てよ。ちょっと待って。

俺、また何か気付いてなかったことが…………。

「……化粧って、普通……しないものなの……？」

もしかして。今まで会った女性で――――化粧をしていた女性は、いない………？

「……普段からアマデウス様は女性に化粧を勧めているのですか？　最低ですね」

黙って後ろに控えていたポーターが不愉快そうに言った。

「化粧をしている女性を不自然に思わないということは、そういう女性と深いお付き合いがあるということでしょう？　やはりそういう人だったんですね貴方《あなた》は。……不潔な。その年齢で娼婦《しょうふ》通いだなんて」

「ポーター！　口を慎め」

ラナドがポーターを咎《とが》める。俺は突然向けられたポーターからの強い軽蔑の眼差《まなざ》しに面食らっていた。

何だ？　何で娼婦通いとかいう話が出てきたんだ？

「だってそうでしょう、つまりは。汚らわしい娼婦達と付き合いが深いからそういう……」

「……け、汚らわしいとか言うのやめなよ、人間を」

まだ頭が回ってなかったけど反射的にそう言った。ポーターはカチンときたようで口を開く。

「話を逸らさ、……っ!?」

「黙れ」

ロージーがポーターの胸倉を乱暴に掴んでいた。周りは皆ぎょっとして固まった。ロージーがこれ以上ないくらい怒りを湛《たた》えた顔で言う。

「化粧をするのは確かに娼婦や大道芸人くらいだな。その汚らわしい女達と、俺は一緒に旅をしたこともあるし何度も助けてもらったよ。まぁ酷《ひど》い目に遭わされそうになったことだってあったがな」

　あぁ、ロージーが語る旅の話にはたまに旅芸人の一座が出てきたな。小さなサーカス団みたいなイメージだった。ぼかされてたけど娼婦っぽいお姉さんやら女将《おかみ》さんが出てきたこともあった……って暢気《のんき》にそんなこと思い出している場合ではない。

「その商売女達を粗雑に扱うのは決まっててめえみたいな下級貴族のボンボンだったよ、女に世話になっといて汚らわしい娼婦って見下して。化粧で誤魔化した不細工女どもがって言ってな。貧民街の人間を鞭《むち》で打って楽しんでるのも、異国に売り飛ばすのも貴族のお仕事だと思ってたぜ俺は。平民で、売れるもんを売って生きて、化粧してるくらいでてめえらに汚らわしいなんて言われる筋合いはねえんだよ。……デウス様や伯爵様やラナド様が親切だから忘れてた。貴族ってのにはてめえみたいなクズ野郎もいるってことをな!!」

「お、おちおち落ち着いてロージー！　タイム!!」

　俺が落ち着いてない。タイムって言っても通じないよ。ポーターは俺にだったらともかくまさかロージーにここまで強く非難されるとは予想してなかったのだろう、ショックを受けた顔で固まっている。

「まぁ、ほら、ポーターがクズ野郎かどうかはまだ決まってないじゃん!?　ロージーだって貴族全員クズって思ってた時期があったんでしょ？　でも今はそう思ってないんでしょ？」

「……デウス様」

「ポーターだって意見を変えるかもしれないんだからさ……」

　流れで今のポーターは紛れもなくクズ野郎であるかのようなことを言ってしまったな……。ロー

ジーは少し冷静な顔になって睨みつけながらもポーターから手を離した。

「……娼婦通いしたって、デウス様は女達に酷いことなんてしないってわかる。てめえよりよっぽどマシだ、人間として」

「……貴様……っ黙っていれば、無礼な！」

固まってたポーターが起動してカッと赤くなって怒った。

待って、俺が娼婦通いしてる前提で話を進めないで⁉　通ってないんですけど⁉

「先に主に無礼を働いたのはポーター！　君でしょう」

ラナドがぴしゃりとポーターを叱った。ポーターが気まずそうに俯く。ラナドは普段はしゃいでいることが多いから忘れてたけどちゃんと大人《おとな》だったんだな……。意外なところで頼りになってびっくりだよ。

「独身の主が娼婦を買っていたからといって、侍従がそれを責める正当な理由などありません。アマデウス様が寛容だからといってさっきの態度は何ですか」

「……申し訳ありません……」

「ロージー。貴方も、言葉が過ぎますよ。謝罪なさい」

口調は穏やかだが厳しい目付きでバドルがロージーに言った。

「師匠……。はい……。……申し訳ありませんでした」

「――ま、まぁまぁ。そうだね、良くなかったね……私も紛らわしいことを言ってしまったみたいだからごめんなさい！　ハイ！　おしまい‼　あと私はまだ娼婦を買ったことはありません‼」

ぱんぱんと手を叩《たた》いて重い空気を霧散させようとしたが難しかった。思わぬ揉《も》め事が起きたのでひとまず解散した。歌詞はそれぞれが書いてきてくれるのを待つということで。

俺はこの日この出来事で、この世界での化粧というものの立ち位置を知り。

美醜の謎の解明にまた一歩近づいたと知った。


――少しの間一緒に旅をした、旅芸人の一座の娘に、リリエという子がおりましてな。気が強くてあまり器量の良い子ではありませんでしたが、歌が上手くて親切な娘でした。ロージーと思い合っていたようだったのですが、お互いに流浪《るろう》の身でしょう。このまま別れてしまっていいのか、とは言ったのですが、いつ死ぬともしれない立場で夫婦になろうだなんて言えずに、リリエも決定的なことは言わなかったようで、いつまでも同じ道を行っても仕方ないと別の町に行くことをあの子が選んで、そのまま……。人前に立つ時はリリエも化粧をしておりました。だから、リリエを侮辱されたように感じてしまったんでしょう……――


バドルがこっそり俺にだけロージーの過去のコイバナをしてくれた。

「……その一座は今どこにいるかわからないの？」

ロージーは今、俺の楽師として定額の給料を貰っているしバドルと近場に家も借りている。結婚することは不可能ではないと思うのだが……。

「わかりませんな……その時は隣国に行ったようでしたが。もう何年も前のことですし……」

俺と会う前だからもう五年以上は前か。それに当たり前だけど旅芸人は旅してるものだ。その娘に仕事を辞めてもらうことになる。前世の単身赴任みたいに何とかならんものだろうか……まぁ今どこにいるかわからないから致し方ないのだが。リリエ嬢もすでに別の相手と結婚しているかもしれない。バドルは上品な老紳士だしロージーはまだ若いのに浮いた話の一つもなく、二人はそこまで女性に興味がないのかもしれないと思っていたが。不器用なところがあるロージーはまだリリエ嬢を忘れられていないのかも……。

アンヘンは休憩を終えて戻ってきたらラナドにポーターに関する報告を受けたらしく、何やらセイジュと話し合いをしてきて、「ご希望ならポーターはこれ以降アマデウス様の近くから外せるそうですが、どう致しますか」と訊《き》いてきた。俺は、「少しポーターと直接話したい」と答えた。

俺の部屋でポーターと二人にしてもらう。彼はすごく嫌そうな顔で入ってきて丁寧に扉を閉めた。

「…………私と話したいこととは？」

「ポーターは、私の近くから外れたい？　君がそう希望するなら外れてくれてもいい。大丈夫ならそのままでいいと思ってるんだけど……」

「……何故です？　貴方が何を考えているかわからない……あれだけ無礼なことを言った私を何故傍に置いておこうなんて気持ちになるんです？」

「ええっとね……あ、先にポーターの正直なところを聞かせてよ。無礼だとわかってて何で言ったの？　クビになりたかったの？　それとも……抑えきれないくらい私を罵りたい気持ちが溢《あふ》れたの？」

ポーターは男爵家の出だという。今二十歳くらいだ。……クロエは十九歳だったらしい。貴族として育って、格上の主に対してあそこまで直接的なことをふてぶてしい態度で言えばただでは済まないことくらいちゃんとわかっているだろう。

ポーターはふと虚《うつ》ろな目で無表情になった。

「………クロエのことは、妹みたいに思っていたんです。昔から付き合いがあって……俺にはそれなりに懐いてくれてましたけど、あの子は器量が良くないから男には冷たくされがちで……――俺も、容姿を褒めたことはなかった。小さい頃《ころ》は、お前は顔が良くないんだから所作を磨けだとか、無神経な助言をしたこともあった……」

独白交じりの言葉、悲しげに伏せた目には後悔の色が見えた。

「わかっています、アマデウス様はクロエを褒めただけで、何も悪いことはなかったって……クロエに直接話も聞いたし悪いのはクロエだって……――でも、クロエは今牢《ろう》に入っているのに、アマデウス様は毎日楽しそうに演奏をするし、美味しい料理を考えつくし、高貴な令嬢との噂もあるし、順風満帆そうに見えて、……悔しくなって。なんで、どうして、って気持ちが消えなくて……わ、わたしも悪かったのかもしれないって。もっとクロエを昔から褒めてやっていれば、あいつもこんなことやらかすまで思いつめなかったかもしれないのに。やらかす前に、わたしに相談したかもしれないのにって……」

家族みたいに思ってた子が犯罪者になってしまったことは、ポーターにとってかなりショッキングな出来事だったのだろう。きっと自分やクロエが悪いと思いたくなくて、他の誰かが悪いことにしたくて、でも出来なくて、ずっと溜《た》め込んでいたフラストレーションがあったのだ。

多分、俺が娼婦通いをしている（してないが）とわかった時、俺を責めたい気持ちが爆発したのだ。

「………俺、異世界で暮らしていた記憶があるんだ。ここことは全く違う国、違う文化、違う星で生きていた記憶。十七歳で死んで、気が付いたらこの体で生まれてた。俺がここで思いつく変わったことは、その異世界では全部普通のことだったんだよ」

「…………頭がおかしくなったんですか？」

「まぁそう思うよね～……。君を近くに置いておこうかなぁと思ったのは、君が正直に俺にものが言えるから、言ってくれるかもしれないから。今周りにいる人は皆優しいから気を遣ってはっきり言わなかったりするじゃん？　それだと俺は困るかもしれないんだよね、これから………」

アンヘンもロージーもバドルもラナドも俺に好意的だからこそ、俺が傷付くような言葉は使わない。しかし好意的ではない人が俺の行動にどう思うのか、という意見は知っておいた方がいいと思う。

実際ポーターが娼婦云々《うんぬん》言い出さなかったら、ラナド達は娼婦については触れずに大道芸人に関してのことしか俺に伝えなかったかもしれない。格上の相手に自分から性的なことに言及するのはかなり勇気の要るミッションだ。日本の現代でも上司に自分からエロい話を振る奴はかなりの猛者《もさ》だろう。セクシャルな無礼者だと思われてクビ切られたら洒落《しゃれ》にならないもんね……。

こそっとアンヘンに聞いたところ、こちらの世界では化粧という行為は『顔を美しく偽って人を騙《だま》す行為』と思われているらしい。娼婦や男娼、見世物として芸をする人間は客を取るためにそれをする。そういう職業の人間が仕事のためにしているならともかく、普通の人間が化粧をするのは相当恥ずかしいとされるのだそうだ。親から受け継いだ顔を恥ずかしいと思い変えるなんて不届き者だと言われたり、本当の顔を隠し美しく装って結婚相手を捕まえるのは不誠実な詐欺行為だとされる。

――これ……多分、前世における一昔前の美容整形の立ち位置、だな………⁉

時代が進むにつれ美容整形の技術も進み胡乱《うろん》さが薄れ、一昔前ほど人々に忌避感はないと思う。容姿がコンプレックスで苦しい思いをした人が整形する番組なんかも定番になりつつあった。でも抵抗感がある人はやはりいるし、騙されたと思う人はいるし、芸能人がしていたとなったらニュースになる。整形したことを人に知られたくない人も多いだろう。堂々と出来る人はおそらくまだ少数派だ。

この事実が示すことが何なのか。すなわち……この美形インフレ世界は……化粧をすると、マジで別人みたいに美人に変身することが出来るということである。

そう…………美容整形並みに!!

俺は今まで不細工側にカウントされていた人達の顔を一人一人思い出す。化粧で変わる部分とはどこか、ということを踏まえて思い出す。そばかすがあった。黒子《ほくろ》があった。わずかに吹き出物の痕があった。そして、…………――痣《あざ》。

美形インフレ故に。マジでほんっっ……の少しの違いがものをいうのだ。肌の上の異物。白粉《おしろい》で隠せば一発のそれが。この世界の美の瑕疵《かし》だったのだ。

わ…………

わかるかァ！！！！！！！！！！

第四章　貴族学院

貴族学院の制服は白の中衣に濃い灰色の上着で、下に履くものは限定されない。男子は大抵灰色や暗い色のズボンを複数用意するが、女子は脛《すね》まで届く比較的に動きやすいスカートを何種類か用意する。華やかな色のスカートを纏《まと》う女子も多いという。騎士団を希望する者は女子もズボンを着用することもあるが、珍しいので目立つのだとか。

学院でも茶会室を借りてお茶会を開くことは出来る。卒業式典の後には講堂で送別会という名のパーティーが行われるのが恒例になっている。社交界では婚約者の髪や瞳の色の装飾品を身に付けることで仲の良さを顕示することがよくあるため、学院のお茶会や送別会でスカートを婚約者の髪や瞳の色にして参加し、婚約者にエスコートしてもらうという状況に多くの女子が憧れているらしい。

「お嬢様、着心地は如何《いかが》でしょう」

「問題ないわ、モリー」

学院用に仕立てた灰色や白、薄紅色のスカート。上品な刺繍《ししゅう》が施されていたり控えめにフリルがつけてあったりして地味すぎないようになっている。学院に着ていくことはないかと思うが、騎士団の練習に参加する際に使っている濃い灰色のズボンも新調している。背が伸びることを見越して裾が折り返して縫ってあった。

——……アマデウス様の髪のような、鮮やかな紅色のスカートを纏うことが出来たら。

そしてエスコートしていただけたら。なんて。……妄想くらいは自由よね。

どんなに良いドレスや装飾品を見て心が躍っても、自分が身に付けたらこれらのものを生かせない、宝玉の持ち腐れとはこのことかと沈んだ心持ちになってしまっていた。でも、今は少し違う。アマデウス様の気を引くことが出来るかもしれない、ほんの少しでも良い、可能性があるかもしれない、という期待が心を浮き立たせる。顔が駄目でも体や振る舞いが立派に女らしければ、アマデウス様の御《お》眼鏡《めがね》に適《かな》うかもしれない……。

「一般的に男性は胸やお尻の大きい女性が好きなものと聞くけれど本当かしら……」とモリーに聞くと「概《おおむ》ねその通りかと……勿論《もちろん》男性それぞれに好みはあるかと存じますが」と返された。大して効果は望めないだろうとはわかっているけれど、胸を大きくする効果があるという噂《うわさ》の食べ物を出してもらったり、按摩《あんま》してみたりしている。お尻が大きいと剣術で素早く動くのに少々難があるし、お尻を大きくする方法というのは調べてもどうにもわからなかったので、定期的に腰を捻《ひね》る体操をして腰を細くしたいと思っている。元々体は鍛えているので結構引き締まってはいるけれど。

仕立屋が帰った後、家庭教師の元で勉強し、音楽室へ向かった。楽器の腕を磨いておきたくて、時折練習しに行っている。

『是非いつか歌を聴かせてもらいたいです、こっそり私だけにでも』

アマデウス様はそう仰《おっしゃ》ったけれど。こっそり二人きりになって歌を聴かせるだなんて、家族か恋人でないと出来ない。これはもしや口説《くど》かれているのかとひどく赤面してしまったが、音楽狂いと言われるほどの音楽好きでいらっしゃると後で聞いたので社交辞令というか、本当に歌が聴きたいだけかもしれなかった。考えれば含みなど何もなく見える無邪気な笑顔でいらっしゃったから。

……でも、もし、万が一ということもあるかもしれないから……！　歌も練習しておこう。

廊下の先からロレッタが歩いてくるのが見えた。

「あら御機嫌よう、お姉様。どちらにいらっしゃるのですか？」

「御機嫌よう、ロレッタ。音楽室へ行くわ」

「音楽の授業ですの？」

「いいえ、……少し練習するだけよ」

「まぁ……まさかとは思いますけれど、音楽好きだというお噂の貴公子に媚《こ》びを売ろうとお考えですの？　お可哀想《かわいそう》なお姉様……！　例の貴公子は女性には見境のない方だとか。そんな方に想いを寄せてもお姉様がお辛《つら》くなるだけでしてよ？　それに公爵家の娘が格下に縋《すが》るなんてみっともない……と思われてしまうかも……。きっと他にもっとお姉様にぴったりな方がいますわ！　恥ずかしい姿を晒《さら》す前に諦《あきら》めた方がよろしいのでは……」

眉《まゆ》を下げたロレッタは甘ったるい声で言う。心配しているように見せて、その口元の笑みからは私を見下すことを楽しんでいることが窺《うかが》えた。母親のロレンツァが普段からこういう態度だからロレッタも真似《まね》をする。私を見下していい対象だと思っていることが言葉の端々から伝わってくる。ロレッタの侍女もにやにやとしていた。どうせ私に婿《むこ》など見つけられっこないと思っているのだろう。努力したって無駄だと。

「差し出がましいわよロレッタ。貴方《あなた》の意見など聞いていないわ」

「えっ………お、お姉様？」

「失礼するわ。姉へ対する礼儀を覚えるまで私に話しかけないでほしいものね」

「――――――ぶ、ぶっさいくのくせに……‼　なんなのあの態度……！」

ロレッタが小さな声で言ったのが聞こえる。聞こえても構わないと思って言ったのだろう。全く礼儀知らずの小娘だ。でもロレッタと侍女のあの呆気《あっけ》にとられた顔。思い出すだけで一月《ひとつき》は笑える。

今まで私は継母《ままはは》と妹の嫌味を受け止めるだけだった。言い返す気概がなかった。思いの外《ほか》無気力だったのかもしれない。初めてだ、反撃したのは。平気だったわけではないがこの顔では蔑《さげす》まれても仕方がない、と思っていたのに。猛烈に言い返したくなった。せっかくの良い気分に水を差すな、と。

不細工だから何だ？　不細工が恋をしてはいけないだなんて法はない。親か恋した相手以外に諦めろと言われて諦めてやる義理はない。

「……お嬢様。お強くなられて……」

こんなに嬉《うれ》しそうなモリーの声は久々に聞いた。

「……生意気になっただけかも」

「いいえ。前向きになられたのですわ」

「そうね……次あの子が何か言ってきたら、ベールを捲《まく》って見せてあげましょうか？」

「フフッ……お嬢様がよろしいのでしたら」

何年も前に一度私の顔を見たロレッタは泣き叫びながら逃げ出した。その後も暫《しばら》く私を恐れてびくびくしていたが、私が気を遣って顔を見せないようにしていたら安心したのか喜々として嫌味を言うようになったのだ。もうあの子に気を遣うことはないだろう。そもそも何で気を遣っていたのだろう？　年下でまだか弱いと思っていたからか。でももうあの子も十歳だし、そろそろ自分の言葉の重みには自覚を持ってもらわねば。こちらを見下すようなら泣かせてやればいい、気絶させてやればいいのだ。平気になるならなるで度胸がついたということだ。

悪く言われるのが恐くて、顔を見られるのが恐かった。しかし今は不思議と恐くない。

頭の中で、歌詞はわからないけれど軽快で、背中を押してくれているような音楽が鳴り響いている。

※※※

ある高貴な男は、隠密から届いた報告に眉を顰《ひそ》めていた。

「まさか〝化物令嬢〟の婿に立候補しそうな令息が現れるだなんて夢にも思わなんだ……」

「警告しますか？」

隠密の言葉に男は独り言《ひとごと》のように溢《こぼ》す。

「そうだな……楽器しか能のない女誑《おんなたら》しだという話だ。手を怪我《けが》でもすれば野心も萎《しぼ》むかもしれんのぉ」

高貴な男の向かいの椅子《いす》に腰を下ろしていた少年が男に話しかけた。

「学院で婿が見つからなければ、シレンツィオ公も化物令嬢に跡を継がすのは諦めて……ユリウス殿下の第二妃に……という要請を呑《の》むとお考えなのですか？」

「婿が見つからんよりは、王家と繋《つな》がりを持った方が体面もよかろう。殿下は嫌がるだろうが……」

「面食いですからね。……王妃ではなく第二妃という話だけでも不遜でしょうに、冷遇されると公爵に思わせてはそんな交渉上手くいきませんよ」

「素顔を人前に晒せぬほど醜い娘を貰《もら》ってやると、シレンツィオに恩を売れる良い機会なのだから殿下には我慢してもらうしかあるまい。四つの公爵家で、今殿下と歳《とし》が釣り合う娘はジュリエッタだけだ……全く、女にモテることばかり考えているのだから甲斐性《かいしょう》を見せてもらいたいものよ」

「……身分が高かったばかりに、あの令嬢も気の毒なことです。野心しかない男爵家上がりと、王子に白い結婚を強《し》いられるのと、どちらがマシなのでしょうね」

「顔を見られるだけ前者の方が良かったろうな。その選択肢はなくなる予定だが……」

隠密は黙って頭を少し下げ、いつの間にかいなくなっていた。

※※※

国中の貴族の子が入学する貴族学院。歴史を感じさせる古さはあったが全体的に白く大きく、所々に金色の装飾があしらわれた絢爛《けんらん》な学び舎《まなや》だ。

「ハイラインとアマデウス、リーベルトは同じクラスか」

一学年は百名前後で一クラス約二十名、五組まである。一組が成績優秀者の集まり、五組は成績の悪い問題児が詰め込まれているという噂である。アルフレド様とペルーシュ様が同じ一組、俺《おれ》とリーベルトとハイライン様が同じ二組だった。

「くっ……何でアマデウスと……！　アルフレド様と同じクラスになりたかった……」

「成績順ですよ、仕方ないでしょう」

成績は上位の五十名まで張り出されていた。アルフレド様は一年生全体で二位だ。すごい。ペルーシュ様が十六位、ハイライン様が二十一位だった。俺が二十二位、リーベルトは二十五位。

そして一位は、何とジュリエッタ様だった。ジュリエッタ様とアルフレド様との点差は三点。一位から十位まで数点差の接戦だ。公爵家の跡継ぎという自覚もあるのだろう、頑張ってるんだなぁ二人とも。

年始の試験ごとにクラスはまた変わる。三組より下のクラスは子爵家と男爵家がほとんどだ。やはり身分が上の方、金が出せるほど教育の質が上がるのかな……。忖度《そんたく》もあるかもしれないが。伯爵家に貰われた身としてはなるべくクラスを落とさないようにしなければ。

住んでいる地が遠いと会ったことがない子もいるので、知らない名前も結構ある。王都を挟んで反対側なんかだと全然会わない。

格上の家の子の名前は入学前に予習させられた。しかしこの予習、あまり役に立つ気がしない。『○○伯爵第○子●●　青の髪』『○○侯爵第○子○○　茶の髪』みたいな文字のみのざっくり情報なのだ。似顔絵くらい欲しい。髪色も人ぞれぞれ沢山《たくさん》あるのに一言って。水彩絵の具で薄く色分けしたら憶《おぼ》えやすくなった。水彩絵の具があって良かった。油絵具もあるけど油絵具は乾くのに時間がかかる。

「アルフレド様方、御機嫌よう！」

溌剌《はつらつ》としたこの声は……カリーナ様だ。

「カリーナ様、ジュリエッタ様、プリムラ様。御機嫌よう！」

ロクティマ伯爵令嬢プリムラ様は確か、カリーナ様のお友達の一人だ。ジュリエッタ様と会ったお茶会で自己紹介し合った。ミルクティー色の髪で垂れ目のおっとりとした雰囲気《ふんいき》の美少女。……顔にそばかすも黒子《ほくろ》もシミもないので、この美形インフレ世界においても美少女で間違いないと思う。髪が光の加減によっては金色に近いので、もしかしたらかなりの美少女か……？

改めて見るとカリーナ様はそばかすと黒い瞳がマイナスになって、そこそこ容姿が悪いと思われる……明るくて気が強そうな美少女にしか見えないが。

俺はこの美形インフレ世界の美醜判断基準を獲得した……。

おそらくほぼ知った……はず！

だからといって態度を変える気はないのだが、やはり他の皆がわかっているのに自分だけわかっていないことが世界にあるというのは人付き合いをするにおいて不安要素になっていた。知らないうちに誰かの逆鱗《げきりん》に触れる可能性を捨て切れなかったから。でもその不安がほぼ解消された。転生して十三年…………長かった…………。

納得は……全くしてないがな‼

美形の黒子やそばかすなんて……むしろチャームポイントだろが‼

肌が綺麗《きれい》なのが美人の条件というのはわかる。その条件は前世でも似たようなものかと思う。俺も思春期でニキビが出来ると気になって仕方がなかった。黒子やそばかすもあまりに目立つとかだと気になる人もいただろうけど……化粧で隠せばいいのに、その化粧自体がけしからんものとされている始末。気付いた後は何で気が付かなかったのか、とも思――――いや気付かん。気付かんよ。

言い訳をするとしたら、俺がまだ子供で男で、関わる外の人間も子供が多く化粧というものを全く意識していなかったこと。周りも言及しないし。こちらの人間は誰もかれも美形なので、一見化粧しているように見えなくもないこと。マジでメイクしてないの？　嘘《うそ》でしょ……⁇　と今でもたまに思う。

「ア、アマデウス様、お久しぶり……というほどではないですが、お会い出来て嬉しいです」

「春のお茶会以来ですね、ジュリエッタ様。御機嫌よう」

ジュリエッタ様は鼻まで覆う白いシンプルな仮面を被《かぶ》っていた。唇と頬《ほお》の下は見えるので右目側の痣《あざ》が少しだけ見えている。皆何も言わないしこれくらいなら見えててもセーフらしい。セーフとアウトの境界がわからん。目の穴から彼女の紅い瞳も少し見えた。仮面の紐《ひも》は彼女の顔の横髪と一緒に編み込まれて頭の後ろにリボンみたいに結ばれている。ベールよりは前が見やすそうだし、口が見えたらやっぱり表情がわかって良い。

「ジュリエッタ様、成績一位ってすごいですね！　普段から努力なさっているんですねぇ」

「あ……ありがとうございます。取《と》り柄《え》が真面目《まじめ》なことくらいなので……」

「真面目にやるって案外出来る人と出来ない人がいますし、大事ですよ。私も見習わないと……楽器の練習だったら真面目も真面目なんですけど」

「お前のそれは趣味だろう。……ジュリエッタ様、先日は失礼致しました……」

「私も失礼を……謝罪致します」

ハイライン様が深刻な顔で頭を下げた。ペルーシュ様と揃《そろ》って。そうか、自信満々でベール取っていいよ！　と言った後二人は青くなってそのままだったか……。

「いえ、大人《おとな》の騎士でも腰を抜かす方がいらっしゃいます。何も恥じることはございませんわ」

大人の騎士でも!?　そ、そっか……。

許されたような空気にジュリエッタ様と二人は曖昧《あいまい》に笑った。

「ジュリエッタ様。ユリウス殿下へのご挨拶《あいさつ》は……なさいましたか？」

アルフレド様がどことなく気遣わしげに聞く。ユリウス殿下……二つ年上の第一王子。

「……いえ。でも、入学したのだから一度はご挨拶申し上げた方がいいでしょうね……」

ジュリエッタ様は気が進まなそうだ。仲が良くないんだろうか。

「それでは一緒に参りましょう、皆で行けばすぐに済みますよ」

アルフレド様にそう言われたら行くっきゃねえな……と皆で殿下への挨拶に向かう。めんどくさいことをさっさと済ませちゃおう！　みたいなノリでいいんだろうか。

ユリウス殿下は新入生からの挨拶に囲まれていたが、少し人がはけたところを見計らって皆で近付く。

少し長い癖のある金髪を後ろで一つに縛り、暗めの黄緑の瞳をした美少年だ。表情からして高飛車である。初対面の頃《ころ》のアルフレド様を彷彿《ほうふつ》とさせる。

当たり障《さわ》りのない自己紹介と挨拶を次々と流れ作業のようにする。なるほど、大勢挨拶しなきゃならないとなると一気に済ませた方が相手にも良さそう。冠婚葬祭をちゃんとやらないとバラバラのタイミングで人に来られて逆に面倒、みたいな話を思い出した。

しかしこの殿下、男子には興味がなさそうで女子を見る時だけ品定めするようにじろじろと見る。高飛車スケベ王子か……。よいではないかと言いながら服を脱がすタイプの……。あれはお奉行様だったっけ、殿様だったっけ？　する方が美形になると女性向けコンテンツとして需要がありそう。

「少し良いか、ジュリエッタ」

ユリウス殿下にジュリエッタ様が呼ばれて離れ、何か話している。

「……何をお話してらっしゃるんでしょう」

カリーナ様が不思議そうにしている。カリーナ様にわからんなら俺にもわからんな。

「縁談のお話かもしれませんわね」

プリムラ様の言葉にその場の皆が注目する。

「あら、現在ユリウス殿下と歳の釣り合う公爵家の令嬢はジュリエッタ様だけですから……有り得ないお話ではありませんわ」

そ、そっか……!? ジュリエッタ様、王妃になる可能性、あるんだ……!!

公爵家はこの国には四つしかない。王家に匹敵するほどの大貴族だ。王家との縁談は有り得る。

「……でもジュリエッタ様は嫡女でいらっしゃるでしょう？」

「十歳になられる妹君がいらっしゃいますから、もしかしたらどちらかが王家に嫁がれることになるのかもしれませんわね」

なるほど。ユリウス殿下はもうすぐ十五歳。ジュリエッタ様の方が歳は近いけど……妹さんも五歳差だったら有り得ないというほどでもない。どちらかを跡継ぎに、どちらかを王家に……。

カリーナ様が少し険しい顔になった。

「ジュリエッタ様は、婿が取れなければ妹君に家督を譲ることになるかもしれないお立場……そこを突かれ、王家から縁談が来たとしたら条件が悪くとも断れないかもしれませんわ」

「……婿が取れないなんてこと……」

ないでしょう、と言おうとして黙った。全員の視線が俺に注がれていた。

「……なんでしょう」

「いえ、別に……」

「何でもありませんわ」

女子二人があさっての方向に目をやる。男子達は何か言いたそうな顔をしているものの黙っている。

うん……お上品が故に『オメーがなればいいんだよ』と言いたくても言えないオーラを感じる。ほら、俺は良いけど……そういうのはジュリエッタ様の気持ちが大事だし……。

そういや王家から縁談で条件が悪いって、どういうことだろう……？


ジュリエッタ様が戻ってくる。視線を感じたので彼女の顔を見ると、仮面の穴から紅い瞳がじっと俺を見ていた。

「おかえりなさい」

そう言って笑みを返すとジュリエッタ様がすすすと俺のすぐ前まで歩いてくる。俺は同世代では少し背が高いので、ジュリエッタ様を十五センチくらい高い所から見下ろす。上目遣いでこちらを見ている。これ可愛《かわい》い顔してるな……。仮面の向こうだから多分だけど。

「…………アマデウス様、あの」

「はい」

「……あ、あのお茶会で弾いてらっしゃった曲なのですが……！　楽譜は、どうなっていますか？」

別のことを言おうとしていたけど誤魔化《ごまか》したような感じだった。

「あぁ……、あれは今うちの楽師が歌詞をこちらの言葉に直そうと頑張ってくれています。準備が出来たら真っ先にお知らせしますよ」

「あ、ありがとうございます……」

心なしかしゅんとしてしまった。楽しみにしてくれてたんだな……まだ出来てなくて申し訳ない。

入学を控えて、売り上げを考慮しながら楽譜やレシピを増産したりピアノの寄付を掛け合ったり楽師達が奪い合うようにピアノを練習したりと思いの外忙しく、新しい楽譜を拵《こしら》える暇がなかった。俺も教科書や時間割チェック、貴族の子の名前を覚える等、またピアノの練習で忙しく……そろそろ三人とも歌詞の構成を終えたかな。帰ったら進捗《しんちょく》確認だ。

……身分的には、ジュリエッタ様は俺より王子様との方が釣り合ってる。王家との縁談の方が良い話なんだろうし。いや、跡継ぎとして育ったんだから家督を譲るのは嫌だと思ってるかな……？　気になったけどそんなデリケートなことを訊《き》けるほどまだ親しくはない。

「其方《そなた》がジュリエッタと懇意にしているという令息か。アマデウス」と、挨拶した時ユリウス殿下に話を振られたが、「あぁ、少々噂になってしまっていたようですね」と軽く流した。

ちゃんと否定した方が良かっただろうか。聞かれた時は曖昧に流すようにしている。肯定しても迷惑かもしれないし、否定したらジュリエッタ様が俺に縁談を持ってきてくれなくなるかもしれないし……。優柔不断な態度だとは思うけど今はこういうスタンス。何となくもやもやを抱えたまま帰路についた。

「兄上、私またあれ食べたくなってきました。薄揚げ芋」

学院から帰って姉弟三人で一息ついていたらジークがそう言った。

るな。

「料理長に知らせておくわ」

マルガリータ姉上も食べたいらしく、侍女に目配せした。夕食にそっとポテトチップスが添えられるな。

「あぁ、いいよね」

ピアノが出来た日に出した新メニューというのは、なんてことのない普通のポテトチップスである。薄く切ったピヤ芋（ほぼジャガイモと同じ芋）を揚げていくつかソースを添えただけのものがレシピとして売れるのか？　と当初疑問だったけれど、どこかで新メニューが発表されて、それを自分のお茶会で出すならば貴族は買うものだそうだ。レシピを買わずに真似るというのは金がないと言っているようなもので恥ずかしいから。評判になった新しい茶菓子を出さないというのは流行に疎《うと》いと侮《あなど》られるかもしれないので、高位の貴族ほど躊躇《ちゅうちょ》なく買ってくれると料理長カルドが言っていた。

まだ公《おおやけ》のお茶会には出していないので評判はわからないけど、売れると良いな。姉上とジークも気に入ってくれたようでちょくちょくおやつや夕食の添え物にリクエストされている。

「チロのソースが一番ね」

姉上はチロ……トマトソースにつけて食べるのが好きらしい。

「ラモネの方が美味《おい》しくないですか？　ね、兄上」

ラモネのソースはレモン味だ。ジークは姉上と揉《も》めたいのか揉めたくないのかわからん時があるな。

「どっちも好きですけど私は塩派ですね～」

俺はシンプルに塩が一番好き。のり塩も食べたいがこちらには青のりがない。海に近い領地でもないので海産物は手に入りにくい。パリパリと摘まんでは食べ、手を拭く。手が汚れるのが難点だ。

……箸《はし》が欲しいな。絵に描いて今度工房に注文するか。家で使う分にはいいだろう。

「新しい食器を作ろうと思っているんですが、姉上とジークも使います？　こう……二本の棒状の食器で摘まむように食べた方が手が汚れない」

「……？　想像つきませんが……試しに一度使ってみたいです」

「手が汚れないのなら使おうかしら」

使います？　とつい気軽に聞いてしまったが、見たことも使ったこともない人に箸はハードルが高いかもしれない。

「あー、少し使いづらいかもしれませんから使いにくかったら使わなくてもいいですけどね」

「何よ、自分が器用だと思って馬鹿《ばか》にするんじゃないわよ。お前の手が汚れなければそれでいいというの？　傲慢《ごうまん》ね」

そ、そんなつもりでは……。そこまで言わんでも……。

「まぁ、兄上の手は実際器用ですし……素晴らしい演奏をする大事な手ですからね」

ジークがそう言ってくれて俺は自分の手を見る。

「確かに手は大事ですねぇ……何かあっても頭より手を守るかも」

演奏家にとって手は命……とまではいかないが大事だ。この体は健康だし手が大きめだしありがたい。ピアノの練習を繰り返すと手の甲の筋肉が発達してゴツくなるのだが、まだそこまでではない。頑張って育てなければ。

「頭がなくなったら手も動かないんだから頭を守りなさいよ、馬鹿」

姉上が顎《あご》をつんと上に向け、俺より低いところから見下すように言った。正論だけど頭がなくなるってどういう状況？　俺が想定していたのは上の棚から本が落ちてきたとかそれくらいなんだけど……剣が振り下ろされた時かな？　防げねぇ。

——この後、本当に頭を守らなければいけない状況が襲い来るだなんて夢にも思わなかった。

初めは、入学して数日経《た》った日だった。授業が全て終わった〜と校舎沿いに歩いていると、いきなりドン、と突き飛ばされて転んだと思ったら直後にガシャンと重めの音がする。俺が立っていた所に鉢植えが落ちて割れていた。

「ひえっ」

「っ……誰だ⁉」

横にいたリーベルトが叫びながら頭上に視線をやり、俺も鉢植えが落ちてきたであろう所を見上げるが誰もいない。彼が咄嗟《とっさ》に気付いて突き飛ばさなければこれ、俺の頭上に……いやこれ死ぬ死ぬ。

「ありがとうリーベルト、マジで……上、誰かいたの？」

「人影が見えた気がするんだけど……」

リーベルトが腰の模造剣に手をやりながら上の窓を睨《にら》む。つーか反応速度えぐいな。一緒に歩いてて俺何っっっにも気付かなかったんだが？　少し気弱で可愛い系の美少年顔してるリーベルトがこの護衛騎士っぷり。俺が女子だったら惚《ほ》れてた。ほんの少〜〜し顔にそばかすがあるくらいでこのリーベルトが平凡顔だなんて、本当世の中間違ってるなぁ‼

騎士志望の学生は帯剣に慣れるために模造剣……木で出来た剣を腰に付けて過ごしている人も多い。生徒は本物の剣を院内では持ち歩いてはならない。学院の所々に剣を持っている王都の騎士が見張り

に立っていて、何かあれば知らせて助けてもらう。警備員さんみたいなものだ。その騎士に知らせると、

「ふむ……あの窓の鉢植えが風で落ちてしまったということではないか？　騒ぐほどのことではあるまい。まぁ、一応報告しておく」と軽いリアクションだった。

「そんな強風吹いておりません!!　窓の鉢植えは固定されているしひとりでに落ちるようなものでは……」

リーベルトが本当それ、ということを訴えたが、

「やかましい、男がこれくらいのことでいちいち喚《わめ》くな！　見苦しい」と騎士に一喝された。

――――こ、これくらいのことって……。

あれ頭に直撃してたら死んでたかもしれんぞ。王子にも同じこと言えんの？

「あの騎士……少しおかしいよな？」

「ええ……なんなんでしょう」

そういうことがあった翌日、次はボールが飛んできた。野球ボールのような大きさの黒い球だ。間一髪で避《よ》けたが、飛んできたと思《おぼ》しき方向を見ても誰もいない。

「これは……狩りに使う鉛玉では？」

「そうだな……アマデウスを目がけて飛んできた」

一緒にいたリーベルトとハイライン様が落ちた黒球を見て言う。食肉になる動物を狩る時に投げて使う道具の一つらしい。飛んできたのは肩口くらいの高さだった。体に当たったら打撲くらいだろうが、頭に当たったらやはり危ない。近くの騎士（昨日と違う人）に報告すると昨日ほどぞんざいな態度ではなかったが、それは何となく侯爵令息のハイライン様が睨みつけていたからのような気がする。

「昨日のこともあるし……デウス、もしかして狙《ねら》われているのでは」

「私が？　狙われ……？」

リーベルトが真剣な顔で言うが俺はピンとこない。命を狙われる覚えなんてない。

「そうだな……二度も不可解な攻撃があったとなると……アマデウス、貴様、過去に遊んだ女にでも恨まれているんではないか？」

「いませんそんな人は！」

ハイライン様の中の俺のイメージが悪い。

「伯爵様にも報告した方が良いよ」

「そうだね……」

昨日のことも一応アンヘンに伝えて報告はしている。


「……もしかすると、シレンツィオ関連かもしれぬ」

報告を聞いたらしいティーグ様は夕食の席に顔を出し、言った。

「ジュリエッタ様関連、ですか？」

「いや……んー……確証はない。調べてみるが……アマデウスは周囲に充分気を付けろ。リーベルト君が傍《そば》にいてくれて助かるな」

貴族学院に侍従は基本的に入れない。狙われていると推測できたとしても護衛を引き連れるわけにもいかないのだ。リーベルトはあくまで友達なので護衛みたいに扱うのはアレだが、彼が気を付けてくれて助かるのは事実。グロリア子爵家にはお世話になりっ放しだ。落ち着いたら何か御礼したいね……。

その後も結構色々よくわからんことが起きた。

図書館のクソ重い本が急に頭上に落ちてきて背中を打ったり（頭は回避できた。何故《なぜ》落ちてきたかは不明）、二つ上のすごい美少女の先輩に呼び出されて「貴方、有名な女好きらしいけど私を口説くんじゃないわよ」と謎の釘《くぎ》を刺されたり（これは命狙われていることとは多分無関係）、教科書の間にカミソリが仕込まれていたり（手を切る前に気付けた）。万が一カミソリに毒でも塗られていたらヤバいのでティーグ様に提出した。学院の警備騎士はちょっと信用がならないかもしれないということで。俺を狙っている勢力に買収されている可能性があると。

また、廊下を歩いていると水色の髪の美少女が俺達の前に立ちはだかった。

「貴方がアマデウス殿ね。わたくしの家は貴方の御母上のせいで大変な迷惑を被《こうむ》ったのよ。誠意を見せるべきでは？」

「はぁ……私の母が、ですか？」

「貴方、今でこそ伯爵家にいらっしゃるけど元は男爵家の血筋でしょう？　そして、母親は悪名高いアロガンテ元公爵令嬢」

またよくわからん美少女に絡まれたな。周りにいた人達がざわざわと戸惑う。一緒にいたリーベルトとハイライン様も知らなかったのか驚いているようだ。産みの母親がやらかしたことはティーグ様から聞いている。だがそこまで詳しいことは知らない。ティーグ様が教えなかったということは知らなくても問題ないのだろうと思っている。

アロガンテ公爵令嬢アマリリスに迷惑を被った家……今の国王陛下の婚約者候補だった侯爵家か？

で、水色……『青の髪』というと。え～～～～と……。

「エストレー侯爵家の方……ですか？」

「わかっているようね」

ヨシっ。合ってた――――――ピンポンピンポン。正解。

「わかっているのなら、どうすればいいかわかるわね」

……わからんが……。誠意を見せろって言ってた？　何だ誠意って。金か？　ヤクザの脅しかな？

貴族ってのはメンツを大事にするし学校の中ではヤンキーさながら派閥もある。俺はアルフレド様の友人兼取り巻きとして下についているような感じになっている。舎弟的な。

――――つまりは、うちの派閥に入って子分になりなさいと要求されている……と見た。

そんな理不尽なカツアゲに応じるわけにはいかない。いや金を要求しているわけではないだろうけど、何かしら俺に圧力をかけようとしていることは伝わる。

「ご挨拶に伺わずに足を運ばせてしまいまして、申し訳なかったです。私の誠意と致しましては、いたずらに御前に姿を現して先輩を不快にさせないことに注力したいと思っております」

こういう手合いは関わらないが吉だろう。心に決めた相手（アルフレド様）がいますんで無理です。

「な……、貴方、母親の所業を申し訳ないと、埋め合わせをしようという気持ちがないの？」

「……先輩、お忘れなのかもしれませんが……」

なるべく嫌味っぽくならないように明るく笑いかけながら言う。

「私はもう、あの人とは違う家の人間になったんですよ」

軽く礼をして、驚いた顔で固まった美少女の横を通り過ぎる。リーベルト達もハッとして俺の後ろに続いた。ハイライン様がジト目で見てくる。

「……母親が公爵家の人間だったとは初耳だぞ」

「私もよく知らないんですよね」

「何故母親のことを知らんのだ」

「あんまり会ったことないので……」

肩を竦めると二人とも微妙な顔になる。同情してくれてるのかもしれないが、マジで普通に知らんだけなんだよな……。ハイライン様が憂いを帯びた顔でしみじみと言った。

「……お前が異様に女好きになったのは母親に蔑《ないがし》ろにされた反動なのかもしれんな……」

「う、うわぁその仮説嫌すぎるのでやめてください！　違いますぅ！」

ま、ま、ま、マザコンちゃうわ!!

※※※

クラスが違うとなかなかアマデウス様に接触する機会がない。まずは学院に慣れなければ……とひとまず授業に専念する。

一組はこの国の高位の貴族の子が多く集まっていて、その中でも私とアルフレド様は公爵家なので特別視されている。カリーナが気にかけてくれるから何とかなっているものの、アルフレド様には憧《しょう》憬《けい》の眼差《まなざ》しが送られるのに比べて私に向けられるのは奇異なものへの視線、恐れを含んだ好奇心、仮面の下の素顔への邪推……と、落差が激しい。大抵の令嬢は礼儀正しく接するが、たまに美しい顔であることが偉いと思っているような令嬢が遠回しに私を見下したようなことを言う。カリーナやプリムラが注意しようとしてくれるが、なるべく自分で言い返そうと思っている。

上に立とうという者が、下の者の相手をするのが面倒だとか疲れるとか言っていられない。こちらが上で、そちらが下なのだとちゃんと態度で示さねばきちんと認めてもらえないのだ。

「そういえばジュリエッタ様はアマデウス様とお噂がありましたけれど……お優しいですわよね彼、本当にどんな方にも親切で。だから勘違いなさる方が沢山いらっしゃって大変なのでしょうねぇ……」

容姿に自信がありそうな令嬢から勝ち誇った顔でそう振られても、怯《ひる》むわけにはいかない。

「……ええ、そうですね。きっとまだ特別な方がいらっしゃらないので勘違いが生まれるのでしょう。身分が上のかたの方が有利なのではないかと思いますが、最も彼の婚約者に近い方は誰なのでしょうね、ご存知ですか？」

「……いえ、見当もつきませんわ」

『アマデウス様が優しいからって勘違いして恥ずかしい人』……と投げられたので、『まだ婚約者がいない人に期待して何が悪い、身分的には私が彼にとって一番お得ですが？』と返す。

ああ、やはり彼は人気があるのだ。もたもたしていたらどこかの令嬢に掻《か》っ攫《さら》われてしまうかもしれない……。


不意に、入学式の日にユリウス殿下と話した時のことが思い返された。

「何でございましょう、ユリウス殿下」

「ジュリエッタ、其方、私の第二妃にという話があることは公爵から聞いておるか？」

「え……？　第二妃？」

「在学中に其方に婿が見つからなければの話だ。だが私は御免だ、其方もお飾りの妃《きさき》になるなど受け入れがたいだろう。どうせ顔は見せていないのだろう、見せる前にさっさとあの赤髪を脅すなりなんなりして捕まえておけ。顔を永遠に見せなければあの男も其方を愛することもあるかもしれんしな」

「……お言葉ですが殿下、アマデウス様はわたくしの顔をすでにご覧になりましたわ」

「はぁ!?　何をしているのだ、それではもう望みはないではないか！　そんな……それではやはり王家くらいしか其方の受け入れ先はないぞ、愚かなことを……」

落胆を隠さない殿下の呆《あき》れ顔を、目に力を込めて刺すように見る。

「ユリウス殿下。……アマデウス様に受け入れていただけなかったとしても、わたくしが王家に嫁ぐことはございませんでしょう。ユリウス殿下を煩《わずら》わせることはありません。修道院に入るでもして何とか回避致しますので、ご安心を」

怒らせてしまうかとも思ったがつい言ってしまった。殿下は意外そうに眉を上げた。

「……其方、少し変わったな」

「……そうですね。成長しましたので……それでは、御前を失礼致します」


ユリウス殿下に不躾《ぶしつけ》なことを言われた後、勢いで婚約を申し込んでしまおうかと思ったけれど……入学式当日はやはり時期尚早だっただろう、早まらないで良かった。……とは思うものの焦燥は募る。

本人にはあまり自覚がなさそうだったが、アマデウス様は新入生の中でも目立つ存在の一人だった。アルフレド様が最も目立っているが（そして私も悪い意味で目立つが）、入学前から楽譜を大量に売り捌《さば》く演奏の天才として名が知られ、入学早々に楽器職人と共同開発した新しい楽器を学院に寄付するという前代未聞のことを成しているのだ、それは目立つ。女誑しだという話も割と広まっていて、彼の追っかけが徒党を組んだだとか、学院一の美女であるランマーリ伯爵令嬢が彼を呼び出しただとか……〝化物令嬢〟に好意を寄せられているだとか。話題に事欠かない。

周囲に好意がバレバレなのは恥ずかしいが、事実だからもう仕方がない。噂を知ってもアマデウス様はどこ吹く風といった感じで態度は変わらない……。

ほんの少しでもいいから話せないかと思いながら目で彼を捜す。二組の人間がちらほらいる所に目をやると中庭に彼がいた。リーベルト様と何か楽しそうに話している。何を話しているのかしら……リーベルト様はいつもアマデウス様と一緒にいて羨《うらや》ましい。

「ジュリ様、話しかけに行ってはいかが？」

カリーナがけしかけるように言う。同じクラスになった時からカリーナとプリムラに呼び方を少し親しくしてもらえて嬉しい。私も二人のことは呼び捨てにしていいと許可を貰った。身分差を鑑《かんが》みてこちらは様を付けられているが。

「そうですわ、きっとかの子爵令息も気を遣って二人でお話させてくださいますよ」

プリムラも軽い調子でけしかけてくる。プリムラほど美しかったらこんなに躊躇などしないのだけど。

……しかし好機なのは確かだ。行きます……行くわ……行くわよ……と思いながらも足が前に進まない。二人が焦《じ》れて私の背中を押そうと構えている。押さないで！　行くから‼

そんな風にもたついていると、警備の騎士が何事かを彼らに話しかけ、リーベルト様が引っ張られるように騎士に連れていかれた。驚いたアマデウス様がついていこうとすると騎士はそれを押し留《とど》める。

一体何が……？　と思っていた次の瞬間、繁みの中にアマデウス様が一瞬で引き込まれた。

「え!?」

瞬《まばた》きした間ほどの時間だった。しっかり見ていたのに何が起きたかわからない。しかし背中にぞっと悪寒《おかん》が走り、私は模造剣を握って駆け出した。

※※※

ある日の授業後、俺はリーベルトに中庭でピアノについて力説していた。明日ついに寄付したピアノが学院に運び込まれる。

音楽の先生は三十代くらいのウェーブがかった青緑の髪の貴婦人でスプラン先生という。穏やかそうだがピシッとした雰囲気がある。目元に黒子があるのがセクシー美女～と俺は思うが、あの黒子のせいで美人とは判断されないんだろうな。

スプラン先生には搬入前にピアノについて簡潔に説明した紙を提出しに行ったのだが、それを読んで「……失礼ですが、こちらを開発なさったのは工房の職人で、貴方は出資しただけなのでしょう？出資者に名前を書くのは正しいとしても開発者に名前を並べるのは不自然ではなくて？」と指摘された。

『お前が考えたんじゃないだろ？』とさりげなく見下げられたわけだが、まぁ予想範囲内である。

十歳前後の子供が新しい楽器を開発するなんてちょっと怪しいだろう。バックに誰かついていて名前を売ろうとしているとか他人の手柄を横取りしたとか思われても無理はない。

「出資も致しましたが、弦を槌《つち》で叩いて強弱をつけたいというのが私の持ち込んだ発想なので、開発者で相違ないと職人にもスカルラット伯にも認可を頂いております。作ったのは職人で間違いないですが」

「……そうですか。わかりました」

ふーん、そういう輩《やから》なのね、と言いたげな目で見られた。職人の手柄をパクったと思われてそう。

まぁいい、実際前世の知識であって俺がゼロから考えついたことじゃないし……。

そんな少し凹《へこ》むこともあったが、これからピアノを布教できると思うと俺はワクワクしている。

「弦の素材がクラブロに使ってたやつだと強度が足りないってことでどうするか困ったんだけど、親方が素材屋で色んな物を試してくれて……」

「グロリア子爵令息」

俺の話を「よくわからないけど楽しそうだね」と流し聞きしてくれてたリーベルトを警備の騎士が呼び止めた。この人確か、鉢植えが落ちてきた時対応してくれたおかしい騎士じゃん。

「はい……？」

「お主に、スカルラット伯爵令息を害そうとした容疑がかかっている。詰め所に取調官が来ているので同行してもらおう」

――――俺への攻撃容疑⁉

「……はっ⁉　いやいや、リーベルトはむしろ守ってくれてて……！」

「何故私に嫌疑が⁉」

抗議虚《むな》しくリーベルトが腕を引っ張られていく。

「そちらはここで待っていてもらおう！　後で他の騎士が迎えに来る故」

付いていこうとしたが、騎士に大きな声で言われて立ち止まる。

「すぐ戻るよ！」

引きずられながらもリーベルトが声をかけてくれる。自分に容疑がかかっているというのに俺を心配しているなんてお人好しだ。騎士に連行されるなんて変な噂が立ってしまうのではないかと周りを見ると、人はいなかった。先ほどまで何人かいたと思ったのに……しかしどうしてリーベルトに容疑なんて…………――。

次の瞬間、俺は緑の中に引き込まれた。後ろからがっちりと押さえ込まれ、口も塞《ふさ》がれている。掴《つか》まれた右手に刃物が突き刺されようとしていた。左手も押さえ込まれてると思うんだけど、この後ろの人、手が沢山あるんか⁉　どうやってんの⁉

右手だけでも守りたいとそこに力を入れて一度振り下ろされた刃物を回避したが、二度目はうまく避けられるか――――何で手を？　命を狙ってるわけじゃないのか？

精一杯もがいた数秒後、横から何か横槍《よこやり》（物理的に）が入った感じがして、男が俺から離れた。

木剣を構えたジュリエッタ様がいる。

男と数秒睨み合ったと思うと、ジュリエッタ様は仮面を剝《は》ぎ取って捨てた。

「っ⁉」

男が彼女の顔を見て息を呑んだ瞬間に、彼女の剣が男の腹に突き刺さる。怯んだ男の首にぐるりと身を翻《ひるがえ》し勢いを付けた一撃を食らわせ、ぐらついた男が背を見せて逃げ出そうとしたところ、足を

突いて転ばせ――上から体重を乗せて容赦なく背中に木剣を突き刺した。

男はびくびくと手足を震わせて――動かなくなる。

「――……女の顔を見たくらいで…………軟弱者が」

吐き捨てるように呟《つぶや》いたジュリエッタ様は、厳しい顔で男を見下ろした。

「……っハッ。ジュリエッタ様！」

「！　アマデウス様、お怪我は？」

「俺は大丈夫です、ジュリエッタ様は……だい……大丈夫に見えましたが、大丈夫ですか⁉」

混乱したまま喋《しゃべ》ったので『俺』と言ったり大丈夫を三回言ったり締まらないセリフになってしまった。彼女の方が圧倒していたので怪我はしていないと思うが、剣術に関しては門外漢なので判断に自信がない。駆け寄って向かい合うとお互いに全身に目を走らせて無事を確認する。

「……良かった」

彼女が目元を緩めて俺を見つめた。髪が乱れて、額に汗が浮かんでいる。

俺は彼女の顔から目が離せなくて、何も言えずに立ち尽くした。

「……アマデウス様……？」

黙ってしまった俺を心配そうに窺った彼女に、お礼を言わなければとハッとすると、

「ジュリ様⁉　ジュリ様――⁉」

「こちらよ！　早く来て‼」

カリーナ様のよく通る大きな声とプリムラ様が人を呼ぶ声が聞こえた。二人が数人の騎士を連れて繁みの裏に駆け込んでくる。ジュリエッタ様が慌てて仮面を拾い上げて手慣れた様子で装着した。

ジュリエッタ様が剣を握って駆け出したことから危険を察知して二人が人を呼んできてくれたらしい。倒れている男は騎士に連行された。

事情聴取のため、俺とジュリエッタ様も騎士に連れられる。詰め所に案内しながら、被害に遭ってまだ落ち着かないと思うが協力してほしい、申し訳ないと気を遣ってくれた。学院の警備を担当する騎士団の団長が学院長にも保護者にも連絡がいると使者を走らせたり、てきぱきと事を進めてくれる。

リーベルトが連れていかれた旨を説明すると「そんな報告は届いていないぞ、何班の奴だ？」と騎士団員がざわつく。

「じゃあ今リーベルトは……!?」

嫌な想像しか出来なくて慌てると、リーベルトは詰め所の前にいた。

「デウス！」

「リーベルト！　良かった、どこに連れていかれたかと思った！」

「連れてきておいて、あの騎士はここで待ってろって言い残してどこかへ行って……何かあったの？」

事情聴取にリーベルトも加わり、騒然とする騎士団の詰め所で小一時間、事の経緯を説明した。

侍従や護衛騎士は通常学院内に入れないが、特例として詰め所までそれぞれの家から迎えが来た。

別れ際にそういえばと気付いてジュリエッタ様に駆け寄る。

「ジュリエッタ様！　今日はなんて御礼を申し上げればいいか……」

「いえ、お気になさらないでください。悪いのは不埒《ふらち》な輩であってアマデウス様に非は無いのですから」

「でも私が狙われていたのに巻き込んでしまったのですから……本当に、ありがとうございます」

「……御礼の言葉は、お受けしましょう。どういたしまして」

少し照れたように微笑《ほほえ》んだ彼女に別れを告げて、馬車に乗る。黙りこくった俺にアンヘンが気遣ってくれたが、「大丈夫、疲れただけ」と笑って返す。

馬車に揺られながら、俺は脳内で——これは仕方ないだろ、不測の事態だもん、俺にはどうしようもなかったよ、完全不可避ってやつだ……——と言い訳を繰り返していた。

ジュリエッタ様を巻き込んでしまったという罪悪感もあるが、主に考えていたのはそこではない。

顔を見られるのを、あんなに恐れていたのに。

早すぎる判断。投げ捨てられた仮面。

戦って俺を助けるために。

流れるような、これまでの鍛錬を思わせる体の動き。

心底安心して俺を真《ま》っ直《す》ぐ見つめた、紅い瞳。

襲われた恐怖がどっか行って、綺麗だと、浮かぶ言葉がただそれだけになった。


……あ————……………、こんなん、好きにならない方が、無理。

恋に落ちた自覚がぐるぐると胸で暴れる。俺は自慢じゃないが前世でもまともに恋をしたことがない。女子をいいな、と思ったことはあるしアイドルやタレントを好きだなと思ったことはあるが、恋をしていると思うところまでいったことがなかった。友達も少なくてあんまり女の子に関われなかったというのもある。朧《おぼろ》げな記憶で、幼稚園時代にお世話になった看護師さんに憧れていたのが初恋のような気がしないでもないが。

脳内に流れる音楽は、オペラ『フィガロの結婚』より、『恋とはどんなものかしら』だった。歌詞は外国語だが内容は頭に入っている。

♪〝……自然と溜息《ためいき》が出て嘆いてしまう　知らず知らずのうちに胸がときめき、身体《からだ》が震える……〟

♪〝……昼も夜も落ち着かないのに　僕はこんなふうに悶《もだ》えるのが、楽しいのです〟

暴漢に襲われて帰った後は家族揃って夕食を食べながら（と言っても第一夫人と第二夫人はいない）今回のことを話した。

「兄上に怪我がなくて良かったです……」

ジークが顔色を白くしている。心配かけちゃってすまない。

「楽器を弾けないお前の価値など半減するものね、無事で良かったわ」

「マルガリータ、その言い方は良くないぞ」

「っ……はい、お父様」

姉上がいつも通りのツンを出すとティーグ様が窘《たしな》める。いつもはティーグ様の前だと悪態をつかないのに（怒られるから）。姉上も俺が襲われた話に動揺しているようだ。

「ふむ……私は今回、シレンツィオ公爵令嬢との有利な縁談を目論《もくろ》んでいるどこぞの家がアマデウスを狙ったものと考えている。公爵家との縁談はほとんどの家が望むところだが、令嬢の評判故に立候補がない……このまま婿が見つからなければ格下の家からの婿入りやよそへの嫁入りも視野に入る。侯爵家辺りが狙いそうなところだ……もしくは、王家」

「っ……!?」

「王家!?」

「お、王家が……？」

姉上、俺、ジークが驚愕《きょうがく》のリアクションを取る。王家への疑いとか、口に出しちゃって大丈夫か!?と不安になってしまう。不敬罪というものがあるので王家に対する発言には結構気を遣うのだ。下手《へた》にそれで裁くと王家も信用を失う場合があるので軽い悪口くらいで詰められることはないが。

「わかっていると思うが、口外するなよ」

三人揃ってこくこくと頷《うなず》いて、次の発言を待つ。

「学院の騎士団は王家の管理だ。そこに手先を忍び込ませることが出来るとなると限られる。今回捕まった男が知らないうちに行方を晦《くら》ませていたら王家の仕業と考えてよかろう」

「……えーと、私、王家に命を……いや、手を？　狙われているってことでしょうか」

ヤバヤバのヤバなのでは。死ィ〜〜〜〜!!

「公爵家の娘に近付いたことで狙われたと、怖気《おじけ》づかせるのが目的だ。命までは取ろうと思っていなかったのだろう。そこまでいくと大規模な調査が入るし噂も立つ……事故に見える怪我くらいが良かったのだろうが、失敗が続いた結果襲撃に至ったのではないか」

確かに殺すつもりならとっくに殺されてるか……でも死にそうな罠《わな》もあったんですけど!?　怪我つ

いでに死んだらラッキーくらいに思われてない!?

「失敗が続いたっていってもまだ入学してそんなに経ってないのに……」

これからチャンスはいくらでもあったのでは？

「……ジュリエッタ嬢が今にもお前に婚約を申し込もうとしているように見えたのだろう。婚約してしまってからでは公爵家をも敵に回すことになる」

「お、ぉぉ……」

己の顔が赤くなったのがわかった。今日以前は、ジュリエッタ様可愛いし婚約の話来たら全然受けて？　いいとも～！　くらいのテンションだったが、アフターフォーリンラブである。照れる。ジュリエッタ様、本当に俺に……申し込んでくれる感じ……？　しかし顔が見られる男子を見つけたのが初めてで跡継ぎの座を逃したくないから焦って決めちゃおうとしてるんじゃないかな……とも思う。

「何を今更照れているのよ……気持ち悪いわね」

婚活中の姉上がケッ、と言いそうな顔で吐き捨てる。ティーグ様の前ぞ、猫被れ猫。

「結果的に今回ジュリエッタ嬢を巻き込んでしまった。怪我はないとはいえ公爵家も黙っていまい。うちも警戒するし、もう下手な真似はしてこないだろう、安心しなさい」

そうだといいが。ジュリエッタ様が強かったから良かったものの、一歩間違えたら彼女もただでは済まなかった。いや、あの暴漢はもしかしたらジュリエッタ様には手を出さなかったのかもしれないけど。


そして翌日、学院に寄付したピアノを演奏した。結果は大成功だったと思う。何人も購入希望を申し入れてくれたし高いから親に相談するけど買いたいと言ってくれる子もいた。

スプラン先生なんか目をギラギラさせてツカツカと近寄ってきて「貴方、演奏技術は本物ね……何故、……」とまで言って顔を逸《そ》らした。『何故楽器の開発者だなんて嘘を吐くのか』と言いそうになったのだろう。腕の良い奏者とは認めてくれたらしい。はっきり問い詰めてこないので何とも返せないが。

いつも俺の演奏を周りに褒めて伝えてくれているアジェント男爵令嬢・ムツアン子爵令嬢・リリーナの三人組が「楽譜を購入させていただきたいわ！　なんて素晴らしい曲なのでしょう！」と率先して言ってくれた。サクラみたいだな……と思いながらもいつも御贔屓《ひいき》にありがとう～～と取引した。

リリーナは実際俺を応援する気持ちで買ってくれていると思う。三人に続くように人が寄ってきた。

アルフレド様達も聴きに来てくれて褒めてくれた。

「見事だった、流石《さすが》だな」

大天使に褒められた、健康になった気がする。

「まぁ、演奏に関してはケチのつけようがない」

ハイライン様の貴重なデレだ～～。へへ。ペルーシュ様は無表情を和《やわ》らげてうんうんと頷いていた。

クールな美少年の微笑みを目にした周りの令嬢が頬を染めて少し動揺している。

「すごい……すごかったよ！　天才！」

真っ直ぐ褒めてくれるリーベルト、本当にいつも感謝してるよ。ありがてぇ。

周りを見回したが、ジュリエッタ様はいなかった。見てほしかったような、そう思っていることが気恥ずかしいような……。ジュリエッタ様を探す途中、何人かと目が合う。ピアノや楽譜を購入したい人はそこで何か言ってくる。何も言わない人には目礼を返す。近くに購入を決めた人はもういないな、と空気で判断したら「そろそろお暇《いとま》致します」と周りに声をかけて音楽室を出た。

「おい、ランマーリ伯爵令嬢がいらっしゃったぞ⁉　貴様もしや手を出したのか⁉」

また濡《ぬ》れ衣《ぎぬ》を着せられている～。今まで令嬢に対して気がある素振りをしたところを見たことはなかったがハイライン様も美人に反応するのか。

「アナスタシア殿下に匹敵するお美しさですね……一瞬息が止まってしまいました……」

リーベルトは赤面して少し汗までかいている。

「大きな声では言えないが王女殿下よりもお綺麗だろう、あれは」

「……そ、そうかもしれませんね……でも私は王女殿下の方が可憐《かれん》で素敵だと……」

綺麗系と可愛い系で好みが分かれるのかな？　ハイライン様とリーベルトがひそひそと話す。こう聞くと王女殿下の瞳の色は金ではないようだ。

「どうなんだアマデウス？」

「へ？　ああ、あの方……。新しい楽器に興味がおありだっただけでしょう」

ランマーリ伯爵令嬢エイリーン様は、社交界に出れば国一番と謳《うた》われること間違いなしと言われている美少女である、らしい。俺にはそこまで他の美少女と差があるようには見えないが、ホワイトブロンドに黄みの強い輝く金の瞳は美の証。突然呼び出されてさらりと『私を口説くなよ』と言われた時には。

――――じっ、自意識過剰――――ッ…………‼

と思ってしまったが、周りの反応からして正当な自己評価のようだ。すんませんでした。

アルフレド様と良い勝負の美の化身らしい。しかし成長するにつれ高飛車度が減り高貴さが増した（※俺の感想です）アルフレド様よりも、プライドが高そうだ。あまりお近付きになりたいタイプではない。プライド高々キャラはハイライン様で間に合っている。

「いやそうではなく、貴様はどちらがお綺麗だと思う⁉」

「……は？　王女殿下とエイリーン様が、ですか？」

「そうだ、ランマーリ伯爵令嬢だよな？」

「王女殿下の方が守って差し上げたくなるでしょう？」

リーベルトとハイライン様、出会った当初は一方は恐々、一方は見下し気味で少し心配していたがすっかり仲良くなった。このアイドルグループの中で誰が一番可愛いと思う〜？　この子だろ！　いや絶対こっちだろ⁉　という思春期のやり取りじゃん。どこの世界でも普遍の話題なんだなぁ。

「順位付けすべきものとは思いませんよ」

なんて、大人ぶった言葉で逃げる。王女殿下のお顔、ちゃんと見たことないし。王女殿下は一つ年下なのでまだ入学していない。絶賛俺の中で今一番可愛いのはジュリエッタ様ですし……。これはマジで理解してもらえないんだろうなぁ……。

この仲良しグループだけにはジュリエッタ様への恋を打ち明けようかどうか迷っている。打ち明けたら協力してくれるだろうけど、まだちょっと気恥ずかしさが勝る……。

「はは、やられたな。確かに婦女子を順位付けなど紳士はするものではない。アマデウスを見習え、二人とも」

アルフレド様が鷹揚《おうよう》に笑った。ペルーシュ様はうんうん頷いて俺を見てくる。二人が気まずそうな顔をした。ごめん、どっちが上とかわかんないからカッコつけただけです……。

※※※

「………本当にあの連中にも言うのですか？」

「うん」

音楽室へ向かう俺の後ろを歩きながらポーターが苦い顔をする。まぁ、そういう顔にもなるか。

これから、ロージーとバドル、ラナドに俺の前世を話す。これからしたいことを実現するには、こちらの人からしたら摩訶不思議《まかふしぎ》な俺のアイデアを一緒に形にしていってくれる協力者がいた方が絶対にやりやすい。

「頭がおかしいと思われてもいいから協力してほしいんだよ。一人じゃ難しいこともあるからさ……」

「……知りませんよ」

ポーターは拗《す》ねたように口を尖《とが》らせた。イケメンのくせに子供っぽい仕草。あざとい。

「……俺は、ここと違う世界で暮らしていた記憶があるんだ。ここには全く違う国、違う文化、違う星で生きていた記憶。十七歳で死んで、気が付いたらこの体で生まれてた。俺がここで思いつく新しいと思われている発想は、その異世界では普通のことだった。ピアノも、この楽譜の曲も、レシピも、向こうの世界に在ったもので、俺が考えついたものではないんだよね」

三人はぽかんとして暫《しば》し黙っていた。言葉を選んでいるのだろう。俺だってもし地球で知り合いが『異世界の記憶があるんだ』って言い出したら言葉を選んで黙る。

「…………ええと……？　別の国で……生きていらっしゃった魂が、アマデウス様に乗り移った、ということでしょうか」

ラナドが混乱した顔のまま聞く。この文化にも〝魂〟という概念はある。しかし輪廻転生《りんねてんせい》という考え方はなさそうだった。

「向こうの世界に魂が巡る、という考え方がある。死んだら、魂はまた次の新しい命に宿るというものでね。それだと思うよ。本当なら生まれ変わる時、前の記憶は消える……と考えられているのだけど、俺は何らかの手違いでもあって消えなかったんじゃないかな」

「手違いって……そんなことあるんですか？」

ロージーは首を捻りながらまだよくわからない、といった顔だ。まぁ生まれ変わりという概念が浸透してないとすぐにはわからないよな。

「わからないけど、向こうの世界ではちらほら話を聞いたよ。幼い子供が、全然行ったことがないはずの遠い場所や人を事細かに知っていて、それは前の記憶だと思われる……みたいな」

「そんなことが……」

神妙な顔をしていたバドルが口元に手を当てて考えながら口を開いた。

「……東洋の大国シデラスに、大昔の偉大な神の代弁者が異なる世界から来た者と言われていた……という詩がございました。リデルアーニャ公国では神の世界から訪れる聖女の伝説もございます。異世界……というと通説的には神の世界と考えるのが筋ですが」

「いや、神じゃない神じゃない」

神を自称するのは嫌すぎる。神の愛《いと》し子《ご》と言われるのもかなりの申し訳なさがあるのに。神様怒ってねえかな⁉　って。知らんうちに知らん奴を愛してることになってるの嫌だよね⁉

神話とか人外が出てくることよくあるよな。箔《はく》をつけるためのハッタリかもしれないが、本当に別の世界から来てこちらの世界を改革した人もいたのかもしれない。地球に現れた天才にも、もしかしたら異世界から来た転生人がいたのかも。そう思うとオカルトチックで面白《おもしろ》い。

「普通の男子だったよ。音楽が趣味で一応ピアノが特技だった。だからピアノ、欲しかったんだよね……向こうの世界では、知らない人は滅多にいない有名な楽器だよ」

「ではこの曲の……作曲者の〝モーツァルト〟〝パッヘルベル〟という方は……この世界にはいらっしゃらない？」

ロージーが呆然《ぼうぜん》としてしまった。すまん。一旦、俺がどこかから仕入れてきた曲として楽譜の清書をお願いしたのだ。素晴らしい曲だ、作った方にお会いしたいって楽譜見た時興奮してたもんね……。

「二人とも向こうで俺が生まれる前に亡くなってる偉大な音楽家で、この二曲は向こうの世界の音楽史に残る名曲だよ。ピアノ曲としても有名だし、結構指が憶えてたから最初に出すのに良いと思って」

「……そのご自身の秘密を……私どもに打ち明けてくださったのは、どういう意図がおありで……？」

ラナドが真面目な顔で俺を見つめた。彼は俺の専属じゃないが、彼には是非俺達の音楽活動に協力してもらいたかった。貴族の常識も理解していて平民にも敬意を払える音楽馬鹿、こんな逸材そうそう見つかるものではない。俺が音楽神の愛し子ではないとわかってがっかりしているかもしれないけど。

「俺が憶えている名曲をどんどんこちらで売り出して、音楽を広めて、資金を作って……伯爵家に還元もしたいけど、やっぱり最終的な目標は……この世界の新しい音楽を増やしたい、かな……？　好きだった音楽を楽しむのも良いんだけど、新しいのも聴きたいし。もっと音楽を好きな人達を増やして、皆で楽しみたい。好きな音楽に救われる人が、この世界にも絶対いるはずだし。俺は音楽に救われたから」

「……音楽に、救われる………」

「あ、いや別に音楽で救いたい！　っていうんじゃないよ。やっぱり一番は楽しみたいんだよね……楽しむ、の副産物で救われる人もいるだろうなって話で……生活の中の、ちょっとした彩《いろど》りとしてでもいい。自分の好きなことが皆も好きになってもらえたら嬉しいしさ」

何となく天井に向けていた視線をラナドに向けると静かに泣いていた。

「また泣いてる!!　何で!?」

「やはり貴方は音楽神の使者かもしれません……」

「多分違うと思うんだけど……!?」

「……私は昔、父に言われました。音楽は遊びだと。仕事にするようなものではないと……もっと人のためになる仕事でないと貴族として恥ずかしいと。私は反発して家を出ました……音楽を仕事にすることは喜びでした。でも、父の言葉を正しいとも思っていました、音楽は飽くまでも娯楽であって、人のためになるようなものではないと……」

ラナド、ほぼ家出状態だったのか……。確かに、音楽で食っていく！　と子供が言い出したら大抵の親は反対しちゃうかな……。貴族なんて代々公務員みたいな感じだし。

芸術関連の仕事がうまくいくかは、博打《ばくち》のイメージだ。安定は難しい。音楽の家庭教師の雇用状態は非常勤講師みたいなところがある。貴族学院の音楽教師は狭き門で枠がなかなか空かないだろうし。

「しかし今の御言葉で私は光明が見えた気が致します。音楽が人を救うことは、あるのですよね。考えてみれば私とて音楽がなければどれだけ空虚な人生を送っていたことでしょう。たとえ人によっては遊びで、取るに足りない、路傍《ろぼう》の石のようなものでも、他の人にとって宝石なのかもしれない、音楽は……そういうものですよね……」

芸術分野は価値を証明するのが難しい方だと思う。ポップスが二流でクラシックのみが一流とされる世間もあれば、ポップスに押されクラシックが古臭い遺物と扱われる世間もある………画家が生きていた時代は売れなかった絵に、死後何億もの価値がつくこともある。

「……そもそも遊びの何が悪い、俺の前の人生は娯楽のために生きてたぐらいのとこあるよ！　そういう人沢山いたよ!!」

「ええ……」

ポーターが引いた。

「自分の人生の宝石は自分でしか見つけられない、そうでしょう!?」

「はい！　私もご一緒させてください、宝探しの道程に……！」

熱血のノリでガシッと手を取り合った。一体感と友情を感じる。ポーターがついていけんわと言いたそうな虚無の顔をしているが気にしないでおく。

「……お二人とも、俺達を置いていかないでください。まだよくわかってないところはあるけど……勿論、俺もご一緒します」

「私も、喜んで残り短い命をデウス様とデウス様の音楽に捧《ささ》げます」

むすっとしたロージーと微笑んだバドルも俺と一緒に歩いてくれるという意思表明をしてくれる。

「ありがとう。俺は……本当に幸せ者だと思う」

音楽神が本当にいるのなら。愛すべき音楽馬鹿に出会わせてくれた神に感謝を。


ポーターにお茶を淹《い》れなおしてもらい、仕切り直す。ラナドの涙も止まった。

これから新曲をどんどん出すに当たって、その曲をどういう扱いにするか……が俺の懸念だった。

「流石にいつまでも『外国にいた楽師の集めたものです』は通用しないんじゃないかなって」

「そうですか？　十数曲ならそれで何とかなりましょう」

「いや、これからずっと出すんだよ、何年も……多分少なくても三百曲くらいは出せるし」

「え」

「三百!?」

「そんなに!?」

皆が驚いている。伴奏の細かいところまでは正確に憶えていないかもしれないけど、お気に入りの曲なら多分楽譜に起こせる。それくらいならイケるはず。

「俺が持ち歩いてた端末……えっと、音楽を録音して入れて運べる機械があったんだけど、それには五千曲くらい入ってたから……特に聴き込んでた曲なら五百……あ、そこからこの国にも受けるような曲を厳選したらもう少し減るかも。でもアコースティックカバーにすればロックも出せるか？　皆にいい感じの歌詞つけてもらえれば出せるかも……でもロックはあの激しい演奏がいいんだけどな……うーん」

「ごせん…………」

「音楽を運べる機械……？」

「ろくおん……？」

「んん、……デウス様の昔の世界に対する我らの疑問は一旦置いておきまして。ともかくこれから沢山出すから、その曲がどこから出たかというのをどうするかの話し合いですね」

バドルが気を取り直して軌道修正してくれた。年の功を感じる。

「そう、俺が作ったって話になってしまうのはちょっと……」

「デウス様が作ったことにしてもいいのでは？　デウス様がいなければこちらの世界には存在しない曲でしょう」

ロージーが首を傾《かし》げながらそう言う。まぁそれはそうなんだけど。

こちらには著作権という考え方はまだないので、他人の作品で利益を得る罪悪感は薄いと思われる。他人の物を盗むことが悪いという意識は勿論あるが、他人が作った音楽や詩を紙に書いて売るのは何の問題にもならないし絵画や本の丸々書き写しを売るのも問題ないのだ。こちらに存在しない人が作ったものを俺が作ったことにしても問題ないと考えるのも無理はない。が。

「盗作したみたいでいい気分じゃないし……それに、俺が尊敬していた音楽家達の結晶を、勝手に自分のものみたいにしたくない……まぁすでにピアノとか料理とか手柄にしちゃっているものもあるんだけどさ。音楽に対しては、負い目というか……本気で好きだからこそ後ろめたさを感じたくないというか……うん……単純に、作者面《づら》するのが、嫌！」

「嫌ですか……」

「嫌なら仕方ないですね……」

皆で考える姿勢になる。少ししてバドルが最初に呟いた。

「作曲者はそのまま、事実を書いてしまっていいのでは？」

「でも師匠、その人々はこちらに存在しませんし……」

「私達が若い時から各地を放浪し、様々な異国の吟遊詩人と交流し、集めてきた楽譜……私達の記憶の中にある楽譜……それでいいのでは？　誰が確認しに行くというのです？」

飄々《ひょうひょう》とそう言ったバドルを見て固まる。

「た……確かに……」

「……しかしこれまでの楽譜にはどこの国の音楽か明記しておりましたが、それは出来ない……」

「適当な国でもいいのでは？　デウス様のいた国にしておくとか、いっそ架空の国を作ってしまうとか」

ロージーのアイデアも良い気がしたが、待ったをかける。

「いや、万が一王族とか辺境伯辺りに曲が知られてしまったとして、外交の時に話に出てしまったりしたら混乱させるかもしれない。架空の国も……もしかしたら大嘘吐きとして歴史に残っちゃう可能性があるからやめよう」

「ああ、貴族の間に曲を売るとなると、そういうことも有り得るかもしれませんね……」

日本で幻の土地の地図に関する本を読んだことがあるが、実際は存在しないのに架空の国や島をあると間違えたことを広めたり主張したりするのは正確な地図を作ろうとする人を混乱させる。正しい地図が作れるようになった未来で伝説のホラ吹き扱いされるのは避けたい。

少し考える時間を取ると、またもバドルが口を開いた。

「国は明記しなくてもいいのでは。もし尋ねられたら、楽譜を交換してきたお抱えの楽師はもう年寄りでどこのものか憶えていない、メモし忘れてしまったのだ、ということにしてしまえば良いでしょう」

「バドル……！　いいの、そんな」

そんなボケ老人みたいな言い草をされてしまって……。

「いいですとも。日常生活の能力は落ちたけれど、驚くほどの量の曲を暗記してきた天才老人ということにしていただいても構わないのですよ」

茶目っ気を含んだその言葉に俺は甘えることにした。

楽師として働けなくなったとしても、老後のお世話するからね……！　と思いながら。

「そういえば、俺の生まれ育った国は日本というんだけど。日本人はほぼ全員目も髪も黒か焦げ茶だったよ。あと、化粧することは別に変なことじゃなかったんだ、大人の女性で化粧していない人の方が珍しいくらいだったんじゃないかな……。男でもしてる人はたまにいたし」と話すと三人とポーターは固まっていた。

「……う、嘘でしょう……」とポーターにジト目で見られたが「ホントだよ」と返す。

「私は信じませんからね。貴方はやはり狂ったんだ……先が思いやられる………」

ポーターはまだ前世に関する俺の言葉を信用していないようだ。反論してもどうにもならないのでしぶしぶ納得しているように見せる時もあるが基本『信じてません、頭おかしい』という姿勢である。

「まだまだわからないことだらけですが……理解が追いつかないので他の疑問はまた後日に」

ロージーが悩ましげに眉間《みけん》を押さえていたのでその日はこれで切り上げた。

一気に話しすぎるのもパンクしてしまうかもしれない。俺も最初この世界の美醜への疑問で脳が忙しかった時は休息を挟んで頭を空っぽにする時間を作らないと落ち着かなかった。この世界が美形インフレであることも話そうと思ったけど、まだ混乱してそうだったからやめておいた。今のところ話さなければいけないことではないと思う。音楽とは関係がない話だし。

話すのは、ジュリエッタ様と婚約できたら、でも良いかな……？


ピアノと一緒に学院の音楽室に寄付したのは『トルコ行進曲（モーツァルト作）』と『カノン（上級）（パッヘルベル作）』の楽譜。

カノンは『規則・法則』とかいう意味だが確か言葉の由来は植物の『葦《あし》』だったはず。なのでこちらの葦に当たりそうな植物を図鑑で頑張って探したのだ。ランケと呼ばれる蔓《つる》植物が近いかな、と結論付けてこちらでの題名は『ランケ』にした。

トルコ行進曲の方はシンプルに『行進曲』。どちらも他の鍵盤楽器で弾くことは出来る。カノンを作ったパッヘルベルは確かオルガン奏者だった。

楽譜には作曲者の名前しか書いていない。

「私の楽師が外国を旅していた時に手に入れたものです。どこの国のものかをメモし忘れたそうで……」

この言い訳はこれから先飽きるほど口にすることになる。

――平民の楽師がここまで大量の曲を隠し持っているはずがない、アマデウス様が作っているのでしょう？　――と面と向かって問われることもあったが、「私は歌詞の訳や編曲に携わりはしますが、曲を作ったことはありません」と言い続けた。

次の日、ティーグ様に呼ばれた。

「婚約の打診が二件来ているが、どうする？」

「……どこからのものですか？」

もしやジュリエッタ様から……と期待したが二つとも違った。

「伯爵家から嫁入りの打診と、侯爵家から第二子の令嬢への婿入りの打診だ。どちらも悪い話ではない」

「嫁入りと申しますと、私がスカルラットに残って姉上の補佐をする前提ですよね」

それはジークの役割だと思っていたが。まぁ姉弟三人とも残って領地経営する道が無いわけではないと思う。ジークを婿に出す手も、ジークが嫌じゃないなら有り得るし。

「私はそれも有りだと思っているぞ。お前の思い付くものはスカルラットの名を広めるし、商売になる。婿に出すのが惜しいと思うくらいにはな」

ティーグ様に思いの外評価されていて嬉しい。今俺はそこそこ稼いでいると言えるが物を売るための初期費用は伯爵家に出してもらっているし、ティーグ様が偏見なく色々やらせてくれた恩は大きい。

「ありがとうございます。そう言っていただけて嬉しいです。でも……その、お伝えしておきたいことがあります。私……婚約するのなら、シレンツィオ公爵令嬢ジュリエッタ様との婚約を目指したいと、今、思っております」

恥ずかしさに目を瞑《つぶ》ってしまったが、言い終わってからちらりとティーグ様を見遣《みや》ると驚いた顔をしていた。

「もしや……あの事件で守ってもらったことで？」

あの暴漢に襲われた事件は、都合が良いというか……勿論二人とも無事だったからであるが、俺にとってかなり使いやすい〝理由〟になってくれた。

「はい。……ジュリエッタ様が私を助けるために……剣を振るうお姿を見て。何と申しますか……感動したんです。自分より大きな男に立ち向かって、おそらく男を怯ませるために仮面をお捨てになってまで……。あんなに心と体がお強い令嬢はいらっしゃいません。……私の方が女性のような惚れ方をしている自覚はありますが」

これは本心である。実際好きになった理由で相違ない。元々好感度は高かったし、勿論顔も好きなんだけど、こっちの人間の顔は総じて好きなのでその中で人を好きになるとしたらやはり何らかの行動による。傍《はた》から見ても命の恩人に惚れるというのは不自然ではないはずだ。

「うむ、助けてくれた相手に好意を抱くのは誰しも有り得ることだ、わかるぞ。……しかし、それは感謝の気持ちであって色恋とは違うであろう。その気持ちで婚約を決めてしまって後悔しないか？」

言われると思っていた。その質問も予想範囲内である。

「――大丈夫です。感謝の気持ちと恋の気持ちを勘違いするほど、子供ではありません」

顔が赤くなっているのが自分でもわかるくらい顔が熱くて恥ずかしい。だがここはティーグ様にわかってもらうために目を真っ直ぐ見てはっきり言わなければ。

ティーグ様はぱちぱちと目を瞬《また》かせて、ふっと破顔した。

「私が予想したよりも大物だ、お前は」

二件の打診はティーグ様が丁重にお断りしてくれるそうだ。『もう少し吟味する』といった感じで。

「こちらからシレンツィオへ婚約の申し込みをするか？　快く受け入れられると思うぞ」

その提案は限りなく魅力的で、誘惑がすごい。だが俺はぐっと我慢した。

「……家同士の繋がりが欲しくて致し方なく婚約したのだと思われたくないんです。打診をする前に私から気持ちをお伝えしたいと……思っております。ご本人に断られることもあるかもしれませんし……」

「断られるとは思わんが……しかしそうか、そうだな……何、焦ることはあるまい。卒業までに告白すればよかろう……だが私としては早めに決めてもらえた方が助かるな、お前への打診を断り続けるにもそれらしい理由が要る」

「……承知しました」

ミッション：出来るだけ早めにジュリエッタ様に想いを伝えて婚約する。

ジュリエッタ様にも婚約話が出ないとも限らない。他に顔を見ることが出来る男が現れるかも……なんて遠慮している場合ではない。ジュリエッタ様の顔を見て、その上で一番愛おしむことが出来る

のは————俺だ‼

「ウ、ウワーッ‼」

「うわっ！　どうした」

「……すいません、自分の思考に恥ずかしくなっただけです……」

廊下の半ばで顔を両手で覆って屈《かが》み込んでしまった。彼女の前でも赤面しすぎないように気を付けなければ。小さな頃から日本とこの世界のギャップに耐え続けた心臓と表情筋、今だぞ働き時は。

「ふ、お前も普通の男子らしいところがあるではないか」

ティーグ様に生温かい目で笑われた。

「今までも普通の男子でしたが……」

「普通ではないだろ……。音楽ではしゃいでいる時は年相応だが、それ以外だと妙に冷静だ。……外面は取り繕えているけれど、母親のこともあって実は女性に対して感情が動かないのかもしれないと心配していたところだ」

精神年齢が同世代より少し上だからそう見えていただけだと思うが……そしてあの母親のせいでまたマザコン疑惑が。め、迷惑～～～……‼

この体を健康に産んでくれた母親、という部分だけはちょっと感謝していたのだけど。でも全然育てられてないし、子供が健康に生まれるかなんてギャンブルみたいなところがある。どんなに気をつけていても体が弱い子が生まれたり適当に過ごしていても健康体の子だったりすることもあるだろう。嫁いだ義務として俺を産んだのだろう人に感謝まではしなくて、もういいかな……。

「母親のことは本当に何とも思ってないので、そんな心配は不要ですよ……」

「……そうか」

だから目が生温かいんだよなぁ！　強がりじゃないんだってば!!

貴族学院は王都にあるので、王都から遠い家の子は通うなど難しい。寮がある。スカルラット伯爵邸はかなり王都寄りにあるので馬車で事足りたが、ロッソ家だったら寮に入ることになっただろう。上級貴族の多くは王家と連絡が取りやすいように王都の城下町に館を構えていて、実際の領地とは離れて暮らしていたりするそうだ。領地を持たず代々王政に携わる宮廷貴族というのもいる。

ペルーシュ様とリーベルトは寮に入って週末だけたまに帰っているそうだ。

今俺とアルフレド様とハイライン様、リーベルトはペルーシュ様のお部屋にお邪魔している。広々とした空間に大きめのベッドに衣装棚、本棚、椅子が三つの机。奥の扉の向こうには小さめだが浴室と洗面台、トイレがある。

現代日本でこの部屋に一人暮らししようと思ったら毎月結構な金取られるだろうな～～～！　と庶民的なことを思った。まぁ一人ではないのだが。隣に侍従が寝泊まりする狭い部屋がある。実家から侍従を一人か二人伴わせていいのだ。まぁそうだわな、貴族は基本身嗜みを自分で整えたりしない。人にやってもらう。俺はやれば自分で出来ると思っているけど世話されるのにすっかり慣れてしまったし、意外と出来ないかもしれない……。

「わー、結構広いですねぇ」

「アマデウス、やめろ」

ベッドに飛び込もうとしていたのが予備動作でバレたらしい。ペルーシュ様からクールな制止の声が飛んだ。残念だ。

「やっぱり私の部屋より少し広いです。いいなあ」

ペルーシュ様は伯爵家、リーベルトは子爵家なので部屋のグレードが異なるらしい。格差社会～。

「リーベルトの部屋にも今度行っていい？」

「いいけど、別に面白くもないよ～」

お土産《みやげ》に持ってきたのはポテトチップスと、工房に頼んで作ってもらったミニトング五人分。湿気《しけ》ないようにポテトチップスを大きめの瓶に詰めて持ってきた。ソースは面倒だから塩味のみ。結構重くて後悔した。

最初は箸が欲しいなと思っていたけれど、この世界の人にはミニトングの方が楽だなと気付いた。料理を取り分けるトング――こちらじゃ火鋏《ひばさみ》と呼ぶ――は普通にあったのだが、ミニトングはまだ見たことがない。砂糖を摘まむ用途とかでありそうなものだと思ったのだが、そういえばこちらでは角砂糖を見ない。全く考えたことなかったけど角砂糖って機械で作ってそうだもんな……？

「なるほど、火鋏の小さいものか」

「手が汚れなくていいな」

「良いねコレ。買い取らせてくれない？　レシピもこの道具も」

リーベルトはちょくちょくうちからレシピを買っているので気軽に買おうとする。

「その小型火鋏はタダで持ってっていいよ。これは試作品であげるつもりで持ってきたから皆さんどうぞ。……この芋の薄揚げと一緒に新しく出そうと思ってるんだけど、学院でやるお茶会って宣伝効果あるかな？」

「あると思うよ。どこかの家でやるよりは小規模だし効果が減るとは思うけど」

「芋を薄く切って揚げただけなのに、良いな……これ……」

ハイライン様がツンデレずに素直に褒めているからこのレシピは売れそう。やったぜ。アルフレド様は実に上品にパリパリしている。ポテトチップスを食べる姿も高貴ってすごいな……。

「お前の家は既に何度もレシピを売り出しているのだから、最初は親しい者にだけ売っても良いと思うぞ。学院で茶会をすると割と目立つようだからな、噂を聞きつけた者が寄ってくるだろう」

知名度を稼いだ甲斐《かい》があったな。じゃあアルフレド様達と、ジュリエッタ様とカリーナ様、プリムラ様のいつメンだけ呼んでもいいかな……出来ればその時に、…………。

「あの……皆に、お知らせしておきたいことがあるんですが」

「何だ？」

「……えっと…………」

「さっさと言え」

恥ずかしくなって口ごもるとハイライン様が容赦なく急《せ》かしてくる。はい……。トングとポテトチップス献上したんだから少しは優しくしてほしい。因《ちな》みにうちの料理長カルド名義で出しているから皆俺が出したメニューとは知らない。リーベルトとリリーナは感付いているっぽい雰囲気があるけど。

「…………ジュリエッタ様に婚約を申し込みたいと思っています」

ぱり……と咀嚼《そしゃく》の微《かす》かな音が響くくらい部屋がシン……とした。照れて斜め下を見ながら言ったので皆がどんな表情をしているかは見えない。ちら、と目線を上げると全員戸惑ったような顔をしていた。……どういうリアクションなんだ。言葉を選んでいる顔かな……？

「……何か言ってくださいよ」

何か言ってくれそうなハイライン様に目を合わす。

「いや……お前がまるで恋しているような顔で言うものだから」

「……合ってますが」

「……昔から思っていたが、正気か？」

「し、失礼ですね!! 私はともかくジュリエッタ様に失礼!!」

でもまぁ、周りからどう思われるかハッキリ言ってもらえるのは助かると思っている。ハイライン様やポーターみたいな人の意見が、有象無象《うぞうむぞう》の総意に近いのだ。

「私が先日暴漢に襲われたところをジュリエッタ様に助けられたことはお話したでしょう？ その……その時の凛々《りり》しいお姿に……──見惚《みと》れてしまって……」

「か弱い乙女《おとめ》かお前は!?」

「それは自分でも思います……ぅゎ、自分が恋に落ちた瞬間を説明するの恥っっっず………」

あー。駄目だ、赤面しないぞ!! と力入れてたけど無理無理。

「でもかっこよかったんだから仕方ないでしょう!? あの普段少し気が弱そうなジュリエッタ様が暴漢を叩きのめして見下ろして『軟弱者が』……ですよ!! ギャ……意外性がすごい!!」

ギャップと言いそうになって言い直す。言い終わったので両手で顔を閉じ込める。顔から火が出そうに熱い。俺を助けるためにベストを尽くしてくれたことに惹かれたのだが、それ以外も色々と刮目《かつもく》すべきところはあった。マゾッ気はないので罵《のの》られたいとは思わないが、ジュリエッタ様が男を罵った場面を思い出すと俺は謎の快感を覚えていた。これは断じてマゾッ気ではない。あれだ、ヒーローが悪者を叩きのめす場面に高揚するのと同じだと思う。動きも凄《すご》かった。なんか……よくわかんないけど、凄かった。翻った髪とスカートが綺麗でした。小学生の感想か？

「…………」

「お、おう……」

「へぇ……」

「…………？」

皆『そうなの……？』という顔である。伝わってない感じがする。

『男は男らしく、女は女らしくが良い』的な雰囲気は現代日本よりも濃い。もしかすると女性の見せる男らしさ、男性が見せる女らしさに良さを見出すという考え方自体が無いのかもしれない。

俺は伝統芸能の女形とか宝塚とか、同性だからこそ同性の理想を演じることが出来る！という文化が身近にあったから、その感覚があっただけで。

「それで好きになるのは正直よくわからないけど……でも、うん、デウスが本気なのはわかったよ」

「あぁ。本当に変な奴だな……未だに理解できん」

「見た目に惑わされずに内面の美しさを見つめることが出来るのは、アマデウスの美点だ。見習いたいものだ」

リーベルトとハイライン様は呆れたようにしつつ認めてくれた。ペルーシュ様は相変わらず俺を過大評価しがちである。黙っていたアルフレド様が真剣な顔で重たげに唇を開いた。

「……ジュリエッタ様を慕うその感情は、感謝とは違うのか？」

質問を投げられた。その質問ならティーグ様相手にも想定していたから、すぐ答えられる。

「違いますとも」

「どう違う？」

「感謝しているだけの人に、抱き締めたいとか触りたいとか口付けしたいとか、笑ってほしいとか、悲しくない泣き顔なら見たいとか、その顔を見るのは自分だけで良いとか、思うわけがないでしょう」

そう言った後の美少年四人の顔は見応《みごた》えがあった。

真っ赤になり驚き顔のリーベルト、引《ひ》き攣《つ》った顔で赤面するハイライン様、目だけ見開いて固まるペルーシュ様、ぽかんと口を開けたアルフレド様。

硬直が解けたのはハイライン様が一番乗り。

「な、な、なん……っっっ!!　何て破廉恥《はれんち》なことをお前は口に……く、口を慎め馬鹿!!」

ガチの『口を慎め』を貰ってしまった。貴族純粋培養十三歳には少し刺激が強かったようである。

……この国、流通している本も少ないし恋物語も婉曲《えんきょく》表現マシマシの言い回しばっかりだし、こういう恋愛の直球な口語表現に触れることがマジでないんだよな。貴族は軋轢《あつれき》を避けるためか悪口も大抵遠回しだし言葉遣いも丁寧《ていねい》だから、直球の台詞《セリフ》にびっくりして怯む傾向があると思う。

――――年頃の男子なのに、エロい話とか全く話題に上ってこないからね!!

『あの女子の方が可愛い』という話題が関の山だ。貴族の家に連なる人間として小さい頃から振る舞いに気を付けるように育てられるからかもしれない。多分もう少し学院に通って時間が経てば、多少恋愛経験が積めて慣れるんだと思う。貴族学院は学び舎兼お見合い会場みたいなものなのだから。で

もハイライン様は俺に女誑しだ女好きだとちょっと擦れた嫌味をちょくちょく言ってたのに。ピュアか。

「こんなところでしか言いませんよ。恋を知らない子供と侮られていたようなのでわかっていただきたかっただけですぅ」

俺だって言いたくて言ったわけではない、恥ずかしい。説得力があると思ったから敢《あ》えて言ったのだ。

「…………く、ハハハハハッ」

アルフレド様が快活に笑う。

「私は今自分を誇らしく思っているぞ、アマデウス！　お前をジュリエッタ様に逢《あ》わせた自分を。彼女がお前を一方的に慕うだけになるかもしれないと案じていたが、そうか……彼女は自分でお前の心を掴んだのだな。強い人だ。はぁ……」

笑い疲れた大天使は息を吐いて、冷めてしまっているだろう紅茶をぐっと飲み干してから言った。

「侮っていたようだ。悪かったな」

「……わかっていただけたところで、皆とアルフレド様にお願いが」

「何だ？」

「今後、二人で話せそうな機会を見つけたらジュリエッタ様を少し人目の付かないところへ誘うので、その時はアルフレド様に付き添いをお願いしたいのです」

貴族が婚約者でない異性と人目の無い場所で二人きりになるのはご法度《はっと》だ。主に令嬢の貞操を守るために。侍従のいない学院内において男女が二人で話がしたかったら、最低でも一人には令嬢側に面識のある誰かに少し離れて見張っていてもらうのが通例である。

「何故私を指名なのだ？」

「申し込む際に、ジュリエッタ様に仮面を外してもらえないか頼もうと思っているんです」

「何故……」

「相手の顔と目をしっかり見て申し込んだ方が印象は良いでしょう」

「……それもそうだな。ジュリエッタ様にとってはより重要な意味も持つだろう……なるほど、それで私か」

そう、このメンバーでジュリエッタ様の素顔に耐えられるとわかっているのがアルフレド様だけだからだ。何も知らせずにその場でアルフレド様に付いてきてくれと言っても、ハイライン様とかペルーシュ様が「いやアルフレド様がわざわざそんな。私が行きます」とか善意の横入りをしてきそうだからな。この二人は「二人きりで人目の無い場所に行っては誤解されるぞ」とか俺が返答に困る善意の忠告をしてきたりしそうだし。スムーズに申し込む環境を整えるには皆に打ち明けて協力を仰ぐのが手っ取り早かったのだ。

「承知した。それでは皆、そのように心得よ」

大天使に恭《うやうや》しく頭を下げる美少年達（※俺も一応頭数に入れている）、絵になるな～～。

ちょっと恥ずかしかったけど準備は整った。ミッションクリアは近い。

——と思っていたのに。

ポテトチップスとミニトングの宣伝のためお茶会をしたいと思う、招待状を出しても問題ないかとジュリエッタ様達に確認したら三人ともOKしてくれた。カリーナ様にお友達も誘っていいかと言われたので、人数が決まったら早めに教えてもらえるようにお願いして了承する。一組や他の組でジュリエッタ様に少々当たりがキツい令嬢が何人かいるとこっそりペルーシュ様に教えてもらったが、カリーナ様の友達なら大丈夫だろう。

日取りは一週間後。学院の事務室にお茶会室の予約もして、用意する茶菓子の種類を決め、数、茶葉やジュースの用意、食器は学院の備え付けのもの、ミニトングは人数分にプラス予備分用意する。飲み物の支度は学院の給仕係がしてくれるからいいとして……ポテトチップスのレシピ、ミニトングの買い上げの場合の取引書。一応リュープは持参して……楽譜は足りているはず。小規模とはいえホストとなると準備することが色々あって忙しい。

お茶会の前でもチャンスがあったらジュリエッタ様に申し込みたいと思っていたけれど、クラスが違うから顔を合わせない日はあるし、準備に加え少し前から計画していたのど自慢大会の用意などもやっていたらタイミングが掴めなかった。やっぱりお茶会の終わり際を見計らって、がいいだろうか……。

そんなある日の放課後、ハイライン様とリーベルトと授業でやった歴史の話をしていたら、知らない令嬢が話しかけてきた。

「アマデウス様。初めてご挨拶致します。わたくしカーリカ侯爵家が二子、ルドヴィカと申します」

ふわふわとした桃色の髪にきゅるんとした金色の瞳をした美少女がいた。その名前は最近どっかで聞いたような………あ。婚約の打診をしてきた二件の、侯爵家の方だわ！

「お初に御目にかかります、ルドヴィカ様」

「わたくしは演奏していらっしゃるところを遠目で何度も拝見しておりましたわ。ずっと応援していたのに、会いに来ていただけないからこちらから出向いたのです。見かけによらず意地悪でいらっしゃる」

上目遣いで拗ねたように口を尖らせる顔は何というか、あざとい。目が金なのでかなりの美少女に分類されるんだろうな、仕草が堂に入っている。熟練の技ってやつだな……。

うん？

しかし挨拶が初めてということは、応援していたと言いつつ俺から楽譜を買ったことはないということだ。取引したお客さんに挨拶してないなんてことはない。しかも『会いに来ていただけないからこちらから出向いた』ってなんだ？　意地悪って？　何でお客でも友人の友人でもない相手に俺が挨拶しに行くんだ？　そんな義務はなかったはずだが……。

頭の上に？を三つくらい浮かべながらも曖昧な笑みを浮かべる。

「それは失礼致しました」

とりあえず謝っとくか……非が無くても謝るのは日本人の悪癖とか聞いたことあるけど謝罪で済むなら謝罪しとけの精神。

「…………」

「……それで、私に何か……？」

にっこり笑って黙ってしまったので用件は何か聞くしかない。

「まだおわかりにならないの？」

「え……？」

「もう、……少しあちらでお話できませんこと？」

中庭のベンチで話したいらしい。でもあそこは人目が少ないので令嬢の知り合いの誰かに見張りに付いてきてもらうことになるが、彼女は今一人だ。

「見張りに立てるお友達がいらっしゃらないようですけども」

「必要ないでしょう？」

……いや必要ないことはないと思うが⁉

俺の方からリーベルトとハイライン様どちらかに付いてきてもらうことは出来るが、その女子と交流のない男子で女子を囲むのもあまり良くないのだ。令嬢が悪いことを企《たくら》んだ令息達に手籠《てご》めにされないとは言い切れないからである。片思いを拗《こじ》らせてそういう蛮行に及ぶ例が過去にあったらしい。その状況で話をして、後にその女子に「乱暴されました」と訴えられたら男側も大変だ。罪人になるか、もしくは責任を取って結婚するとかしないといけない。何もされてないのに被害を訴えて有力な令息に嫁ごうとした例も過去にあるらしい。

なんだこの人。常識が無いだけ？　いや、侯爵家のご令嬢だぞ……知らんわけないだろ。

「必要じゃないことはないでしょう〜。見張りが付けられない以上、お話はここでお伺いしますよ」

戸惑いながらも、俺はノーと言える日本人！　と思いながらやんわり断るとルドヴィカ嬢は明らかに不満そうな顔になった。

「わたくしは貴方に気を遣って差し上げたのに！　ではここで言うとよろしいわっ！」

「言う？　私の方がですか？」

………何を？　全然わからん。

「婚約の申し込みです！　こちらからのものは伯爵が勝手にお断りになったのでしょう？　今申し込んでいただければわたくしが直接返事をお父様に持っていけますから！」

「────……はい？」

？？？？？？？？？？？？？？？？？？？

「全く、お膳立てされないと婚約も申し込めないなんて……わたくしに嫌われても良いのですかっ？」

「えっと………」

ぷんすかと音が出そうな可愛らしい怒り方をするルドヴィカ嬢だが、俺はこの人が何を言ってるかまだわからないのでこわい。ハテナで頭がいっぱいで言葉が出てこない。

「呆れた……わからないのですか？　わたくしと婚約すれば、もうあの化物令嬢に言い寄られることもなくなるのですよ。困っているのでしょう？　アマデウス様がお優しいから調子に乗ってしまうのですよ。地位で脅しているくせにすっかり貴方の婚約者面《づら》をしていらして……わたくしの顔をちゃんとご覧になって、打診を断ったことを後悔していらっしゃるでしょう？　義父の伯爵に無理強いされる前に、わたくしが貴方を救って差し上げようということです」

ルドヴィカ嬢は、わかったかしら？　と小さい子供に言い聞かせるように優しい笑顔で、ずいっと近付いてきて手を伸ばして頭をヨシヨシと撫《な》でてくる。

「……いや、ティーグ様は私に無理強いなどしませんので……ジュリエッタ様に脅されてもいませんし……その……」

触んないでくれます？？？　と言うのは流石に不躾かと口を噤《つぐ》む。

「と、……とにかく御心配には及びません！　ありがとうございました!!」

何がありがとうございましたなのかは定かではないが、サッと頭を下げてから俺は逃げ出した。


――――――――こわいこわい!!　何だあの人!?


早足で正門を目指し始めた俺にハイライン様とリーベルトが追いついてきて横に並んだ。

「お前が女性に対してあんなに引いてたのは初めて見たな……」

「もう大丈夫ですよ、デウス」

荒くなった息を整えながら立ち止まる。後ろをそっと見ると流石に追っては来ていない。俺もこちらの世界の女性から逃げ出したくなったのなんて初めてだよ。クロエに襲われた時より恐かったんですけど。会話が嚙《か》み合ってない感じが。

「ルドヴィカ嬢とは数回話したことがあるが……アマデウスに興味がある素振りなどなかったかと思うがな」

侯爵家の繫がりでハイライン様とは面識があったんだ。じゃあ付き添い出来たじゃん。まぁそこまで親しくないようなので充分適任とまでは言えないが。

「あの言い草からすると……ずっとデウスに憧れてたんじゃない？　でも自分からは話しかけられなかったのかも。彼女美人だし、デウスは女誑しだって噂だから顔を見れば言い寄ってくると思い込んでた……ってところ？」

「なるほど、ありそうだな……上級貴族の美しい令嬢は言い寄られるのが当たり前だし、意中の相手には視線を送って口説かれるのを待つものだからな。少々礼儀知らずで思い込みが激しいとは言えるが」

そういうものなのか？　エイリーン嬢の時と同じで俺の認識が甘いのか？

「でもまだ話したこともなかったのに⁉　比較対象にしてたジュリエッタ様より地位も成績も低いのに、何であんなに自信満々なんですか……おかしいでしょ……」

「…………」

「……普通の令息ならルドヴィカ嬢の方を選ぶと思うぞ。お前がおかしいんだ」

そ、そうですか……。この世界においては美醜観がおかしい自覚はあるのでそう言われたら話は終わりである。何も言えない。

とりあえず、憚《はばか》らずにジュリエッタ様を化物令嬢と呼ぶ時点でお友達にはなりたくないな……。

――――この日振り払ったつもりだったこのルドヴィカ嬢が、意外とタフで。

俺がジュリエッタ様に告白する障害になる。

間章　少女達の煩悶《はんもん》

「エイリーン様、よろしかったら我が家のお茶会に……」

「ランマーリ伯爵令嬢、お耳に入れておきたい良いお話が……とある侯爵令息が貴方《あなた》を是非にと」

「今日も麗《うるわ》しい、社交界の華《はな》エリザベート嬢でさえも貴方と比べたら霞《かす》んでしまうでしょう」

私の美貌を褒め称《たた》えつつ取り入ろうとする人達。悪い気分では無いのだけど、もう飽きてしまった。同じようなことばかり言うんだもの。


「美しいエイリーン、私の傍《そば》に侍《はべ》る気にはまだならないか？」

「御機嫌麗しゅうユリウス殿下。美しければどなたでもいいくせに、お戯《たわむ》れはおやめくださいませ」

「つれないいな」

ユリウス殿下はそれなりに優秀な頭脳を持ち、こういうことを言っても笑って許してくださるくらい寛容で、美男で、結婚相手としてはかなりの優良物件と言えるのだけれど。この方は美人なら誰でも良いのだ。私に恋をしているわけではない。伴侶《はんりょ》が老いて容貌が衰えたら若い女に夢中になってしまいそうなところがある。勿論《もちろん》見た目も大事だということはわかっているけれど……出来れば私の見た目が衰えても大切にしてくれそうな人と結婚したい。

「エイリーン！　私と婚約してくれれば私は第二夫人を取らないと約束する。どうかそろそろ私の手を取ってくれないだろうか」

「ラングレー様……わたくし、まだ決めかねておりますの。もう少し、待っていただけるかしら」

「そうか……わかった。でも心の片隅に私を置いておいてほしい、麗しい人」

ラングレー侯爵令息ヤークート様はとても優秀で殿下の側近に内定しており、少し前から熱心に言い寄ってくれている。殿下が私を権力で召し上げようとしないのは彼のことを慮《おもんぱか》っているからだろうと思われる。……私を大事にしてくれそうではあるのだけれど。

そばかすがあるのが少し、受け入れがたくて……。

我儘《わがまま》だとはわかっているのだけど。でも結婚は一生に関わることだもの、慎重になりすぎるということはない。お父様も私が望む相手が見つかるのを待とうと言ってくれている。

でもこの美貌が目当ての人ばかりが近寄ってきて、私には判断が難しい………特に女好きなんてのは皆一緒ね。女を装飾品みたいにしか思っていない。

新入生に女誑《おんなたら》しだと有名な令息がいるらしい。演奏が達者で、一年生の中には信奉する会まで出来ているのだとか。それほどの色男となると珍しい。一応、注意しておこう。女好きにはかかずらわせられたくない。

「貴方がスカルラット伯爵令息ですわね。わたくしはランマーリ伯爵が三子、エイリーンと申します」

「……はい、初めまして、エイリーン様。何か私に御用でしょうか？」

呼び出したその令息は想像していたのと少し違った。楽器上手な軟派男というと線の細い優男《やさおとこ》を想像していたが、爽やかな風貌の活発そうな少年だ。真っ赤な髪で目立つ。そして今までに目を合わせた男子とはどこか違う目をしていると思った。

「貴方、女性好きとして名を馳《は》せていらっしゃるようなので先に申し上げておきますわね。わたくし、貴方に興味がないの。だからわたくしを口説《くど》こうとはお思いにならないでね」

友人のルチルが少し後ろで少年が妙なことをしないよう見張ってくれている。あらかじめこうやって引導を渡すにもかかわらず『そんな冷たいことを仰《おっしゃ》らないでください』『貴方に侍ることが出来るならどんなことでも致します』等、さりげなさを装って近寄りながらするすると疑わしい言葉を吐くのが女誑しというものだ。

「は……はぁ……」

彼は目をぱちぱちとして驚いているようだった。私が眩《まぶ》しいのかもしれない。自慢の金の髪と黄水晶の瞳に少年が目を遣《や》る。何かを納得したような顔になり笑顔を浮かべた。

「私は無類の女性好きだのなんだのと噂《うわさ》されてはいますが、自分ではそう思いません。自分から女性を口説きにいったこともありませんから、ご安心ください。エイリーン様」

……何とまあ…………自分からいかなくても女性が寄ってくるということかしら。何とも自信家……もとい傲慢《ごうまん》だこと。

「そう……それでは御足労いただいてありがとう、もう行っていただいて結構よ」

「はぁ。それでは、御前を失礼致します」

「……エイリーンに口説き文句の一つも言えないなんて、女誑しと言われる割には初心《うぶ》ではないの。絶世の美女を目の前にして緊張していたのかしらね」

「逃げるように去っていったものねぇ、一年生を揶揄《からか》いすぎたかしら」

馬車を待ちながらルチルと笑った。確かに粘らずに去るなんて意外。自信がなくて美人には手を出さない種類の方だったのかしらね。骨がないこと。勇気がなくて近寄ってこない程度なら煩《わずら》わしくなくていいことだわ。

それから少し経《た》った日。新しい楽器が音楽室に入ると聞いたので放課後ルチルと見に行った。評判が良ければ購入も考えよう。あまり楽器は得意ではないのだけど、楽師に演奏させて聴くのは好き。

クラブロに似た楽器の近くで一年の校章をつけた令嬢に取り囲まれているのは、いつぞやの赤髪の少年だった。令嬢達以外にも楽器の噂を聞いて寄ってきた野次馬らしき子供達が取り囲んでいる。私達もその中の一組だ。私に気付いて顔を赤くする子達に軽く微笑《ほほえ》みだけ返して、楽器に近付く。

「あら、あの子」

「あの楽器、大きめのクラブロではないの？」

ルチルと少し遠目に楽器を見ていると、令嬢達に請《こ》われたのか少年がクラブロに似た楽器の前に座る。彼は楽譜も出さずに徐《おもむろ》に弾き始めた。大きな音と小さな音が指の力で使い分けられているのがわかる。クラブロよりも重厚感のある音色。そして初めて聴く美しい曲。

一曲目は、指数が多く流れるような起伏の激しい音を軽々と弾きこなしながらも勇ましさを感じる秀逸な曲。

二曲目は、似た旋律を繰り返しながらも心が豊かになっていくような優雅な曲………。

演奏が終わって静寂が空間を包んだと思うと、彼が立ち上がって胸に手を当て、無邪気な笑顔を浮かべると周りにいた令嬢達が拍手と歓声を上げた。友人に肩を親しげに叩《たた》かれたりして称賛されている。

………素晴らしい演奏だった。自分から女性を口説きにいったことがない、と言っていた言葉の意味を理解する。これならば自分からいかずとも寄ってくるだろう。そう納得せざるを得ない。

優雅さというよりも、裏表のない純粋さを思わせる笑顔も要因だろう。女性が警戒心を抱きにくい雰囲気《ふんいき》がある。

聴いていた何人かはすでにこの楽器を購入したい旨を伝えているようだ。私も今の曲の楽譜と一緒に購入したい……。しかしクラブロはなかなか高価だし、あの楽器も割とすることだろう。この間ドレスを多めに新調したばかりだし、お父様に許可を貰《もら》ってからの方が良いわね。

音楽室を出ようとした彼に視線を送る。彼の周囲の令息が私に気付いて頬《ほお》を赤らめたり驚いたりしている。私に勝らずとも劣らない美しい金髪の貴公子は確か公爵家の跡取りの……少し驚いた顔でこちらを見ていた。

なるほど、タンタシオ公爵令息の派閥にいるのね。悪くない位置にいるじゃない。

誰かを探すように周りを見ていた赤髪の彼が私に気付いた。私から褒め言葉を貰えば喜ぶことだろう。声をかけられるのを待っていると、彼は私に軽く目礼だけして通り過ぎて行った。

……えっ。私に何も言わずに帰るつもり!?

驚きに目を丸くして固まってしまったが、ルチルが話しかけてきてハッとした。

「エイリーンに気付かなかったのかしら、何も言わずに行ってしまったわね」

ルチルがそう言ったが、違う。彼は気付いていた。目が合ったのだから。

……自分からは女を口説きにいかない。

つまり私も、口説きにいくほどの女ではないと、そういうこと……？

この、私が？

……なんて屈辱。初めての経験。私がその辺の凡百の令嬢と同じ扱い？

——軽く見られたものだわ。

「エイリーン？　少し震えていてよ、どうかした？」

「いえ、大丈夫よルチル………帰りましょうか」

屈辱を受けたままにはしなくてよ。少し楽器が達者なだけのあんな子供。ちょっと優しく思わせぶりにしてやれば惚《ほ》れさせるくらい訳はないわ。私がそうすることで惚れない男子などいなかった。

————惚れさせてからこっぴどく、振ってやろうじゃないの。

※※※

「や……やらかしてしまったかもしれません…………」

学院の茶会室専属の給仕係が出て行ってすぐ、ジュリエッタが項垂《うなだ》れて机に突っ伏した。

貸し切りの茶会室。そこにいるのはジュリエッタ、カリーナ、プリムラの三人。茶会室は二十人程度座れるように机が用意されているが、窓際の中庭が見える席に三人だけ座っている。

「ジュリ様がそんなになるということはアマデウス様のことですわね？」

カリーナはジュリエッタが学院で何事もそつなくこなすことを知った。成績は優れているし社交もやればそれなりに出来る。公爵家の娘として恥ずかしくないようにと気を張っているのも知った。

ジュリエッタが自信の無さを晒《さら》すのは、色恋に関してだけであるとわかるようになった。

「昨日、騎士団に連れられた後のことを私達は存じ上げませんが、彼に何か言われたのですか？」

プリムラは目尻を吊《つ》り上げた。助けてもらっておきながらジュリエッタを傷付けるようなことを言ったのならゆゆしきことだと。プリムラの冷えた視線には気付かずにジュリエッタが突っ伏したまま言う。

「…………御礼を言われました……本当にありがとう、と……」

「……そうでしょうね」

「それが何か問題が？」

「いえ、それには問題はないのですけれど……。アマデウス様、わたくしの暴力的なところを見て引いてしまわれたのではないかしら……とても驚いていらっしゃったし何だかわたくしを見る目が戸惑っていたような気がして……殿方は、一般的に……殿方より強い女などお好きではないでしょう？」

二人の令嬢はここでジュリエッタの懸念が理解出来た。

「そ、そういう殿方もいるでしょうけれど……心配いりませんわ、アマデウス様は普通の殿方とは少々違いますし」

「と、いいますか、戸惑われていたのは暴漢に襲われるという状況にではなくて？　滅多にあることではないですから」

「あ……そ、そうですね……」

ジュリエッタが頭を起こした。普通に考えれば出てくる考えだろうに、恋故に冷静でないのがわかる。

三人は気を取り直してお茶を飲んで一息つく。

「……彼がどんな女性をお好きか、知りたいのですけれど、そもそもお聞き出来ていないのです……」

もじもじしながら小さな声で言うジュリエッタに二人はいじらしさを感じた。

「勇気が要りますわよね、そんなこと直接聞くのは好意がありますと言っているようなものですもの」

「彼はどんな女性にもお優しいと評判ですし、そこまで条件は厳しくないのでは？」

「そうだといいのですが……わたくしがその中で秀でることが出来るのかわからなくて。顔は残念ですし、特技は剣術となんだか厳《いか》ついですし……身分は高いですけれども、それだけでは……」

「……ジュリ様、昨日はどたばたしていてお伝えしておりませんでしたけれども。わたくし感動したのです」

カリーナがぐっと身を乗り出してジュリエッタに迫った。

「感動？」

「はい！　たとえ恋した相手が危険かもしれないからといって、すぐに戦う覚悟を決められる令嬢がこの国に何人いるでしょうか！　騎士ならば動ける方もいるかもしれません。でも戦場でも街中でもない、安全であるはずの学院の中で……数秒の判断で動くだなんて、普通は出来ませんわ！」

「……ええと、そうかも……？」

「ジュリ様が一番ですわ。この国の令嬢の中で、一番、アマデウス様を好きな方です！」

「！　……」

ジュリエッタは友人が熱弁を奮って褒めてくれたことにも、その内容にも感動して小さく震えた。

「……ありがとう、カリーナ……そうね、わたくし、気持ちでは誰にも負けていないわ」

「そうですとも！　わたくしだったら、己のために戦ってくれた方の好感度は爆上がりでしてよ。婚約を申し込む好機かもしれませんわ」

「……そ、そういう考え方もありますわね……でも」

嬉《うれ》しそうにしながらもジュリエッタが少し俯《うつむ》いた。

「恩人という感謝の気持ちに付け込むのは気が引けますわ……心情的にお断り出来ないでしょう」

「もーっ!!　ジュリ様ったら相手の気持ちを慮ってばかり！！！」

「良いことでは……？」

カリーナが口惜しそうにするがプリムラが冷静に言葉を挟む。

「でも確かに、ジュリ様はもう少し強引に事を進められてもよろしいかと存じます。アマデウス様は目立ちますし、そろそろ学院で目を付けた令嬢が婚約を打診し始めてもおかしくありませんわ」

「っ……そうでした……」

「彼、女性の好みの受け入れ範囲が広そうですから、あっさり受けてしまう可能性はありますわね」

受け入れ範囲が広い、という言葉はジュリエッタの顔が平気だったことからの想像である。

「しかしわたくし、アマデウス様は実は女誑しというわけではないのではないか、と思っているのですが…………」

プリムラの言葉にジュリエッタとカリーナは一時停止した。

「……えっ？」

「な、何故《なぜ》そう思うのです？」

「わたくし、アマデウス様のこと、初めてお会いした時から噂との印象が違う方だと思っておりました。女誑しと呼ばれる男性が、お恥ずかしながら身内にいるのですけれど……叔父なのですけれどね、姪《めい》のわたくしに対する目は流石《さすが》に嫌らしくはありませんが、メイドやその辺の貴婦人を見る目が何というか……怪しいのですわ。おそらくお付き合い出来るかどうかを計っているのです」

「…………」

「……ユリウス殿下のような感じでしょうか」

カリーナが小声で言う。二人とも思い浮かべたのは同じ人だったようである。

「近いかと思いますわ。……アマデウス様はそういう感じではありません。女性を見る目と男性を見る目が変わらない、と言いますか……それとも下心を隠すのがお上手なのかしら？　と……なので、わたくし少し調べてみましたの」

「調べた……？」

「聞き込みくらいですけれどね。リーベルト様の妹君とは懇意にしておりまして。リリーナ嬢というのですがなかなか情報通でいらっしゃるの。彼女に聞いたところ……そもそも、アマデウス様が女誑しだという噂は二人の令息が言い出して広まったということで、事実とは少々異なるようなのです」

「えっ……」

「その二人の令息はそれぞれ婚約予定の令嬢、婚約を狙《ねら》っている令嬢がいたのですがその令嬢がどちらもアマデウス様の演奏の信奉者になったそうなのです。確か……アジェント男爵令嬢とムツアン子爵令嬢だったかと。焦った令息二人は何とかアマデウス様を彼女達の中で下げたくて、良くない噂を流し始めたのだそうです。良くない噂といってもあまり変なことをでっち上げるとあらぬ揉《も》め事に発展するかもしれませんから、女にだらしがない……くらいのものにしたのだろうと」

「ええっ……それでは」

「……アマデウス様は、別に女性好きというわけではないということですか……？　……そんな……」

ジュリエッタがショックを受けたようにがっくりと首を俯けた。

「女性好きだというお話だから、わたくしにも可能性があるのではないかと思えていたのに……そんなことはなかった……？」

「ジュリ様、そう気を落とさないでくださいませ……」

「女誑しだという噂が定説になってしまったのは、ご本人があまり強く否定なさらないからだろうとリリーナ嬢は仰ってましたわ。わたくしは何故否定なさらないのか考えました……——女性好きだと思われていた方が都合の良いことがあるのではないかしら……？　と」

「女性好きで都合が良いこと……？」

「……何でしょう……」

プリムラはぴっと二本指を立てた。

「わたくしには二つ、考えられましたわ。一つは、あまり公《おおやけ》に出来ない女性に本命がいるけれど、本命だと悟られたくない場合」

カリーナが顎《あご》に手を当てて難しい顔で考える。

「沢山《たくさん》付き合いがあるうちの一人だと思わせたいということですか？　なるほど……？」

「……もう一つとは……？」

ジュリエッタが仮面の下で涙目になりながら恐る恐る聞いた。

「――……もう一つは…………男性がお好きな場合、ですわ……」

「!?」

「飽くまで、飽くまでもわたくしの想像でしてよ。決定事項とはお思いにならないで」

「え、ええ」

「――――……あ……あわ……」

「ジュリ様！　息をしていらっしゃいます!?」

カリーナが慌ててジュリエッタの背中をばしばしと叩いた。ぁわ……しか言えなくなって精神がどこかへ飛んでいたジュリエッタが「はっ……」と息を吸って戻ってくる。カリーナに背中を撫《な》でてもらって深呼吸する。予想したよりも驚愕《きょうがく》していてプリムラも焦っていた。

「すみませんジュリ様、恋した相手がそうであったら衝撃ですわよね……もう少し溜《た》めるべきでしたわ」

「いえ溜めても仕方ないでしょう、衝撃を大きくしないでくださいませ」

「心の準備期間がいるかと……」

「……アマデウス様が……男性をお好きだったら……ぜ、絶望ですわ……」

仮面をしていても顔色が白くなったのがわかる。

「飽くまでもプリムラの予想の一つ！　想像ですから！」

「ええ、妄想ですわ……でも、そう考えると辻褄《つじつま》が合うところがあるのです。先ほど申し上げた、噂を流したアジェント男爵令嬢の婚約者候補だった令息……マーキオ子爵令息なのですが、彼は今ではアマデウス様の信奉者の一人なのだそうで。アマデウス様に何度突っかかっていっても、いつでも穏やかでいっそ慈愛に満ちた視線を向けられ、その成熟した精神性と外見が優れない自分にもどこまでも親切な態度に感服したと……。そう、アマデウス様は女性だけでなく男性にも等しくお優しいのです。そして唯一、アマデウス様が向ける視線で特別なものがあるとしたら……――アルフレド様へのものだとお思いになりませんか……？」

「……た、確かにそう言われると……いつも眩しそうに、蕩《とろ》けた視線を向けていらっしゃる……」

ジュリエッタが悲壮な声で言うのを聞きカリーナが慌てて発言する。

「で、でもそれはアルフレド様が特別お美しいからというだけでは？　わたくし達だって特別な好意がなくとも見惚れてしまうでしょう？」

「それはそうですわ。しかし……わたくし、たまたま見ていたのです。アマデウス様がランマーリ伯爵令嬢と会話しているところを……」

「あの学院一の美女と？」

「アマデウス様は冷静そのものでいらっしゃいました。あの美女を目の前にして呆《ほう》けないだけでも年齢的には凄《すご》いことだと存じますわ。……ジュリ様のお顔に動じないのも、絶世の美女に動じないのも、突き詰めれば女性にそもそもあまり興味がないのではないかと…………つまり…………」

「……やはり……アマデウス様にとってアルフレド様が、唯一特別でいらっしゃると……？　でもその思慕を人に悟られるわけにはいかないから、女好きを装っていらっしゃる……？」

ごくり、と息を呑《の》みながらカリーナが結論を口にする。口にしてからハッとしてジュリエッタを窺《うかが》うと、ジュリエッタは再び机に突っ伏していた。

ジュリ様お気を確かに……！」

「むりです……」

絶望を抱えて女子会は終わった。女子会をしている間に、アマデウスが音楽室で新しい楽器を披露していたと知りジュリエッタが膝《ひざ》から崩れ落ちるのは翌日のことだった。

※※※

私がアマデウス様の演奏を聴き逃したことをめそめそと嘆いていた短い間に、『アマデウス様が新しい売り物の宣伝のために学院でお茶会を開く』という話は広まっていた。カリーナのところには参加したいという子が押し寄せた。カリーナは交友関係が広いので大変そうだ。プリムラのところにも数人来ていたが、私のところには来ない。私がアマデウス様に好意があることはもう有名なので私に頼んでも無理だと皆わかっているのだろう。

無理ですとも。何故私より美しい令嬢をわざわざ彼に近付ける必要があるのか。

まぁ中にはアルフレド様やペルーシュ様目当ての令嬢も多いのだろうけれど。

「あ……ジュ、ジュリ様、」

「どうしたの？」

カリーナとプリムラが慌てたようにしたけれど、彼女達が見ていた方に目を向ける。二階の窓から中庭を見下ろす。そこには、アマデウス様の腕に手を添えて話しかけているルドヴィカ嬢が見えた。

「…………………」

「……その……わたくし達も行きますか？　ジュリ様」

「……そうね」

ここ数日で、アマデウス様とルドヴィカ嬢は噂になっていた。婚約秒読みではないかと。

放課後によく親しげにお話しているように見受けられるし……遠目から見ても、赤髪の彼と薄紅髪の彼女はお似合いに見える。ルドヴィカ嬢はアマデウス様の隠れ信奉者だったようだが、吹っ切れたのか堂々と傍に寄っていた。彼女は以前私に『アマデウス様がお優しいからって勘違いして恥ずかしい人』と嫌味を言ってきた令嬢である。

「御機嫌よう、アマデウス様、リーベルト様」

「！　ジュリエッタ様方」

私達を見つけると彼は私達の方へ寄って来てくれる。ルドヴィカ嬢を少し置き去りにして。ほっとしている顔に見えた。ルドヴィカ嬢に言い寄られているけれど応《こた》える気はない……ように見えるのだけれど、私の願望がそう見せているだけなのかも………。

彼女は一瞬不満そうな顔をしたがすぐに笑顔に戻してしずしずと彼の隣に並ぶ。彼の隣に恋人面《づら》して納まっているように見えて、私の心は逆撫でされる。

「何を話していらっしゃったのですか？」

さりげなく聞こうとしたけれど声が尖《とが》ってしまった。いけない、婚約者でもないのにこんな態度は鬱陶《うっとう》しいに決まっている……しかし嫉妬《しっと》心が抑えられなかった。

「二人で将来について話していましたの」

「違います！　いや将来、こういう風になれたらいいですねという話をしていただけで別に私とルドヴィカ嬢との将来とかそういう意味ではないので誤解なさらないでくださいねジュリエッタ様、」

「もうアマデウス様、無粋ですわ！　婚約前だからってそんな否定の仕方……」

「もうすぐ婚約するみたいな言い方をなさらないでください？」

明らかに困った顔を作っているので、アマデウス様は恋仲だと誤解されたくないように見えるが……ルドヴィカ嬢は良い仲であると仄《ほの》めかしたい、という感じだ。

ルドヴィカ嬢の一方通行に見えるけれど………。


「私がそう思いたいだけでしょうか……？」

「いいえ、わたくしもアマデウス様は一歩引いていらっしゃるように見えましたわ」

「とはいえジュリ様、負けてはいけませんわよ！　今日は沢山彼とお話して親睦を深めるべきです」

意見を聞いたらプリムラとカリーナがそう言ってくれたので無理矢理気分を押し上げて、深呼吸する。

アマデウス様のお茶会当日。

お茶会室の棟の前でカリーナが参加を了承した令嬢三人と合流する。私に対して親切な令嬢ばかりを厳選してくれたようだ。少し浮かれながら皆でお茶会室へ向かう途中に、――ルドヴィカ嬢がいた。

出たな……!!

私は拳《こぶし》にぐっと力を入れて臨戦態勢になる。臨戦と言っても口喧嘩《くちげんか》のだけれど。

「こんにちは、ジュリエッタ様方。お茶会室にお行きになるの？」

「ええ……ご存知でしょう？　アマデウス様が新しいお茶菓子をお出しになるそうです」

「畏《おそ》れながら、お願いがあるのですけれど……わたくしも参加させていただけないかしら？　カリーナ様のお友達として」

「……えぇ？　……申し訳ないですけれど、もう誰が行くかはちゃんと決まっていますの」

カリーナが困惑しながら断ったが、彼女は可愛らしい笑顔で続けた。

「お茶会の人数が決まってからわたくしは彼と親しくなったので、誘うことが出来なかったようなのです。カリーナ様が希望者を沢山お断りしていますしね、誘うと角が立ちますしわたくしが謗《そし》りを受けてはいけないとお思いだったのでしょう。こっそり参加して顔を見せたら喜んでくださると思うの」

「でも……予定より人数が増えると主催者は困るものですわ、おわかりでしょう？」

「わたくしそこまで多くは食べませんし、アマデウス様はお優しいから許してくださいますわ、ねぇ？　そうは思いませんこと？」

「え？　ええと……そうかもしれませんが……」

「お優しいですからね……」

ルドヴィカ嬢は彼女の言うことを否定しづらい伯爵家と子爵家の令嬢の方に同意を求めた。同じ侯爵家やその格下だとこの申し出を断るのは難しいだろう。柔らかく断っても押してくる格上とは厄介だ。

だが今ここには私がいる。公爵家の私が。

「残念ですがご招待を受けていない方をお連れするわけにはいきません。次の機会にお誘いいただけるようにお待ちになる方がよろしいわ、ルドヴィカ様。皆様、参りましょう、時間に遅れてしまいますわ」

目で圧をかけたが彼女が前をどかないので、少し横を通り過ぎようとするとルドヴィカ嬢は綺麗《きれい》な瞳を険しくして私に訴えた。

「ジュリエッタ様!!　アマデウス様を解放して差し上げて!!」

「……解放？」

「アマデウス様は貴方のお気持ちに縛られて、他の女性の求愛を退けていらっしゃる。貴方に同情して……ご自分を殺していらっしゃるのよ！　そんなふうに彼を手に入れて、満足なのですかっ!?」

「……！」

「そうやって彼に近付く令嬢を退けて、……どうか邪魔をするのはやめて、彼の幸せを考えてください…………」

可憐《かれん》で悲しげに震える彼女に、きっと誰もが同情したくなるのだろう。私は自分でも意外なほど彼女の言葉に揺さぶられていた。彼女のような人の言葉をいちいち気にしても仕方がないと心得ていたはずなのに。

「……アマデウス様が、貴方にそう仰ったの？　わたくしに縛られていると？」

「え？　……いえ、……でもお傍にいれば感じ取れますわ」

「……そうですか……ルドヴィカ様、貴方もアマデウス様がお優しいからと出過ぎたことをしているとはお思いにならないの？」

「え……？」

「彼がそうしたいと口に出したわけでもないのに、勝手にわたくしを遠ざけようとなさっているのでしょう。彼が地位を望んでいないと、わたくしを望んでいないとはっきり言ったのですか？　違うのでしょう？」

「そ、それは……」

しどろもどろになる彼女。格上に嘘《うそ》を吐《つ》くほどの短慮ではないようで助かる。格下にならともかく、格上に嘘を吐くのは事実が判明した時、罰を受ける危険があり、一気に信用を失うので悪手なのだ。

「……彼が権力を欲しているかもしれないのに、勝手に邪魔をして……自分の望みを優先して、彼の幸せを考えていないのは貴方の方《ほう》かもしれませんわね？　よくお考えになった方がよろしくてよ。……では、御機嫌よう」

悔しげに顔を歪《ゆが》めたルドヴィカ嬢を後目《しりめ》に、口元だけは笑みを崩さないようにしながら足を進めた。

アマデウス様の家の料理長が考案なさった芋の薄揚げは、薄く揚げただけでこんなに変わるものなのかと思えて面白《おもしろ》かった。小さな火鋏《ひばさみ》もお菓子を食べる時に便利だ。迷わず購入することにした。気の許せる人達とお茶を飲んで他愛のない話をする、楽しい時間のはずなのに……私はルドヴィカ嬢の言葉が頭の隅から離れず胸の内が重苦しかった。

「……ジュリエッタ様、ご気分が優れなかったりしますか？」

アマデウス様が心配そうに覗《のぞ》き込んできた。顔が近付いたことに心臓が跳ねてびくりと肩を震わせてしまう。

「いえ、大丈夫ですわ。変なところがありましたでしょうか、お恥ずかしい」

「そうですか？　何だかあまり元気がないような気がして……」

気落ちしているのを隠せていなかったという気まずさと、彼が自分をよく見てくれているという喜びが綯《な》い交《ま》ぜになって変な気分になる。

ルドヴィカ嬢とは本当のところ、どういう関係なのですか。

………気になるのに怖くて訊《き》けない。

「ジュリエッタ様……少し、お話したいことがあるのですが。中庭に参りませんか」

少し声を抑えたアマデウス様が、私の耳の近くで言う。囁《ささや》かれているようで肩を強張《こわば》らせてしまった。いや、浮かれている場合ではない。お話したいこと？

――――な、何でしょう……まさかとは思うけど、ルドヴィカ嬢と婚約の話を進めるから私の気持ちには応えられない、と言われてしまったりするのかしら……!?

「そ、それでは、カリーナに付き添いを……」

「いえ、アルフレド様にお願いしようかと思っています」

何故アルフレド様に……？　今参加している令息なら私もそれなりに知っている。誰が付き添いでも不自然ではないのに、わざわざ公爵家のアルフレド様にお願いして付き添ってもらうだなんて……

もしや、私が泣いたり怒ったり無茶なことを言ったとしても庇《かば》えるように、先手を打っている……？

アマデウス様がちらりとアルフレド様に視線を向けると、アルフレド様が目を細めて頷《うなず》いた。カリーナが連れてきた令嬢達にここぞとばかり囲まれているが、わざわざ抜け出して付き添ってくれようというのか。

〝……アマデウス様にとってアルフレド様が、唯一特別でいらっしゃると……？〟

カリーナとプリムラとの反省会（反省していたのは私だけ）のことを思い出す。

――――もしや、実はアルフレド様と思い合っている、と告白される、ということも……!?

アルフレド様も、どこかアマデウス様を特別視してらっしゃると感じる時はあるのだ。ハイライン様がそれに妬《や》いていらっしゃることもわかりやすい……。

いえいえあれは飽くまでも一つの予想。プリムラの妄想と言ってもいい。冷静に考えれば確証など何もない。……そう結論付けたはずなのに、見つめ合う二人を見た今、それも有り得るのではないかと考えてしまう。

正直なところ、アマデウス様がルドヴィカ嬢と結ばれるよりは、アルフレド様と結ばれてくださった方が断然良い…………いや良くはないけれど……全然良くはないけれど。

同性愛は公には認められていないが、昔から貴族の間では趣味嗜好《しこう》の一つとして知られている。教科書には載っていないが、昔のとある王が美少年を囲っていたとか、この時代のとある女伯爵は美しい女を侍らせていたとか、歴史関係の書などには堂々と書かれていた。

貴族の婚姻は家の繋《つな》がりなので、跡継ぎを作る・仕事に協力するなどの義務をきちんと果たせば伴侶以外と恋愛をしようと同性愛に耽《ふけ》ろうと互いに文句は言わないという夫婦はいるという。

ハッ…………。

もしや、……アルフレド様との密《ひそ》かな関係を許す代わりに、私と婚約しても良いと提案される可能性も、〇・〇〇一メレくらい存在するのでは…………!?

そう提案された時のことを考えると悲しいような嬉しいような複雑な気持ちだ。他の女性と愛し合っていらっしゃるよりは、男性と愛し合っていらっしゃる方が我慢できるかもしれない。何故だろう、謎の諦《あきら》めがつくというか……。そして隠れ蓑《みの》としてでも自分を選んでくれたら案外嬉しいと思う。信頼されているということだから。

「ジュリエッタ様？」

ぼんやり考え込んでしまっていた。目の焦点を彼に戻す。

――……考えすぎだわ、流石にそんな提案はなさらないだろう……だったらルドヴィカ嬢との……いや、全然他のことかもしれない、でも思い当たる節が全くない……――。

「あの……カリーナかプリムラからお聞きになりまして？　ここに来る途中にルドヴィカ嬢とお会いしたこと」

「え？　いえ、お聞きしてません。……あの方と、何か……？」

「このお茶会に参加したかったようで……カリーナの友人として潜り込めないかとお願いしにいらっしゃったのです」

「……あぁ～……」

彼は呆れたような困っているような顔で、歓迎しているようには見えない。

「招待されていない方を連れて行くわけにはいかないとお断りしましたが……彼女がいた方が良かっ

たですか？」

「いえ、助かります。まだ主催に慣れていないし、人数が急に増えるとボロが出てしまいそうです」

「……それなら良かったですわ。わたくし、あの方……少し苦手で」

性格が悪いと思われたくないので告げ口のようなことはしないけれど、これくらいならいいだろう。

「……実は……、私もなんです」

するとアマデウス様が困った顔で笑い、小さな声でそう言った。……実はルドヴィカ嬢の前では、私に対して同じことを仰っているのかもしれない。上手く転がされているのかもしれない。でも私の前で彼女の方を優遇しないだけでも嬉しかった。

「……お茶会室を出ると彼女が待ち構えているかもしれないので、少し怖いのです。なので、お急ぎでなければお話はまた改めてでもよろしいでしょうか」

「へっ⁉　あ、あぁ、はい、大丈夫です……」

お話が何かは気になるし恐ろしいけれど、今はこの嬉しい気持ちに浸っていたい。もう少しだけ。もう少しだけ、浸らせておいてほしい。

……婚約を申し込む好機だったのに、断ってしまった。後でカリーナ達に叱《しか》られるかもしれない。でも……アマデウス様に振られるのが恐い。はっきり拒否されてしまったらと思うと恐くてたまらない。――――こんなに恐怖に襲われるなんて思わなかった。

初めて剣の師匠に『少し本気を出しましょう』と言われて仕合をした時だって、こんなに恐ろしくはなかった。

お茶会の帰り道、カリーナとプリムラに懺悔《ざんげ》してから、誓った。

「………鍛え直します」

「え？　ジュリ様？」

「軟弱な心身を鍛え直さなければ……！　今日から暫《しばら》くはすぐ帰って稽古《けいこ》に励みます……！」

「そ……そうですか。応援致しますわ……」

「……ジュリ様って意外と、脳が筋肉寄りですわね……」

「カリーナ様、脳が筋肉寄り、とは？」

「知りません？　何事も力で押し切ろうとする人をそう表現することがありますの」

「そんな、失……失礼でもないのかしら？　筋肉は悪いものではないですしね」

「まぁ……知恵を巡らせるのを怠っているという使い方をすることもありますが。力があるため力で解決しがち、という使い方も」

「なるほど……？」

もし、アマデウス様がアルフレド様に懸想《けそう》なさっていると告げられたとしても、取り乱さずにいられるように。彼に負い目を与えすぎず、友人のままでいられるように。

強くなりたい。

第五章　歌姫達

【某日　レナール子爵領ルオ村　とある農家】

「スザンナ、お前には出てってもらう。ほれ、荷物はまとめてやったぜ」

ふらふらしていた義兄が、どこから聞きつけたのか知らないが夫の葬儀には帰ってきた。葬儀を全く手伝いもしないしいてもいなくても変わらなかったが、まぁ大人《おとな》しいからいいか、という程度に思っていた。それが葬儀が終わった次の日にいきなりそんなことを言い出した。

「はぁ!?　クリード義兄《にい》さん、いきなり何を言い出すんだい!?」

「うちの畑はこれから俺《おれ》が管理する。年老いた母さんもいるし、食《く》い扶持《ぶち》は減らさねえと」

「なっ……何年もどっかほっつき歩いてたあんたに畑の管理が出来るもんか！　うちの畑はあたしとレクスのもんだよ!!」

レクスはまだ十歳だ。畑はレクスが大きくなるまではあたしが頑張って、レクスに継がせるんだ。

義兄のクリードは昔から素行が悪く、農作業を手伝いもせず悪い連中とつるんでいつの間にか出奔していた。そのため次男のクレメンが家を継いで今までやってきた。義父が亡くなった時にも義兄は帰ってこなかった。それをクレメンが事故で死んだ途端に奪おうなんて勝手すぎる。

「レクスは弟の息子だ、追い出しゃしない。跡継ぎで働き手だからな。スザンナ、お前がいらないんだよ。クレメンが死んだんだからお前はもう他人だ」

「母さんだけ追い出すっていうのか⁉ そんなのおかしい‼」

レクスが言い募るが義兄は目もくれず、あたしに荷物を押し付けた。

「ばあちゃん、何とか言ってくれよ！」

義母にレクスが助けを求めるが、義母は気まずげに目を逸《そ》らした。

「……クリードが真面目《まじめ》になってうちに戻ってくれるって言うんだ……男手がないととても畑を続けていけないよ。収穫の時期までまだあるし、死亡税を払わなきゃいけないし、余裕がないんだ……スザンナには悪いけど、故郷に帰ってもらおうって……」

……今までそれなりに仲良くやってきた義母に見捨てられた衝撃は大きかった。


あたしは北の隣国、リデルアーニャ公国の出身だ。幼い頃《ころ》、村は長い不作に悩まされた。度々山から冷たい風が吹いて冷害に悩まされていた土地だったが、そこまで長い不作は始めてだったという。飢え死にする者も出始め、追い詰められた大人《おとな》達は一つ山を越えたら暖かい風が吹いているという話に希望を託し、皆で必死に山を越えて隣国に移住した。

そして土地を一から耕し、村を作った。当時この地域はあまり人がおらず土地は余っているくらいだった。余所者《よそもの》には厳しい目が向けられたが、少ない備蓄で耐え、作物を取引し……領主にも願い出て認められ、村は成り立った。故郷の名前からデル村と名付けられた。……もう三十年近く経《た》つが、デル村の者が未《いま》だに余所者と煙たがられることは多い。

あたしは女にしちゃ大柄で恰幅《かっぷく》が良く力仕事にも慣れているが、クリードはあたしより背が高く腕も太い。暴力的なことに携わって生きてきた雰囲気《ふんいき》があった。こちらも細腕ではないがそんな男に力では敵《かな》わない。押し負けて扉の外に転がった。

「故郷に居場所が無けりゃ町で娼婦《しょうふ》にでもなりな。いや……お前じゃ無理か。何でクレメンはこんなデブでブスの余所者と結婚したんだかな、見た目が良けりゃ俺の嫁にしてやってもよかったのに」

扉を閉められたが力任せにドンドン叩《たた》いた。手を痛めても壊してもいいくらいの勢いで叩く。

「何を……!!　開けな!!　こんな勝手がまかり通ると思うな!!」

「――そうだ――んがなんで――」

扉の向こうでレクスが抗議している。だがその声が急に途切れた。扉がほんの少しだけ開けられた。床にレクスが転がっているのが見える。

「!?　レクス……？　レクス!!」

「大人しく出てけばこれ以上レクスが痛い目見なくて済むぞ。俺だって貴重な働き手を怪我《けが》させたくねえんだ、効率が落ちるしな」

義母がレクスに大丈夫かと声をかけている。義母も孫は可愛《かわい》いはずだ、酷《ひど》く虐《しいた》げられはしないだろう。義兄も働き手を粗末に扱わない程度の分別はあるという。それなら、あたしに出来ることは……………。

あたしは暗闇の中、使い古した服が詰められた荷物を持ってデル村へ歩き出した。

夫のクレメンは狩りに行って崖崩れに巻き込まれた。夫以外にも三人死んだ事故だ。

――出会いは二十四年前、隣村と合同で町に作物を売りに行く係で一緒になったことだ。顔はそんなに良くなかったが、快活でたくましかった。あたし達は幼馴染《おさななじみ》になった。

不思議だがデル村にはあまり食べなくても太る体質の人が多い。あたしも他の子と同じ量しか食べてないのに太くなって嫌だった。その代わり太くなる人は妙に体が丈夫だったのは良いことだったけれど。

あたしは太ってて顔も良くなかったのに、十八の時に嫁に来てくれと言ってくれた。

「顔が良くないのはお互い様だ。気が強くて頼りになるところと歌が上手いところが良い。丈夫で力があるし、農家の嫁にはうってつけだろ？」

そう言って笑ってくれた。あたしはデル村を離れて、ルオ村に嫁ぐことを決心した。

「…………あんた……なんであたしをおいてしんじゃったんだよぉ…………」

思い出に浸りながらとぼとぼと歩き、泣いた。葬儀に忙しくて、レクスに弱いところを見せたくなくて、あの人が死んでからろくに泣いていなかった。あたしはなかなか子供が出来なくて、義母があたしを実家に帰すことを仄《ほの》めかしたこともあった。でも夫はきっぱり反対してくれて、その後レクスが生まれた。

……レクスのためにも歩かなければ。力尽きたらクリードが喜ぶだけだ。隣の村といってもそこまで近くない。月明りと記憶だけでは道を進むには難しく、途中の森でマントにくるまって少しだけ寝た。火を起こしたくとも火打石など持っていないし、獣に襲われやしないかと物音に怯《おび》えながらだったのでほとんど眠れなかった。気を失うように寝て、起きて、軋《きし》む体に鞭《むち》打って歩き、日が出るかどうかの時間に辿《たど》り着いた。

村の入口に座り込んでいると畑を見に来た若い男があたしに気付く。

「あたしは……十八年前にルオ村に嫁いだスザンナ。二年前にも少し帰郷したよ。村長に会わせてくれ」

両親はすでに故人だ。村長はあたしを小さい頃から知っている爺《じい》さん。あたしの話を聞いて同情してくれた。村長の家の一部屋にいていいから畑を手伝ってくれと仕事をくれた。昔の友人達も励ましてくれて、またこの村で頑張ろうと思った。

しかし少し暮らすと、デル村の金回りがルオ村よりも悪いことに気付く。

「去年不作だったのかい？　二年前はこんなに困ってなかったろう？」

そう聞くと、去年の嵐で果物が大分やられてしまい収入がかなり減ってしまっていたのだった。ルオ村よりも多く果物を育てているため痛手も大きかったのだ。一日の食事量を切り詰めていて、あたしは自分がいることで親切な村長家族の食事を減らしていることを気にせずにはいられなかった。

「え、町に出稼ぎに行ってる人もいるの？」

「ああ、エリーの旦那《だんな》は町に出て荷運びの仕事をしてる。働き手がいなくなるのは困るけど、このままじゃ冬を越せるかわからないからね……時々食料を買い込んで帰ってくるよ」

そう聞いて、村長達の今の食料を削らせてここで働くよりもそっちの方が役に立てるのではないかと考えた。すぐに金になる仕事をして、冬には食料を買って戻ってくる。自分で自由に出来る金があれば、レクスにも何かしてやれるかもしれない。あたしは作物を出荷する馬車に頼み込んで乗せてもらい、町へ向かった。

結果的に、あたしは高級娼館の掃除婦に収まった。

デル村から出稼ぎに行った男を訪ねてその雇い主に職を求めたが、荷運びの仕事に女は雇えないと言われてしまった。力には自信があったが、男しかいない職場に女がいると気を遣うんだ、と言われてしまうと食い下がれなかった。その代わり人手が足りてないという掃除婦の職を紹介してもらった。

娼館の掃除は思ったより大変だ。他人があんなことやこんなことをした後の掃除がこんなに面倒だったとは。なのに給料は高いとは言い難《がた》いし、なり手が少ないわけだ。だが住み込みで部屋は貸してもらえたし、慣れてくればまぁまぁやりがいのある仕事だった。あたしは見た目が悪いから娼婦として働けとは言われないし、客があたしを見た後は娼婦がより綺麗《きれい》に見えて良いと娼館の主人に評価された。嬉《うれ》しくないんだけども!? と思ったが雇い主だから愛想笑いしておいた。

あたしが体調を心配して世話してやると慕ってくれる女もいたし、あたしを馬鹿《ばか》にしたり不細工が表に出てくるなと罵倒してくる女もいる。娼館にいる女達は色々だ。綺麗な女なら簡単に稼げる仕事だと勝手に思っていたのだが、そんなに楽な仕事ではなかったと知る。

〜……♪……〜

――掃除しようと思った部屋から微《かす》かに歌が聞こえた。あたしはふと、自分が歌を好きだったことを思い出した。この部屋にいた女は娼館で一番人気のある美人、マリアだったか。彼女は貴族もお忍びで通ってくるという稼ぎ頭だ。素っ気ないがあたしに嫌な態度は取らない。

そうだ、一緒に歌えないだろうか。気が晴れそうだ。とりあえず掃除もしないといけないので、ノックをしたが返事は無い。客は帰ったはずだ、疲れて寝ているのかもしれないと思い扉を開けた。

「――――入るよ? マリア……、っ!?」

そこには、首に絞められたような痛々しい痕を残してぐったりと裸で横たわったマリアがいた。駆け寄って声をかけると少しだけ目を開けた。

「マリア!!　大丈夫かい!?　良かった、死んじまってるかと思ったよ！」

「……ゴホ、ん……ねぇ、あたし……」

「水を飲む？　具合は？」

部屋に置いてある水差しとコップを持ってきた。マリアはわずかに身動《みじろ》ぎしてケホケホと咳《せき》をする。

「あたしの、声、……おかしくない？」

「え？　あ、声？　……大丈夫、変わっちゃいないよ」

喉に赤く残った指の痕。なんてひどいことを……あたしはマリアに少し水を飲ませて、また寝かせたが彼女はのろりと起き上がる。顔色が悪いが目はしっかりしてきた。

「さっき来てた客にやられたんだろ？　店主に知らせて出禁にしてもらわなきゃ!!」

溜息《ためいき》を吐《つ》いてマリアは俯《うつむ》いた。

「……無理よ。あんまり頻繁には来ないけど、もう二年くらい通ってきてる。……女に手加減がないガキでね、痛がって泣いたり文句言おうもんなら殴るわ罵倒してくるわ、最悪なんだけど……お貴族様なの。ここレナール領を治めてる子爵の息子なのよ」

「お貴族だって……？　そんな……」

普通の客なら娼婦に無体を働いたら出禁になるが、貴族の客となると店主も逆らえない。機嫌を損ねれば店を潰されるかもしれない。貴族に逆らったら最悪殺されても文句は言えない、ということはどんな田舎者《いなか》でも知っている。村や町の長が恐れているし、度々教会でも司祭が民に言い聞かせる。

「金払いがいいから店主も見て見ぬ振り。……ふ、最近は女の首を絞めながら犯すのが好きみたい」

マリアは首をさすりながら嘲笑《あざわら》うように口を歪《ゆが》めた。

「笑い事じゃない、下手《へた》すりゃ死んじまうよ！」

「そうね。一、二年後には殺されてるかもしれないわ。一年後に……学校を卒業なんですって。あたしを買い取りに来るってよ」

「何だって⁉」

娼婦は娼館に売られた時の金と、衣装代やら石鹸《せっけん》代やら化粧品代やらが借金になっている。娼婦を買い取るとはその借金を払って連れて行くことだ。大金が必要だ。この娼館の一番人気のマリアだから、店主だってそれなりに値を上げると思うが……でも貴族ならば大した金ではないのかもしれない。

「その馬鹿息子はあんたを虐《いじ》めたいのか好きなのかどっちなんだい？」

蔑《さげす》んで暴力を振るう相手を大金出して買い取るって、どういうことなんだ？　とあたしが混乱していると、マリアが思わずといったふうに屈託なく笑った。

「あは、あんた、顔の割りに純粋な人ね」

「あん⁉　顔は関係な……、いや、あたしの顔なんてどうでもいいよ今は！　そんな馬鹿息子に買い取られちまったら大変じゃないか！」

「そうね……馬鹿息子に限らずあたしは男に囲われたくなんかないんだけど……でもどうしようもないじゃない」

マリアは緩く巻いたような焦げ茶色の綺麗な髪に、赤みがかった金色の瞳をした別嬪《べっぴん》だ。化粧をしなくとも肌にシミ一つなく、富裕層向けの高級娼館育ちだから読み書きや楽器も出来る。態度は淡泊だが他の娘達にも丁寧《ていねい》にものを教えるし、泣いてる娘がいたら気付いて肩をさすってやるような、目端が利いて根が優しい娘なのだ。あたしは、あたしよりまだまだ若くて綺麗で、色んなことが出来そうに見える女が希望をなくして項垂《うなだ》れる姿を見るのはどうにも我慢がならないと思った。

「まだ一年あるんだろう⁉　その間にもっと上客を掴《つか》めばいい！　それか稼ぎまくって借金返して、馬鹿息子に見つからないように娼館から出てくんだ！」

「…………何言ってんの、馬鹿ね……。領主の息子より上客なんてこの近くにゃいないわよ……一年で返せる借金だったらもっと奮起するけどね……」

「なら、隣の領とか……何か良い手はないかね……」

「……ありがと、スザンナ。話を聞いてもらえて少しすっきりしたわ、もういいから……」

「諦《あきら》めるんじゃないよ‼」

「わっ⁉」

「やる前から諦めるんじゃないよ‼　あたしだってねぇ、一生一緒にいるって春の神様に誓った旦那に先立たれてクソ兄貴に大事な畑と息子まで取られて家追ん出されたけど、諦めずに金を稼ごうとしてんだ‼」

「……そうなの」

「やるだけやってから諦めなよ！！！　あたしは諦めてないよ‼　こつこつ金を貯《た》めて故郷の村に恩返ししたいし、息子にも何か買ってやりたいし、たまには美味《うま》いもん食べて、歌を歌って楽しく暮らしたい……そんな生活を諦めない‼」

「ちょ、あんた声がでかいわね…………歌、好きなの？」

「ん？　ああ、好きだよ！　自慢じゃないがあたしは歌で旦那を落としたのさ」

マリアは息を荒くしたあたしの顔を見て気が抜けたように笑うと、おねだりをした。

「聴かせてよ」

歌い始めてそんなに経たないうちに隣の部屋で仮眠を取っていた娘からうるさいと苦情が来たのでやめた。なのでほんの短い間しか歌えてないのだが、マリアは「……上手いわね、予想以上だったわ。それにしても声がでかい……」と褒めてくれた。マリアも少しだけ歌った。あたしと違って歌声に艶《つや》がある。息継ぎなど細かい部分に粗《あら》がない。あたしより歌が上手い人には会ったことがなかったので衝撃を受けた。

「ま、負けた………」

「そう？　スザンナの歌は迫力が違うわ」

あたし達はこうして仲良くなった。マリアは諦めずにあの馬鹿息子から逃げられるように頑張ると言ってくれた。無理矢理言わせたわけじゃない。多分。


人気の娘の待ち時間に暇を持て余した男の話し相手になっていたら、隣のスカルラット領でもうすぐ歌の大会があるという話を聞いた。

「職業性別年齢問わず参加できて、歌の上手かった三位まではすげえ賞金が出るんだと。歌に自信がある仕事仲間が出るらしいから、観《み》に行こうと思ってる。席料は安いみたいだし」

何でも、スカルラット領主様の息子が〝音楽狂い〟と呼ばれるほどの音楽好きで、道楽で定期的に演奏会をやっている。道端でやる時もあるし広場に椅子《いす》を並べてやることもある。店の中でやる時は店で何か一つは注文するのが決まり。教会でやる場合、椅子に座りたいなら金を払う必要があったが、立ち見ならタダ。終わり際に次にいつどこでやるかを告げて行き、客はそこに見に行く。吟遊詩人だかの楽師が異国から仕入れた美しい演奏や面白《おもしろ》い歌が聴けると評判なんだそうだ。

「マリア!!」

つい気が急《せ》いてマリアの部屋の扉をノックもせずに勢いよく開いてしまった。仕事が終わって眠そうな目をしたマリアが下着で髪を梳《す》いていた。首の痕はすっかり消えたが、あたしはいつも彼女の首に目が行ってしまう。

「だから声がでかいって。どうしたの」

「スカルラットののど自慢大会ってやつに出るんだよ!!　あたしも出る!!」

「のど……自慢……？」

聞いた話をそのまま説明すると、マリアは残念な子を見るような目であたしを見た。

「職業問わずって言っても、貴族が催すものでしょ？　娼婦や掃除婦を参加させるとは思えないわ。門前払いを食らうだけよ」

「そんなの行ってみないとわからないだろ!!　ほら、賞金の詳しい額はまだ知らないけどあんたの借金が返せるかもしれないよ!?　それにあんたがスカルラットのお貴族様に見初《みそ》められれば、あの馬鹿息子に買い取られなくて済むかもしれないじゃないか」

「そもそも囲われたくはないんだって……はぁ、あのね、確かにその主催の令息は馬鹿息子より地位が高いと思うわ。スカルラットの方が広くて豊かだって聞くしね……でも上級貴族は平民の娼婦なんて相手にしないわよ。家柄の良い美人が選びたい放題でしょうし」

「諦めるのは‼　やってから‼」

「あぁぁうるさい……」

耳を押さえて唸《うな》るマリアにあたしはびしっと指を向ける。

「あたしに負けるのが怖い？」

「……はっ？　……強気じゃない」

「どっちが高い評価を受けるか、試したくないかい？」

マリアは冷静な娘だったが、歌に関してだけは自信があるのか負けず嫌いだった。ふふん。呆《あき》れた顔から迷うような顔になったのでこれはイケる。

「……店主が遠出を許すかわからないけど」

「説得するしかないね！」

あたしが腕を曲げて力こぶを作る真似《まね》をしたらマリアが観念した顔になった。

門前払いされるかもしれなくても……千載一遇《せんざいいちぐう》の好機と思って、あたしののどを自慢しに行こう。

※※※

【某日　スカルラット伯爵領　一の町教会】
聖歌隊は町の少年少女で出来ている。神の祝福を得るために、十五までの子供はなるべく参加することが推奨されるが、まあ歌が好きな子だけ参加する。礼拝日に皆の前で歌を披露し、神を讃《たた》えるついでに教会への寄付を募る。聖歌隊に常にいるのは修道女と十二までの孤児。私は修道女見習いなので参加は義務ではないが、歌が好きなのでいつも参加している。

「ソフィア殿、一の町教会の聖歌隊の方にも是非参加していただきたいと、アマデウス様が」

「のど自慢大会……歌の大会？　ですか？」

アマデウス様の一の楽師、ロージー様が私に何か書かれた薄い板を下さった。

少し先の日にち、歌自慢集まれ。

一位に小金貨一枚、二位には大銀貨五枚、三位に大銀貨一枚という驚きの賞金が書かれていた。大銀貨一枚あれば大人一人の一年くらいの食費が賄《まかな》える。小金貨一枚あれば……一、二年働かなくても暮らせるだろう。私は金貨や大銀貨なんて見たことがない、普段使いは高くても小銀貨くらいまでだ。

領主様のご子息、アマデウス様が度々町で演奏会を行っていることは数年前から知られている。この教会でも何度か演奏会を行った。場所代として寄付金を下さって教会からするととてもありがたい。

最初は貴族の御子息が町の教会に来るなんて、機嫌を損ねてしまったらと思うと……こ、恐い!!　来ないでくれませんかね……!?（泣）と思っていたものだが、アマデウス様は気さくで爽やかな少年だった。子供達が敬語を使うのに失敗したり率直すぎる質問をしても笑って許してくださる。侍従の若い方のほうはいつも不機嫌そうに睨《にら》んでくるからハラハラするけど……。

「私は気にしないけど、他の貴族の前では気を付けるように言い聞かせておいてください。まぁそうそう貴族が町の教会に来ることはなさそうですが……」と修道士修道女達に向けて仰《おっしゃ》っていたので、貴族の中では変わり者なのかもしれない。お貴族様が祈りに行く場合、中央教会という王都にある大きな所へ参るのが普通だそうだ。そこは司祭、修道士、修道女がほぼ全て何らかの事情で出家した貴族。はい、そうやって区別しておいた方がお互いのためだとは思います……。

先代の時は孤児院の財政は結構苦しかったそうだけれど、今の領主様は孤児院に充分な寄付を下さっているし、アマデウス様も良い領主になってくださるでしょうね……と思っていたのだが、跡継ぎは姉上様だという。少し残念。

「でも聖歌隊ではなく、これは一人で出るものなのですよね……」

「ええ、今回は一人に限定しています。今後数人で組んで出れるものも考慮するとは仰っていましたが……祭の競争仕合のようなものと思って、どうぞお気軽に。参加費もタダですし」

謝肉祭や新年祭で競争をして一位から三位までに麦や穀物が贈られる催しがあるが、私は観戦しかしたことがない。それの順位を予想する賭けにも参加していないし、あまり詳しくない。

「これは内密の話ですが……アマデウス様は貴方《あなた》に参加してもらいたいと言ってましたよ。我々もそう思います。聖歌隊で貴方が一番上手い」

贔屓《ひいき》していると思われると良くないのだろう、ロージー様が少し声を潜めて言う。聖歌隊の少女が数人、アマデウス様に憧れて妾《めかけ》にしてもらえないだろうかと夢のようなことを言い、気に入られようと積極的に話しかけに行っている。アマデウス様本人は快く応じていて気付いていていないのか気にしていないのかわからなかったが、この配慮を見るとちゃんと気付いているようだ。

「……考えてみます」

「ソフィア!! さっさと湯の支度をして頂戴! 全くのろまなんだから」

修道院に戻るとフローラ様に怒鳴られた。急いで水を汲《く》んでこなければ。フローラ様は修道女だが、実は貴族——近くの領の男爵令嬢だったらしい。だがどこぞの男性と関係を持ってしまい、家族から修道院に入れられてしまったそうだ。外聞を恐れて違う領に。貴族社会は貞操に厳しく、婚約していたとしても体の関係を持ってはいけない。結婚してからでないと駄目なのだ。孤児から修道女になろうとしている私とは違い、家から多額の寄付金を出しているフローラ様は労働がほぼ免除されている。私や他の数人で大体の身の回りの世話を仰せつかっているが、我儘《わがまま》ですぐ罵ってくるので苦手だ。

「そういえば、お前、歌の大会に出るんですって？」

「え……ええ、よくご存知ですね」

数日前に正式に申し込みに行った。大会はお昼過ぎからなのに朝早くに集合するように言われて不思議に思ったが、審査があるらしい。大会本番に出ることが出来るのはその審査に合格した者だけだそうだ。予想より参加人数が多かったのかもしれない。

「まぁ、事前審査で落ちるかもしれませんが……」

「わたくしも出ることにしたわ」

「えっ!?」

「わたくしは貴族なのよ、楽器も歌も出来るもの。平民に後れを取ることなんてあるわけがないし……賞金を持って帰ればお父様もきっとわたくしを見直して呼び戻すわ」

フローラ様の歌を聞いたことはないから実力はわからないが、すごい自信だ。申し込みは本番前日まで。申し込みに行っておくようにと命じられた。ああ、明日は忙しいのに……仕方ないか。

「それに、主催は伯爵令息だというではないの。わたくしを召し上げてくださるかもしれないわ。平民の中ではわたくしほどの美女は目立つはずだもの。早く結婚してこんな所出て行きたいし……」

確かにフローラ様は肌が綺麗で髪は金に近い茶髪、胸が豊満で同じ十六歳とは思えないくらい大人っぽい。そうそう見ない美人ではあるが、す、すごい自信だ……。

私としては、アマデウス様がそういう目で参加者を見るとは思えない。あの方は誰にでもお優しいが、特に目が輝く時は楽器が達者な人や歌が上手い人の前である。年嵩《としかさ》の司祭様が楽器を弾く姿を見ている時が一番うっとりしている。あの方が重要視するのは目の前の人間の音楽を愛する熱量であって、それ以外のことは結構どうでもいいのではないかしら……と思っている。

あれぐらいの歳《とし》の男子は美人に目が吸い寄せられるし、妙に親切になるものだ。それ自体悪いこととは思っていない。だがアマデウス様は美人にも平凡な私にも態度を変えたりしない。男性が苦手で修道女になろうと思った私だが、アマデウス様のそういうところは好ましいと思っている。まぁ、平民がそういう対象にならないだけかもしれないけれど。

孤児になる前、父親は酒飲みで幼い私によく暴力を振るった。父よりも父を送り届けてくる夜業の女性の方が私に親切だったくらいだ。家に連れてきた女性には優しくするのに私は怒鳴られ家から度々追い出された。結局父は私が七歳の時、酒を呷《あお》って冬に外で寝て凍死してしまった。

孤児院には十五までしかいることが出来ない。支援者から紹介された仕事や縁談もあったが、子供ならともかく大人の男性がどうにも苦手で、修道女見習いを選んだ。修道院の皆は親切心で「若いんだから結婚も考えたらどう?」と言ってきたりするが(修道女は年寄りが多い。若くして自分から修道院に入る娘は滅多にいない)いつまでも結婚せずにいても後ろ指を指されない女の職業は修道女くらいだ。

――私はアマデウス様の演奏会で、初めて恋の歌を聴いた。外国の英雄譚《たん》、騎士と姫の恋の歌、異国の調べは魅力的だった。恋をしたらどういう気持ちになるのか、興味が無いわけではないが……

恋をする自分を想像することは出来ないのだった。

……賞金がもし手に入ったら、どうしようか。一位は無理でも三位までに入れば……。アマデウス様が褒めてくださるほどなのだから少しは自信を持っていいのかもしれない。想像だけならいいわよね。そうだ、孤児院に何か美味《おい》しいものや新しい服でも差し入れて……教会の傷んでいる床を修理したい。修道院も取れたままになっている裏口の取っ手を直したり、壁の塗装が剥《は》がれている所を塗り直してもらったりすれば……きっと皆喜んでくれるわ。

他の奉仕活動よりもフローラ様に怒鳴られたり世話することでくたびれた体を横たえて、眠りにつくまでの間、賞金を手に入れた場合の夢に浸った。

※※※

【スカルラット伯爵領　一の町広場】

今日は半年前から準備していたのど自慢大会の日である。

わーい!!　楽しむぞ〜〜〜!!　……という気持ちにいまいちなり切れないのは、俺がジュリエッタ様への婚約申し込みに失敗し続けているからである。びっくりだ。こんなに上手くいかないとは。学院のお茶会は恙《つつが》なく終わった。恙なく……うん、俺がジュリエッタ様から二人で話すことを拒否られた以外は。

暴漢が出た記憶がまだ新しいので中庭辺りには見廻る騎士の人数を少し増やしてもらった。ティーグ様は大丈夫だろうと言っていたけど念のために。アルフレド様も快く付き添いを了承してくれた。

事前準備に穴はないと思っていたのだが………。

　ルドヴィカ様が外でうろうろしている可能性は確かにあった。お茶会までの間に何度「わたくしも参加したいですわ～……チラッ」とされたことか。俺に何度スルーされてもめげずにいた上に当日になってカリーナ様に交渉しに行くとは……。

　だって貴方、ジュリエッタ様と二人になろうとしたら絶対邪魔してくるでしょう……。

　ジュリエッタ様と同じクラスなのでジュリエッタ様に近付こうとすると彼女も近くにいたりするのだ。見つかってしまうと「わたくしに会いに来てくださったのですねっ！」とグイグイ来られる。違う。

　放課後もどこからともなく現れて捕まってしまってお喋《しゃべ》りに突入する。いつもリーベルトやハイライン様も近くにいるから二人きりではないのだが、彼女は俺にボディタッチしがちなので噂《うわさ》になってしまっていたようだ。腕とか、肩とか、さりげなく触ってくる。こういう触れ合いは異性と距離を縮めたい場合有効だって前世の何かで聞いたことあるな。単純接触ってやつ。

　周りに誤解されたくない俺は触られたなと思った時一応少し身を引いてるのだが、すると向こうが近付いてくるだけなのでいたちごっこだった。

　別に、ルドヴィカ様の話はつまらないわけではない。妙に長々としているが、令嬢のお洒落《しゃれ》の話や欲しい贈り物の話、流行《はや》りの物語の話など令息と話している時は出ない話題で興味深かったりする。ジュリエッタ様と話す時の参考になるかもしれないな……と思って授業みたいに聞いている。

　リーベルトやハイライン様は「正直退屈……」と評価していたが。多分彼らがまだ恋をしていないから興味が出ないのだろう。それか俺が前世との違いを探しながら聞いているから割と聞けているのか。

　でも話していて楽しいかと言われたら否《いな》であった。『あらご存知ないの？　仕方ない方ね、教えて差し上げるわ』という上から目線姿勢を崩さないところが面倒くさい。別に教えてほしいとは一言も言っていない。上司の自慢話や特に中身のない指導を聞いている部下の気分である。そんな部下になったことはないが、親戚のおじさんに延々とそんな感じの話をされたことはある。目上の人なので無下に出来ない状況が似ている。失礼だけどあんまり友達いなそう。こちらに好意があることはわかるのでそこまでの悪感情は無いのだが、ひたすら面倒な存在だった。

　しかし、ジュリエッタ様に「彼女がいそうだから中庭に出たくない」とまで言わせるとは。もうちょっと強めに突き放していた方が良かったか……。誤解されそうな発言をする度にちょくちょくやめてくれと伝えてきたんだけど、効いてないんだよな……。

　お茶会の後にも、いつもの四人に協力してもらいルドヴィカ様に見つからないようにジュリエッタ様に話をしようと試みたが、ジュリエッタ様は最近授業後すぐさま家に帰ってしまうようで捕まらなかった。何か家でするべきことがあってお忙しいらしい。

　あと、ルドヴィカ様に見つからなかった時は何故《なぜ》かエイリーン様に捕まることがあった。エイリーン様はルドヴィカ様よりも言葉少なで、一つ二つピアノや楽譜の話をしてすぐに去っていく。去り際にじっ……と何か言いたそうに見てくる。家の意向で今はピアノを購入できないそうだが、ピアノに興味があるのかもしれない。エイリーン様との遭遇はハイライン様もリーベルトも何となく嬉しそうである。

「もしや、好意を寄せられているのではないか……？」

ハイライン様がこの世の終わりのような顔をして俺に言う。

「口説《くど》くなと念を押されてるんですからそんなことはないでしょう」

「そうだろうか……」

「興味は持たれていますよね。デウスは目立つし。今日もお美しかった……」

「眼福だったな……」

エイリーン様に捕まっている間、ルドヴィカ様は俺に近付かないようだとペルーシュ様が教えてくれた（ペルーシュ様は無口なのにこの五人の中では一番情報通だ。観察眼が鋭いというか周りをよく見ている）。おそらく絶世の美女の横に並びたくないのだろう、と。なるほど。


――――――とまぁ、そんなこんなで今日を迎えた。

「申し込みに失敗して落ち込んでいることはわかりましたが、集中してください。本番ですよ」

ロージーが淡々と申込書の順番を確認しながら言う。楽師達には、『想いを寄せている令嬢に婚約を申し込もうとしているが失敗した』という端的な説明だけした。せっかくののど自慢大会に俺がテンション低いので体調を心配されてしまい、恥ずかしいが説明しなければいけなくなった。

「そうだね……切り替えていかなきゃ。……よし！」

顔を叩いて気合いを入れる。この大会は新しい催しとして、広場に舞台を新設し町の食物屋や雑貨屋が周りをぐるりと出店で囲み、さながら縁日だ。場所代は取らなかったが売り上げの一割を納めてもらうことにした。座れる席と立ち見席を区切って、座れる席は金を取る。席は真ん中の塊は大銅貨五枚、端の方は大銅貨三枚。

この国の通貨は銅貨、銀貨、金貨があり、それぞれ大中小ある。

小銅貨を十の価値とすると、中銅貨が百、大銅貨が千。

小銀貨が一万、中銀貨が五万、大銀貨が十万。

小金貨が百万、中金貨が五百万、大金貨が一千万……大体そういう感じ、と俺は理解している。一は一円のイメージ……とは言えない。物価が違う。今の国内では王家が安定しているので通貨の価値は保障されていると感じるが、国の景気が乱れたり別の国となるとまた変わる。農民が主な田舎でも通貨が割と流通しているので、平民は数の数え方や読み方を子供の頃に親や教会から習う。でも文字の読み書きの方は知らない者が多いという。生活する上であまり必要にならないからだ。

今回の大会で、一位には小金貨一枚＝百万、二位には大銀貨五枚＝五十万、三位には大銀貨一枚＝十万の賞金を決めた。小金貨一枚は、安定した職業の平民の年収くらいだと言う。……日本の感覚としては三百万～五百万円くらいだろうか。それは確かに賞金としては高いな。

俺はこの領……この国の人達に、音楽を広めたい。音楽の素養があることは価値があるのだと知らしめたいのだ。なので賞金はポケットマネーから出した。何だかんだ稼いでいるので。金額が多いと話題になるので客も増えるだろう。設営や他の準備の金はティーグ様が出してくれた。話がじわじわ広まって他の領から参加したり見物しに来たりと経済効果が見込めるし、領の名前が広まるのは良いことだ。

町の商業組合に相談したら、謝肉祭などの祭の準備でノウハウはあった。この大会が上手くいって、新しい祭として定着すれば伯爵家にとっても得になる。

「成功すれば……お前の名声が更に上がるだろうな。公爵家の婿《むこ》に相応《ふさわ》しい人物として認められる、良い足掛かりになるかもしれんぞ」

少し前の食卓でティーグ様がそう言うと、姉上は仏頂面になりジークは目を輝かせて何か手伝いたいと言ってくれた。姉上とジークにはジュリエッタ様への片思いは話していないのだが、俺がその気であることは感じ取っているようだ。

欲望のままに大会を計画していたからそんなことは全然考えていなかったのだが。確かにわかりやすい功績があれば『男爵家上がりで公爵家に相応しくない』とか陰口を叩かれることが減るかもしれないのか。元々成功させる気は満々だったのだが、これは正念場かもしれない。ジュリエッタ様も名声のある男の方が良かろう。

俺がこの大会を企画した当初の目的は、客を呼べる歌い手を見つけること。これまでの演奏会は席料と心付けだけ貰《もら》っている簡素なものだが、だんだん固定客やファンが増えてきていた。今後は町の講堂などを借りて入場料を取って続けていこうと考えている。席の場所によって値段を変えて、裕福じゃない民も入れるようにはしたい。演奏会も俺とロージー達だけではマンネリになる。新しい曲を出すにおいて、特に女性の歌い手は欲しかった。最低でも二人。新曲を憶《おぼ》えてもらって、演奏会で披露してもらうような臨時の歌手として雇いたいのだ。一人か二人くらいは新しく楽師として雇う手もある。すでに働いている人なら臨時バイトとしてでも。結構多い応募があったので、午前中から広場の近くの建物を借りて予選を行って人数を絞る。

さて、――――未来のスター発掘、なるか。

※※※

【のど自慢大会当日・朝】


「おお……！　謝肉祭みたいじゃないかい！」

「……割と大きな催しね。町全体を巻き込んでる」

あたしとマリアは無事スカルラット領ののど自慢大会に参加できることになった。まだ準備中だが色んな出店が立てられている。広場の奥には、組み立てられた舞台。

あたしはともかく売れっ子娼婦のマリアが遠出することに店主は渋ったが、あたしがあの馬鹿息子にマリアがされていることを見逃していることを責めた。

「あのお貴族様に買い取られることをマリアはとても怖がってるんだよ。たまの女同士の息抜きくらい許してやりなよ。殺されかけてもあんたに守ってもらえない恐怖がわかるかい？　心が壊れちまうかもしれない。そうなったらあんたのせいだよ店主⁉」

……と大きな声で詰め寄ったら見張り付きで許しが出た。流石《さすが》に罪悪感はあったらしい。

「別に壊れそうじゃないんだけど……スザンナ、あんた本当気が強いわね」とマリアは苦笑していた。

見張りはジョンという四十歳くらいのがっしりした不愛想な男。娼館の雑用兼用心棒の一人だ。なるべく地味な格好をしているマリアだが美人なので目立つ。通りがかった男が近付いて来ようとしたらジョンが睨みを利かせて追っ払う。見張り付きなんて嫌だねぇと思ったけど、こりゃいて正解だったね。

「ええと、集合はこの舞台の前だって話だったが」

乗り合い馬車で領を越え、大会受付の場所を尋ねてひーこら言いながら申し込みに来た時、名前と歳、髪の色を書き留められて当日の朝八時に来るように言われた。マリアの分もあたしが申し込んでおいた。

舞台の前に行くと大きな板を持った男が立っている。

大会参加者はこちらって書いてある、とマリアが教えてくれる。あたしは数字以外の文字は少ししか読めないから助かる。板の男にあの建物に行ってください、と言われすぐ近くの集会場へ行くと、入口に女性がいてあたし達の名前を確認。中に入ると、簡素な椅子が沢山《たくさん》あり人がずらりと座っていた。

奥の扉から若い娘が出てくる。部屋の前のメイドが次の人を呼ぶと、若い男が緊張した様子で入っていく。その男が出てきたら次。そんなに長い時間ではなかった。意気揚々と出てくる者もいれば意気消沈して出てくる者もいる。何をやっているのかと周りの人に訊いてみると、何と申し込み人数が多かったので予選だという。

「ここで落とされるかもしれないのかい!?」

あたしが不満そうな顔になると、マリアが慰めるように肩をさすった。

「ほら言ったでしょう、門前払い食らうって……。でも祭に来られただけでも楽しいわ。帰りに色々買いましょうよ」

不安に思いながらも大人しく順番を待ち、あたしの番になった。部屋に入ると上品そうな老人、育ちの良さそうなおかっぱ、陰のある若い男が座っていた。おかっぱに問われる。

「青い髪のスザンナ、ですね。それでは、舞台で歌う予定の曲を教えてください」

「はい。『幼子の眠り』にしようと思ってますです」

「リデルアーニャの子守歌ですな」

老人が笑顔で言う。確かにあの歌はリデルアーニャの歌だが、こちらでも有名だ。まさか外国の出身だとバレて厭《いと》われるだろうか……？

「いいですね、この曲を選んだのは貴方が初めてです」

若い男が板に何か書き込みながら言った。良かった、悪い印象ではないようだ。

「それでは伴奏しますので、最初の方だけ歌ってください」

伴奏？　と思うと部屋の隅の後方に椅子に座ってリュープを構えた少年がいる。気付かなかった。真っ赤な髪の十五くらいの少年はあたしににこっと笑いかけ、弾き出した。あたしに笑いかける男なんて珍しい。愛想が良いな、あの子。

『♪〜　眠れ幼子、母の腕の中……　〜〜』

最初の方って……どこまでだ？　と思いながら一番を歌い切った。

「……二番も歌うかね？」

と聞くといつの間にか伴奏は止まってて全員真顔であたしを見ていた。怖い。

「……いや、大丈夫です。……」

若い男は赤髪の少年に目線を送った。少年が頷くと若い男も頷き、控室で待つようにと淡々と告げた。顔が良くないだとか、仕事は何だ？　掃除婦なんて……とか、予想していた嫌なことは言われなかったし、歌も失敗はしていないと思うが……。

「どうだった？」

「よくわからないね」

微妙な顔のあたしとマリア。マリアも呼ばれて部屋に入っていく。ジョンが付いていこうとしたが流石に入口のメイドに止められた。すぐに出てきたマリアも微妙な顔をしていた。ぬか喜びさせないためにあまり反応しないようにしているのではないか、というマリアの意見にそうかもしれないと思う。マリアも仕事は訊かれなかったと言う。

「それでは、本選出場者を発表します。お静かにお願いします。名前を呼ばれた方はそちらの部屋へ」

厳格そうなメイドが名前を次々読み上げる。

「——……フレッドさん、スザンナさん、マリアさん。以上です。今呼ばれなかった人は残念ながら落選です。お帰りください。出入口でお土産《みやげ》がございます」

二人とも受かった!! 落ちた人達が「ええー!!」「そんなぁー!」「何でだよ～」等の残念な声を上げながらも「お土産って?」と言いながらぞろぞろと出入口に向かうと、綺麗なリボンがかかったクッキー入りの小瓶が配られていた。

「今回、予選は急遽《きゅうきょ》決まりました。予選が行われることを知らなかった方もいるでしょうから、伯爵令息アマデウス様からお詫《わ》びのお菓子です。一人お一つお持ち帰りください」

透明度の高い綺麗な小瓶に入った花の形をしたクッキーに「可愛い!」「綺麗だな、良い瓶だ」と嬉しそうな声が上がる。あたしは選ばれなかった人の落胆をそのままにしない気遣いに感心した。

「良い人だねぇ、ここのお貴族様は。いいねあの瓶、あたしも欲しい」

「……そうみたいね。変わってるわ」

案内された部屋に入ると、審査員と思われるあの三人と赤髪の少年が前にいて、出場者と思われる人はあたし達も入れて十二人。赤髪の少年が何か銀色の棒のようなものを口の前に構えて話す。

『歌い手の皆様、お集りいただいてありがとうございます』

「!?」

少年の声は大きく響いた。洞窟の中でもないのにどういうことだ!?

『この棒は拡声器です。魔道具で、音を大きくすることが出来ます。舞台で歌ってもらう時に皆さんにはこれを使ってもらいます。今から回しますので、どんな感じか少し声を出してみてください』

前にいた人から受け取り、恐る恐る声を出してみて、驚く。横の人に回す。魔道具とは……。

「貴族は、適性がある人だけ魔法が使えるらしいわ。魔法の道具みたいね」

マリアが教えてくれる。そんな道具、かなり貴重なんじゃないだろうか。平民に使わせていいんか？　回ってきたのでじろじろ眺めて、ア、アア、と声を出してみる。なるほど、これなら遠くまで聞こえる。舞台でいきなりこれ使えって言われたら戸惑うから練習ね。皆が拡声器を試したところでメイドが持っていき、少年に戻る。

『それでは、くじ引きで歌う順番を決めます。一枚引いてください』

丸い穴が開いた箱に手を入れて、板を掴んで引く。あたしは十番。マリアは九番だった。

「……ソフィア、交換しなさい。こういうのは後の方が有利なのよ」

「ええ……は、はい……」

隣の修道女服の少女が、その隣の美人にこそこそと不正を強要されている。おいおいと思ったが、騒いだりしたら摘まみ出されるかもしれないので仕方なく黙っていた。ソフィアという少女は三番、その隣の美人は十一番になった。

『それではこの順番に歌ってもらいます。始まるのは一時間後です。三十分後に舞台の裏に集合してください。それまではここの控室にいてもいいですし、外を回っていても構いません』

※※※

「うまい！　久しぶりの肉だよ!!　マリアもほら！」

スザンナが嬉しそうに出店の串を頬張っている。肉と野菜が交互に刺さっていて、焼かれて塩が少し振られた単純なものだが祭の時はこういうものがより美味しい。あたしも朝から何も食べていなかったし一つ買った。想像していたよりも美味しいと感じる。


――歌う曲は『闇と戦の恋物語』にした。

冥界に攻め込もうとした戦の神と、冥界の支配者である闇の神が恋をして伴侶《はんりょ》になる神話がある。神話において闇の神は悪役なので、闇と死を表す黒は好かれない。戦の神も死と隣り合わせということであまり人気はないが、勝利を司《つかさど》っているので騎士には割と信仰されているという。

戦った結果、二神はお互いの勇ましさを讃え合い愛し合ったが、領域を侵すべきではないと戦の神は地上の神々に冥界から引き戻されてしまう。闇の神は嘆き、『私を恐れなかったのは戦の神だけ。光の神よ、私を遠ざけておきたいならかの神を私のものに。戦の神を私の伴侶にしないと、死者を蘇《よみがえ》らせて地上に送り込んでやろう』と地上に脅しをかける。地上の神々は冷たく暗い冥界に降りることを止めるが、戦の神は『私は誇りある死と休息をもたらす闇を愛そう』と長い旅を経て冥界に降りて闇の神と結婚する。——という神話を元にした歌だ。

闇の神が好かれないので人気のある歌とは言えず、歌があることすら知らない人もいる。あまり明るい曲でもないし仕方ない。でも私はこの歌が好きだった。母がよく歌ってくれたから。

闇の神と戦の神の間には医術の神が生まれる。医術の神は闇を纏《まと》う黒い騎士とされ、信心深い者が死に瀕《ひん》しているところに颯爽《さっそう》と現れて手助けしてくれるが、遭遇したのが悪人だったら苦痛が増すと言われている。

——さあ、良い子はもう寝ないといけないわね、と母があたしを寝かしつけるまでが定番。

数少ない母との穏やかな記憶があるから、あたしは闇も夜も嫌いじゃない。今は亡き母が病に倒れていた時、自分の具合が悪い時、黒騎士様が助けに来てくれないかとよく祈っていた。……結局助けは来なかったのだけれど。

娼婦になり、騎士というものへの憧れもお貴族の相手をするうちになくなった。男というものがそもそも好きになれなくなった。崇高な騎士も誠実な男もきっとどこかにはいるんだろうけれど、あたしの前にそんな方が現れることはない。きっと一生。わかっている。

でも祈りのようにこの歌を歌うことはあたしの気持ちを少しだけ楽にした。闇の神が迎えに来る時に優しくしてもらえるんじゃないかという期待とともに。

歌の大会に本当に出ることが出来るとは思わなかった。しかし祭の競争の賭けと同じで八百長《やおちょう》があるだろうと思っている。競争は有力候補に金を握らせて手を抜かせるけど、歌の優劣なら審査員が点数を弄《いじ》れば簡単だ。大金で客を釣って、貴族の息がかかった出場者を勝たせて賞金をある程度回収する……ありそうな話だ。出場者もわからない状態では賭けはおそらく成り立ってないだろうが、この大会が成功して恒例行事にでもなれば賭けも始まる。

だから素直に賞金が手に入るなんて思っちゃいない。あの馬鹿息子から逃げられるなんて夢見てぃない。買い取られたら数年で死ぬと思う。むしろ希望もなく生き延びる方が辛《つら》いかもしれないから、死ぬなら早い方が良い。すぐに死ねる毒とか売ってないだろうか。流石にこんな所には売ってないか。

スザンナは出店を見ながら主催の伯爵令息アマデウス様の情報を人に聞いて回っている。

「良い方だよぉ、笑顔が素敵で！　町娘達に大人気さ。楽器も上手くてね！」

「俺は見たことないけど平民にも親切だって組合の親方から聞いたぜ」

「こんな祭を起こしてくれた方が良い方じゃねぇわけがねぇぜぇ‼　ヒュー‼」

「アデマウス様に乾杯‼」

……などなど、酒と祭のアホみたいな陽気も相まって褒め言葉しか出てこない。単純なスザンナはそれを聞いて「良い方みたいじゃないかい！」とキラキラしてこっちを見る。名前間違えられてたわよ。

あたしがその令息に気に入られたら万事解決と思っているようだ。そもそもあたしは男に囲われるのが嫌なんだけど……とは、今は言えない。死んだ旦那を本当に愛していたらしい彼女、あたしが助かる方法を彼女なりに考えてさがしてくれている彼女にそれを言うのは忍びない。

「お前……出場者よね？」

「そうよ」

明るい茶髪で胸がでかい女に話しかけられた。出場者の中にいた女だ。お前とは偉そうな。

「ふうん………」

じろじろとあたしを無遠慮に眺め回してくる。なかなかの美女なのに品がないわね。美女と言ってもあたしほどじゃないけど。髪が金に見えなくもない色だけど、金と金に近いじゃ金貨と銀貨くらいの差がある。

「……フン。ソフィア、飲み物買って来なさい」

「は、はい……」

修道女見習いらしい少女を顎《あご》で使いながら去っていった。そうは見えなかったけどあの女修道女？聖歌隊の生え抜きってやつかしら。修道女も結構上下関係厳しいものなのね。

何となく嫌な感じがした。ああいう目をした女はろくなことをしないのよ。広場には騎士団も見廻りをしているし、町の自警団も時々様子を見て回っているから、大したことは出来ないとは思うが。

「えーッ、ロージー様も出るんですかぁ!?」

「楽しみにしてます！　でも素人《しろうと》の中に混ざるなんて大人げないんじゃないです～？」

舞台の近くで予選の時に審査側にいた若い男が人に囲まれていた。……あれが貴族側の用意した、勝たせる人間だろうか。別にいいけど。貴族の持ち駒の腕前がどんなものか見せてもらおうじゃない。

――ふと、視界の端に有り得ないものが映った気がした。

「ん、どうした、マリア？」

雑踏の中を少し眺めていたが、気のせいと判断してスザンナを追う。

「何でもないわ」

黒くて綺麗なものを見たと思った。闇のような黒髪が、すぐ隣を通り過ぎた、と。

明るい人々の笑顔の中で、死を想う。

あの黒が、死に近付いている私を迎えに来た黒騎士だったらいいのに。

※※※

【シレンツィオ公爵城　応接室】

のど自慢大会の七日前。準備に忙しくするアマデウスの背後で、スカルラット伯爵はシレンツィオ公爵から面会希望の手紙を受け取った。返事をして二日後に二人は顔を合わせた。

「お久しゅうございます、ティーレ様」

「暫《しばら》くぶりだな、ティーグ殿。座ってくれ」

二人は若い時分に騎士団の合同訓練の際に顔を合わせ、名前が似ていることで親近感を覚え、お互いの腕を認め合う仲だった。お互いに爵位を継いだ後は国の催しくらいでしか会うことはないが、顔を合わせれば会話を楽しんだ。

すっかり夏になった、今年の夏は嵐が来なくて良かった、果物の値段も安定して……等の世間話を少しして、公爵が本題に入る。

「御子息、アマデウス殿の噂は聞いている。音楽神に愛されし天才と名高いが、ティーグ殿から見たアマデウス殿はどういう息子だ？」

「あれは少々変わっていますが、優しい子です」

「変わっている……というと」

「男爵家で平民出身の使用人に囲まれて育ったせいなのか、驕《おご》らず平民に親切に出来ます。幼い頃から音楽に対する情熱があり、音楽に関すること以外で贅沢《ぜいたく》は全く言いませんな。引き取った当初は投資と思って色々与えましたが、今では充分己で稼いでやりたいことに使っています。アマデウスのおかげで他領から楽器の買い付けや腕の良い職人が集まって来ていますし……楽譜の売り上げもなかなかのもの。どこから見つけて来たのか異常に多くの楽曲を知る老詩人を雇っていまして、まだまだ出せる曲があるようです」

料理のレシピの売り上げもあったが、それは料理長名義なので伯爵は黙っていた。

「新しい楽器を開発し、学院に寄付したとか」

「ピアノと名付けられたものですな。表現力のある楽器です。もう三年前になりますか、楽器工房に押しかけ職人と話し合って、随分拘《こだわ》っていました。完成形が既に頭の中にあるかのように」

「……天才、か……」

公爵は少しだけ皮肉げに口の端を上げた。

「……御息女の伴侶には、相応しくありませんか？」

「いや。むしろ、そこまで才のある令息では引く手数多《あまた》であろう。凡才の方が交渉しやすかった」

「と、言いますと……」

伯爵は公爵の口から婚約の申し出が出ることを期待していた。その話をしに来たことはお互いわかっている。格下から器量の良くない子女へ縁談を申し出るのは権力目当てと思われやすい。可能なら上から打診されたいと思っていた。

「数年前に、アマデウス殿付きのメイドを二人解雇なさっているな。貴殿の口から本当のところをお聞きしたい」

無表情の公爵が話題を変えたことと内容に伯爵は目を瞠《みは》った。

「……もしや、あの子がメイドを襲ったとお疑いですか？」

「なに、糾弾したいわけではないのだが、女好きとの噂であろう。女誑《おんなたら》しであることと女癖が悪いことは別だからな……そこを確認せねば納得しない者がいるのだ」

公爵は義兄を思い浮かべながら気まずい思いをしていたが、表情には出なかった。伯爵は脳内で頭を抱えつつ顔に憂愁の色を浮かべた。

「……あの件は、届け出た内容と相違ありません。あの子に悪いところがあったとしたら……雇っていた器量の良くないメイドに優しくしすぎた、それくらいのものです。……悪いことをしたと思っているのですよ、まだ十一でした……一歩遅ければ女性恐怖症になってもおかしくなかった。使用人の不始末は雇い主の私の責任です。必要ならば当人達に聴取していただいても構いません。加害者の計画を黙っていた方のメイドはもう牢《ろう》を出て他家で奉公しております。加害者のメイドはまだ牢にいますが」

「いや、それには及ばない。貴殿がそこまで言うのだ、信用しよう。……モテるのだな、御子息は」

口調を崩して溜息を吐いた公爵に伯爵も緊張を解いた。

「そのようです。そこまで目立つ美形ではないのですが、昔から愛想が良いもので」

「しかしうちの娘の素顔にもというのは、並大抵の愛想の良さではない。……アマリリス夫人の息がかかっていないと言い切れるか？」

「……ああ……御心配なく。それは、言い切れます。アマリリス夫人は、息子に興味がないようです。アマデウスを引き取って六年……一度も連絡や面会希望を寄越したことはありません」

「一度も？　……そうか……」

養子に出た子供はもうその家の子なので、その家の長の許可無しに会うことは基本できない。しかし、やむを得ない事情や良い条件で引き取られた子供に生みの親が年に数回面会を望むのは珍しくない。愛着があるなら当然、愛情がなくとも繋《つな》がりを保っておくことで得をする場合もある。

それが一回もないというのは、珍しいくらいに実子に未練がない証明であった。

「アマデウスも、アマリリス夫人に何か吹き込まれている様子はありません。むしろ両親のことはよく知らない、知りたいとも思っていないようで、そこも少々変わった子です」

公爵は考え込むように腕を組んで虚空を見つめた。

「…………アマデウス殿は、うちの娘について貴殿に何か言ったかね？」

――――来た。伯爵は獲物が罠《わな》にかかったような気分で唇を開いた。

「これは神に誓って真実ですが……ジュリエッタ様に暴漢から守っていただいた時から、女性として好意を持っていると、聞き及んでおります」

公爵は背景に宇宙を背負ったような顔をして硬直した。

「………………………………………………………………ほ……ほんとに…………？」

「私も驚きましたが本当です」

冷静沈着で知られる公爵が見たこともないくらい驚いているのが伝わり、伯爵は笑ってしまいそうになったのを必死で抑えた。

「……にわかにはしんじられないが…………」

「暴漢の事件がある前からあの子はジュリエッタ様に好感を持っていたようですよ。声がお可愛らしいと言っておりました。音楽狂いである故に女性を好きになる第一条件が声になるのだとか」

「……たしかにあの子はかわいらしいこえをしているとおもう………」

まだ心が宇宙から帰ってきていないらしい公爵を見ながら微笑んで、伯爵はメイドにお茶を新しくしてくれと頼んだ。

熱めのお茶を飲んでしゃっきりした公爵はンジ、と喉を鳴らして気を取り直した。

「御子息が暴漢に襲われた件だが……あれは王家の隠密の仕業で違いない。ご存知だとは思うが」

「やはりそうでしたか……」

「我等が調べた結果、第一王子の地位を盤石にするために、公爵家との繋がりが欲しい者の指示だったようだ。宰相か、内務大臣あたりか……側室の王子がどうも第一王子よりも才覚が有りそうなことに焦っているのだろう」

第二妃が生んだ王子・ネレウスはお披露目《ひろめ》の歳から侯爵家に養子に出された。アナスタシア王女の一つ下、現在十一歳。跡目争いを避けるために王が臣籍に降下させたのだ。だが王子であることは周知の事実、担ぎ上げられることがないとは言えない。

「スカルラットはこちらの事情に巻き込まれた形だ。謝罪させてほしい」

頭を下げた公爵に少し慌てて伯爵は机に紅茶を溢《こぼ》した。

「いえ、この場合はどちらも被害者と考えております。謝罪は不要です。アマデウスは御息女に助けていただいたことですし」

「そう言ってもらえると助かる。……これからは我が家の隠密をアマデウス殿の護衛に付けようと思うが如何《いかが》か」

「正式に婚約すれば流石に手を出してはこないのでは？」

「そう思いたいが……公爵家に婿入りするとなると周りからやっかまれることも増えるはずだ。念には念を入れたい。娘のためにも」

「そうですね……あれは平民の中をうろうろすることもありますので、護衛を付けていただけるのならこちらも安心です」

「……監視のようにもなるかもしれんが」

「構いません。あの子も平気でしょう」

公爵はその返事で伯爵がアマデウスの潔白を確信していると感じ、心底信用することが出来た。

「それでは……娘が婚約を申し込んでも、アマデウス殿は断らないのだな」

「ええ。あの子も申し込むつもりだと言っていましたが、企画した催しの準備で忙しかったのでまだ出来ていないようでした」

「確か、歌の大会でしたか？」

「ええ、拡声器を借りたり音を増幅する装置を作ったり……祭の運営のような采配もしておりまして」

「祭？　思ったよりも大がかりですな。成功すればまた名が広まりそうだ」

「あの子は単純に色んな人間の歌が聴きたかっただけのようですが……民が楽しめるように心を砕いております」

「……見に行ってもいいだろうか」

「え？　……視察に？」

「未来の婿の企画、この目で見ておきたい。うちに婿入りしてきた場合同じような催しをする可能性もあるだろう。ジュリエッタも興味があるはずだ」

父親二人は当人二人を差し置いてすっかり婚約したつもりになっていた。

「しかし……その日は私もあの子も手が空きませんので……お持《も》て成《な》し出来そうもありませぬ」

「そちらの手は煩《わずら》わせない。忍んで見て回ろう。領に入る許可だけもらえれば」

「それでは、祭の後にアマデウスに少しでも……」

「いや、初めての試みに集中しているところにこれ以上心労を与えたくはない。アマデウス殿には知らせずに視察させてもらいたいが、どうだろう」

「――……それでよろしいのでしたら、否《いな》やはございません。どうぞ見に来てやってください」


のど自慢大会当日、朝に父から「スカルラットののど自慢大会を見に行く。伯爵から許可も貰っている。行くぞ」と言われたジュリエッタは、宇宙を背負ったような怪訝《けげん》な顔で固まった。

数日前の父親と同じ表情だった。

第六章　本番の日

『お待たせしました。これより、のど自慢大会を開催します！』

ワッと人々が歓声を上げた。「あの姉ちゃん声でけえな⁉」と驚いている人がいる。出場者には説明したけど拡声器のこと客にも説明した方が良かったかな……まぁいいか。きっと見てるうちにあの道具がそういうものだと察してくれるか、流石《さすが》選ばれた歌手は声がでけえな‼　で納得してくれる。

舞台でマイク……拡声器を持って話している女性は、楽師ラナドの奥さんであるシイア夫人。家出同然だったラナドについて来て今まで連れ添っている元男爵令嬢。菫《すみれ》色のストレートヘアをお団子にした、コバルトブルーの瞳の美人だ。大会の準備を快く手伝ってくれ、司会も引き受けてくれた。ラナドの奥さんだけあって音楽好きだ。

『集まった歌自慢の中からさらに予選を勝ち抜いた十二名と、この大会の主催者でいらっしゃいます伯爵令息アマデウス様の一の楽師も加わり、十三名で競ってもらいます！　一位には小金貨一枚、二位には大銀貨五枚、三位には大銀貨一枚の賞金が与えられます！　組合保管庫に預ける形で受け取ることが出来ます。保管庫への手数料・管理費はアマデウス様が出してくださいます！』

おおお～～～～～～‼　ヒュー‼　パチパチパチ。

平民に大金をぽんと渡すのは強盗に狙《ねら》われたりする危険がある。どうするのがいいかと話し合った結果、町の保管庫に預けるのが安全だという結論になった。銀行みたいなもんなのかなと思ったが、金に限らず物とかも預かってくれて月ごとに管理費を取る、というからトランクルームに近い感じ。預かり物は金が多いので町では警備が一番しっかりしているそうだ。本人確認も厳重にしてくれる。

『席を買った人には受付から板が渡されていると思います。ちゃんと持ってますか～？』

シイア夫人には敬語に慣れていない平民相手なので貴族相手よりは少し簡単な言葉で喋《しゃべ》ってくれるよう頼んでいる。子育て中ということもあって慣れていらっしゃる。前世のヒーローショーの司会のお姉さんみたいだ。客が持ってる～と緩い返事をしたり手元を確認したりした。

『歌を聴き終わった後、皆さんには十三人で一番良かった人の箱にこの板を入れてもらいます！審査員のつけた点数と、皆さんの入れた板の数で順位が決まります！』

ざわざわと驚きの声が上がった。広場に用意した席三百は幸いなことに完売。立ち見も結構いる。次やるならもう少し席を多くしてもいいかもしれない。白く塗られた薄い板に【のど自慢大会】の文字のハンコが押されている。チケット代わりだ。

これを使って客にも審査に加わってもらいたいと話すと皆最初は戸惑っていた。平民からすればよく知らない審査員がただ点数をつけて決めるとなると、どうしても出来レースとか賄賂《わいろ》で決まったとか疑う人が多くなるんじゃないかと思ったのだ。参加型にした方が真剣に聴いてもらえそうだし、順位のつけ方がオープンな方が良いだろう。

『最後に！　皆さんに守ってほしいことが三つありまーす！　一つ目！　歌手の歌が始まったら、大声で喋るのは禁止です。他の人が歌を聴くのを邪魔しないように気を付けてください。二つ目！　お手洗いに行きたくなったりして席を立ちたくなったら、この木札を持っていればまた戻って席に座れますから、この木札をなくさないようにしてください。そして三つ目！　歌い終わった歌手に掛けていいのは褒め言葉だけです！　悪口の野次を飛ばす人がいたら、警備の騎士様に連れていかれると思ってくださ～い！　野次に限らず、前の席を蹴ったり暴れたり、何か問題があると思われることをしたらつまみ出されると思ってくださいね～！』

手元にメモがあるはずだが見る気配もなくすらすらと喋ってくれる。学校の教師とか向いてそう。

スススっとバドル、ラナド、ロージー、楽器工房の数人が舞台の後方にスタンバる。楽器職人の楽器を弾ける面々とは、演奏会をするうちに交流が深まった音楽仲間だ。伴奏、歌手の案内や拡声器の受け渡しなどを手伝ってくれている。臨時バイトスタッフである。

歌の大会をやるとなった時、まず欲しかったのがマイクだ。あとスピーカー。

相談したら偉い人が大勢の前で喋る時に声を張らなくても良いように作られた魔道具、拡声器というのがあるとラナドが教えてくれた。……マイクじゃん!!　と驚愕《きょうがく》したし喜んだ。

拡声器の中には魔石と呼ばれる物が入っていて、ボタンを押すと空洞の中に仕込まれた魔法陣に魔石が触れ、声を増幅できるのだそうだ。パッと見、鉄で出来た筒。シンプルなデザイン。魔法陣と魔石と筒さえあれば簡単に作れる。魔石以外は安価だが、魔石が結構高い。魔石はその名の通り魔力を込めた石だ。魔力を操ることが出来る人がそもそも少ないので高価らしい。拡声器に入れている魔石は長方形の四角い陶器みたいな見た目だった。青かったりピンクだったりカラフル。使うと少しずつ透明になっていき、魔力が切れると透明になる。残りどれくらいかがわかりやすくて良い。

因《ちな》みにこの世界の魔術と魔法は、学問の一つという扱いである。

メイド事件の時に初めて魔法薬という単語を聞き、何で魔法があるってみんな教えてくれなかったんですか!?　と思ったが、平民出身の使用人は『貴族は魔法を使える人もいるらしい』というざっくりしたことしか知らなかったし、ティーグ様に聞いたところ「魔術学か？　貴族学院の三年になれば基礎を学べる」とさらっと返された。特別なことでも何でもないかのように。

――――魔法がなかった世界にいた人もいるんですよ‼　………俺《おれ》だけか‼

そんなわけで習うのが楽しみだ。魔法陣、どんなことが出来るんだろ。魔術についてちゃんと勉強したら色々役立つもの作れるかもしれない。暇が出来たら図書館で魔術の本探そう。

スピーカーは残念ながら無かった。最低でも歌が聞こえれば大会は可能だが、楽器の音も響かせたいので楽器の前に拡声器を設置できるスタンドを用意してみた。するとマイクの筒の部分が小さいので楽器の音を上手く拾えない。工房に頼んでマイクの先に付けるラッパのような広がった部品を作ってもらい、楽器の音を拾うことに成功。歌よりは目立たないように距離を調整して、舞台での位置を決めて印をつけて……細かく決めることが沢山《たくさん》あったなぁ、イベントの準備って本当に大変だ。

バタバタしてたけど間に合って良かった。

『それでは一番目の方に歌ってもらいましょう！　一番、ラムロさんの曲は「三十三匹のヤコカ」です！』

俺のお披露目《ひろめ》の時もこんな感じで始まったなぁ、なんて思い出す。トップバッターは緊張するだろうから気の弱い人になったら可哀想《かわいそう》だな……と思っていたが、自信満々な様子の二十歳前後のイケメンだった。安心。予選でも堂々としていた。歌はまあまあ、くらいなのだが舞台度胸が一番ありそうだった。

予選では、いざ人前で歌うとなると歌えない人や全然声が出ない人が続出した。大勢の客の前になると怖気《おじけ》づく人も十二人の中にはいるかもしれない。舞台度胸も実力のうちなのだ。

俺は舞台の袖で立ち見の観客に紛れて見守っている。何かトラブルがあれば駆けつけられる程度の距離だ。客のフリで護衛に付いてくれているアンヘンとポーターと騎士団の若い衆に囲まれている。

その辺の金持ちの息子くらいに見える服装で。普段の演奏会を見に来ている人以外は俺をアマデウスとは知らない。予選に来た人も俺を知らない人が多くて、ふんぞり返った胸のデカい美女から「ちょっと、伯爵令息は今どこにいらっしゃるの？　会いたいのだけど」と話しかけられたりした。

俺ですが……と思ったが予選は人数が多く時間がなかったので「今はいらっしゃいません～何かお伝えしたいことでも？」と他人のフリで返した。「フン、まあいいわ」と去っていった。何だったんだろう。

入賞候補は頭の中では絞られている。

一の町聖歌隊の個人的一推しソフィア、隣の領から来たという太めの奥さん、同じく隣の領から来た茶髪に金眼の美女、演奏会の宣伝も兼ねて出てもらうことにしたロージー。この辺りは抜きんでて上手いはずだ。賞金は三人までだが、どうなるか。思わぬダークホースがいる可能性もある。俺はわくわくしながら祭の音に耳を澄ませた。

――ああ、ジュリエッタ様がここにいたら、一緒にいたら……きっともっと楽しかったのにな。

そんな自分の思考に照れて口を覆うと、ポーターが「こんな序盤でそんなに興奮していたら持ちませんよ」と囁《ささや》いてきた。違うんだ、心配させてごめん。

※※※

いつも歌っている聖歌だったけれど、いつもより多くの人の前、しかも一人で歌うのは緊張した。でもいつも通り歌うことが出来たし大きな拍手も貰《もら》えた。拡声器を使って歌うのは遠くまで声が届いているのがよくわかって気持ちが良い。賞金が貰えなかったとしても、出て良かった。私の出番は終わって、今は八番目の人が歌っている。

「さ、ソフィア。あの女に水をかけなさい」

フローラ様がバケツに水を汲《く》んできなさいというので汲んできた。何に使うのかと思ったけれど、多分手か足を洗いたいのだろうと思って深くは考えなかった。まさか人にかけろと言われるとは。

「な、何を仰《おっしゃ》ってるのですか……」

「良いから、あの女よ。茶髪の。早く、次なのよあの女」

「何故《なぜ》………」

「ああもう、お前は本当に察しが悪いわね!!」

舞台の後ろを見張っている騎士様は我関せずという風に立っている。私は耳元で怒鳴られて震えているけれど、拡声器で大きい音楽が流れているので聞こえていないのかもしれない。

「で、できません……」

「わたくしのいうことが聞けないっていうの!? わたくしが伯爵令息に気に入られた後に後悔しても遅いのよ、孤児院への寄付金をなくしてもらおうかしら？」

「そ、そんなこと……」

アマデウス様が承知するとは思えない……と思ったけれど、口答えしても何も良いことがないのでしたことがない。口から反論は出てきてくれない。バケツを持ったまま震えていると、あの茶髪の美女とその隣にいた人がこちらに近寄ってきた。

「ねぇ、どうしたの？　あんた達……」

美女は私を心配してくれたらしい。でもこっちに来たら……！　そう思った瞬間にフローラ様が私からバケツをひったくった。

「もう！　貸しなさい！」

そして美女に水を――かけた。バシャッ……と水が飛び散る音がして私は目を瞑《つぶ》って体を強張《こわば》らせた。ああ、私が水を汲んできたせいで……。

「……ほーぉ、やってくれたね」

ぱっと目を開けると、そこには水浸しになった――小太りの奥さんがいた。

「スザンナ！」

「ほら、マリア。もうあんたの出番だよ」

「で、でもあんた、着替えもないのに」

「あたしのことはいいから歌ってきな!!　優勝してこなきゃ許さないよ!!」

この声が大きい奥さんが美女を庇《かば》ったのだ。二人は友人だったのだろうか。でもこの奥さんはまだ出番が来ていないはず……。これでは、この人が……。

マリアと呼ばれた美女はこちらを気にしながらも舞台に上っていった。

「ふん。……何でこんなこと？　マリアが自分より綺麗《きれい》だからって嫉妬《しっと》でもした？　舞台に上がれないようにしてやろうと？」

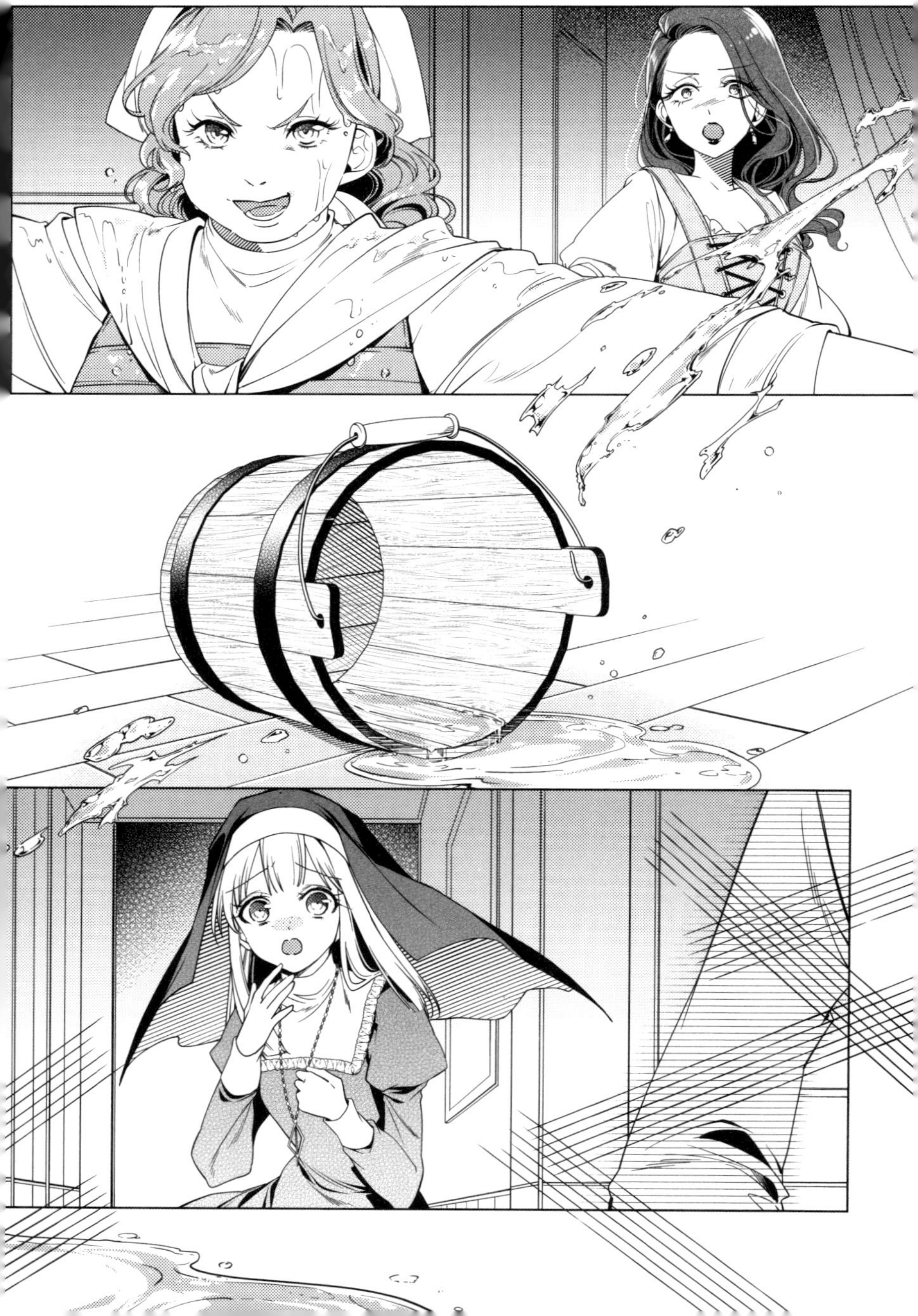

「う……うるさいわね、不細工が余計なことを！」

二人は睨《にら》み合って動かない。そして……舞台から聞こえてきた歌は、素晴らしかった。

何て感情の籠《こも》った美しい歌声だろう。歌を聴いている場合ではないというのに、うっとりとその声に聞き惚《ほ》れた。睨み合っていた二人もいつの間にか舞台に顔を向けて歌を聴いていた。歌が終わって大きな拍手が鳴り響くまで。

見張りの騎士はいなくなっている。判断に困って誰か呼びに行ったのかもしれない。アマデウス様が来てくれれば……ああ、でも奥さんが着替える時間はない。

歌い終わった美女……マリアさんが急いでこちらに駆け寄ってきた。

「スザンナ、係の人に頼んで後の順番に……」

「いいよ、あたしは平気さ。歌の邪魔をしないようにこの女見張っといておくれ。おい、胸デカ女」

「なっ……」

「これはねぇ、美人を決める大会じゃないんだ。歌の大会さ。あたしがあんたより上の順位になるところを見届けて思い知りな」

びしょびしょに濡《ぬ》れた姿のままで、奥さんは舞台に上がっていった。それを見た客席から戸惑った声が聞こえてくる。少し間があったが、伴奏が始まった。

私は飛び上がって驚いた。彼女の歌の上手さにもだが、その声の大きさに。彼女はこの大会で拡声器が必要なかった唯一の歌い手だろう。その声は大きく、力強く、包まれるような滑らかさで空に響く。

……こんなに呆気《あっけ》にとられる子守歌は初めてだ。

「————ふっ、ふふ。本当、敵《かな》わないわスザンナには……ねえあんた、こんなことしてタダで済むと思ってんの」

マリアさんが怒りを湛《たた》えてフローラ様を睨む。美人の怒り顔、思いの外《ほか》恐い！　泣いてしまう。泣いてる場合ではないのだけれど……。

「……は？　どうしようっていうの、平民がわたくしに？」

そう、今は修道女の名目だけれどフローラ様はまだ貴族。平民が貴族に手を上げたりしたらかなり重い罰を受けることになる。私はフローラ様の前に出てマリアさんを落ち着かせようとした。

「そ、そうです、この方は男爵令嬢でして……！　手を上げたらあなたが……」

「そう。いいわ、どいて。丁度いいわ。その女をどれだけぶん殴れば死刑になるのかしら、あたし」

「は、はぁ!?　お前、わたくしを誰だと……！　わたくしがスカルラット伯爵令息に頼めばお前なんて簡単に死刑に出来るのよ!!」

「だから望むところだって言ってんのよ」

綺麗な金色の目の瞳孔《どうこう》が開いている。大変だ、冷静ではない……！　何を言っているのかもわからない！　騎士様は戻って来ないし……スザンナさんはまだ歌っている、ああどうすれば。止めたいけれど非力な私はマリアさんに片手でぺいっと横に押されてどいてしまった。踏ん張れなかった。

ああ、神様————と祈った次の瞬間。

横からにゅっと手が伸びてきて、マリアさんを止めた。

「貴方《あなた》が手を汚す必要はありません」

……上等な白い手袋に、可愛《かわい》らしい声。その声の主は目の細かい赤褐色のベールを被《かぶ》っていて顔が見えなかった。私より少し背の低い少女だ。少し後ろに二人、付き人らしき男性と女性が控えていて戸惑った顔をしている。服も仕立てが良さそうだし、良い所のお嬢様だろうか。

「ムラヴェイ男爵令嬢フローラ様ですね」

謎の少女がフローラ様の家名を言い当てた。

「えっ……だ、誰……？」

「情報として憶《おぼ》えていただけで面識はありませんわ。貴方も、わたくしの噂《うわさ》くらいはご存知だと思いますけれど」

少女はベールから一房、髪を出して顔の前に掲げて見せた。出てきたのは………黒髪!!

こんな真っ黒い髪は初めて見た。こんなに黒い色が人に出るものなのねと不思議な気持ちになる。

「――――あ………なっ……何故……ここに……」

フローラ様が真っ青になってがたがたと震え出した。何事。こんな顔をしたフローラ様は初めて。初めてばっかりで今日はなんて忙しい日だろう。

「……アマデウス様とは親しくしていただいていますの。忍んで来ていたのですが、貴族としてあまりに見逃しがたいところを見てしまいまして……」

少女は付き人が下げていた剣をいつの間にか手にしていた。付き人も「……え!?」と驚いて剣と自分の腰を見比べている。ひゅっと風を切って、剣がフローラ様の目の前に突きつけられた。

「簡単に死刑に出来る、と仰っていましたね。死刑なんて……簡単に口になさるべきではないわ。貴族の言葉には責任が伴います。たまに勘違いなさっている方がいるとは思われませんか？」

「!? な、……ひっ……何を……!?」

「貴族の仕事は民の暮らしを守ることで成り立っているというのに、民を思い通りに出来ると勘違いしている方ですわ。困ったこと」

フローラ様に少女の言葉がちゃんと聞こえているかは定かではない。目の前の剣先に怯《おび》え切っている。

「……お、お許しを……」

「何もわたくしは責めているわけではないの、フローラ様はそんな勘違いをなさっているわけではありませんわよね？」

「はい、はい……！」

「そうですわよね。……あらごめんなさい、剣が人に向いてしまっていました。気付きませんでした、お許しになって」

少女は剣を下げてするりと自分の腰に納めようとして……鞘《さや》がないことに気付いたようで、お付きの男性に手渡した。

「ところで先ほど『伯爵令息に頼めば』……と仰いましたね。アマデウス様とは親しくしていらっしゃるのですか？　アマデウス様から貴方のお名前を聞いたことはありませんが……」

明らかに怒っている冷ややかな声で少女が言い募ると、フローラ様は青い顔のまま膝《ひざ》をついた。

「い、いえ、申し訳ありません、アマデウス様と面識はございません……!!」

「そうですか。……それでは、お騒がせ致しました。御機嫌よう、フローラ様」

どうやらフローラ様よりも位の高い貴族の御方。そしてアマデウス様と親しい……年も同じくらいだし、もしや婚約者だろうか。問い詰める声に悋気《りんき》が感じられた。婚約したとは聞いていないけれど……。

颯爽《さっそう》と去っていく少女の後ろ姿を見ていたらスザンナさんが戻ってきた。

「あっ……フローラ様、出番が……」

十一番なので次がフローラ様だ。だがフローラ様は立ち上がって首を振った。

「わ、わたくしは帰るわ……」

「えっ⁉」

「なんだい、怖気づいたのかい？」

スザンナさんに挑発されても見向きもせずに早歩きで去ってしまった。修道院に帰るらしい。

「んんん？　何があったんだよマリア？」

「………黒騎士様……」

マリアさんは謎の少女が去った先を見つめながらぼんやりした顔で何か呟《つぶや》いていた。

「――次の方……フローラさん。フローラさん？」

係の人が舞台裏を見に来て困っている。ど、どうしよう……。と、とりあえずフローラ様は棄権……ということにしてもらおう……！　私は係の人のところまで駆けた。「えっもう俺⁉」と十二番の人が驚いていた。ごめんなさいという気持ちが湧く。

「――スザンナさん、集会所へ行きましょう。何故濡れたのかは後で聞きますがひとまず着替えに……」

「！　ロージー様」

舞台にいるはずのロージー様が舞台裏に……ああ、十三番目に歌うからか。

「いいよ、あんたもこの後歌うんなら時間ないだろう。それにあたしに合う服なんてあるのかい？」

ぐ……とロージー様が言葉に詰まる。スザンナさんは大柄だ、確かに着られる服をすぐに用意できないかもしれない。彼が頭に手を当てて悩んでいるところへ、見張りに立っていた騎士様が戻ってきた。アマデウス様の侍従のポーター様もいる。

「揉め事があったとか。……ご婦人、濡れたのは貴方ですね。着替えを用意しましたので、集会所へ」

「ええ？　でも、あたし太ってるよ？」

「報告を受けてちゃんと着られるものを探してきましたから」

スザンナさんが着ることが出来るものを探してくれていたのか。見張りなのに肝心な時にいない!!と思っていてすみませんでした騎士様。ばたばたとスザンナさんを案内していく中、ポーター様がこちらを振り返って言った。

「ああ、……ソフィアさん、その……良い歌声でした」

何を言われたか理解する前に、ポーター様は早歩きでスザンナさん達を追って去って行ってしまった。

「え……あ、ありがとうございますー！」

いつもしかめっ面《つら》をしていて怖い人と思っていたけれど、案外話せる方なのかしら。ちょっと認識を改めよう。

「ポーター様が来て助かった……それでは、また後で」

ロージー様は急いで舞台袖に準備しに行った。もう十二番目の人の歌が終わる。

「マリアさん、あの……先ほどは大変失礼を……」

ぼんやりした顔で佇《たたず》んでいたマリアさんに謝ると、彼女は薄く笑ってくれた。

「あんたはあの女に逆らっていたでしょ。何も悪くないわよ」

「そう言っていただけると、助かりますけれど……」

「あんた、名前は？」

「ソフィアです」

「そう、ソフィア。あんたの歌、とっても良かった。心が洗われたわ」

「ほ、本当ですか？　ありがとうございます」

「こちらこそ、さっきはあたしを止めようとしてくれてありがとう。……あんたが修道院に戻ったら、あの女にきつく当たられたりしないかしら」

「平気です、いつものことですから！　あっ、いや……」

失言に口を押さえると、マリアさんは一瞬目を瞠《みは》った後おかしそうに笑った。

「案外強くて、かわいいねあんた」

「かわ……!?」

かわいいなんて、近所のお年寄りにならよく言われるけれど、若い人に言われるのは初めてだ。それもこんな美人に。顔が熱くなっているのがわかる。顔を掌《てのひら》で押さえていると、ロージー様の歌が始まった。初めて聴く歌だ。本当に今日は初めてが多い。軽快な拍子で弦楽器の音が鳴る。

〝信じられないけれど　君は気付いていないいんだね　君が綺麗だということに〟

ロージー様の普段の歌は実直というか、朗々と歌い上げるようなものなのだけれど、今回は感じが違う。所々切なく演技がかったような歌い方をするところがむしろ良い。恋する心を想像してしまって胸がときめいてしまった。こんな歌い方がお出来になるのね、というかこんな歌があるのね……歌詞が率直すぎて少し恥ずかしいけれど、素敵。恋を知らない私でも恋を体験しているかのよう。

ふとマリアさんを見ると彼女は眉《まゆ》を思いっ切り寄せて舞台を睨んでいた。予想外の顔である。

「ま、マリアさん……？　どうかなさいました……？」

「………悔しい……負けたかもしれないわ……」

そういえばこれは歌の大会だった。色々ありすぎて競い合いであることが頭からすっぽ抜けていた。

「え、ああ……優勝を狙っていらしたのですね。とてもお上手でしたし、入賞すると私は思いますよ！」

「……そういうわけでは……なかったのだけど。ふふ、こんなに本気になるとは思わなかったわ……もっと……諦《あきら》めないで頑張ろうかしら。せっかく黒騎士様に助けてもらえたんだもの……」

「……黒騎士？」

黒騎士とは……闇の神と戦の神の間に生まれた医神のことだったかしら？　もしかしてさっきの謎の少女のことを言っている？　よくわからないけれど、どこか捨て鉢でフローラ様に突っかかっていった時の危うい雰囲気《ふんいき》がマリアさんからなくなったのは良かった。

出場者全員が番号の書かれた大きい板を持たされて、舞台に並ぶ。スザンナさんもギリギリ間に合って駆け込んできた。良かった。簡素な椅子《いす》が並べられてそこに座る。

『それでは係の者が箱を持って周ります、一番良いと思った歌手の番号の箱に板を入れてください～！』

係が数人、箱を十三個くっつけたものを抱えて客の前を回っていく。箱の上には番号と、四角く切り取られた入れ込み口。私としては中身が見えなくて良かった。自分が明らかに少ないと目でわかってしまったら傷付いてしまう。十一番だけ穴が塞《ふさ》がれている。そうか、フローラ様が棄権したから……。ドキドキしながら投票の様子を見守る。

「ねぇ誰に入れた？」「九番だろ」「俺はやっぱり……」など楽しげな声が客席から聞こえる。

最後の投票が終わって、箱を持った係の人が集まり、舞台の裏へぞろぞろと下がっていく。

『皆さん板を入れましたね？　それではこれから集計を行います。審査員の楽師バドル翁《おう》、楽師ラナド、伯爵令息アマデウス様がそれぞれつけた点数と、皆さんの票数を足して順位をつけます。集計を行うまでの間、なんと！　アマデウス様が楽器を演奏してくださいます!!　ズーハー工房とアマデウス様が作った新しい音色の楽器、ピアノの音色をお楽しみください！』

お金持ちの子には見えるが貴族には見えないくらいの装いのアマデウス様が舞台に出てきて優雅に頭を下げた。ああ、客に溶け込んで楽しんでいたんですね……。

「「「アマデウス様ーっ！！」」」と若い娘達の歓声が、と思ったら「「「アマデウス様～!!」」」と野太い歓声も聞こえた。誰達の声？

聞こえた方に目を向けると職人達の集まりに見えた。そうか、楽器工房や金物工房とは結構お付き合いがあるのだったか。

「え、あの子が!?」「うそっ」と彼の顔を知らなかったらしい人達の驚きの声も上がる。

「あ、あの子が例のお貴族様だったのかい？」とスザンナさんの驚く声がした。

舞台に向かって左にクラブロがあるけど何故か使われなかったな、とは思っていた。アマデウス様はそれの前に座った。あれはクラブロではなく新しい楽器？　係の人が拡声器を楽器用にしたものをピアノに向けて調整するのを待ってから、アマデウス様は実に楽しそうに弾き出した。

…………確かにクラブロとは違う音色だった。強弱のついた旋律に聴き入った私達は、弾き終わって立ち上がり恭《うやうや》しく客席に頭を下げた少年にその日で一番大きな拍手を送る。手が痛くなるくらいに。音も良かったが曲が素晴らしかった、楽譜を手に入れれば司祭様に弾いていただけるかしら。楽譜は高いらしく教会に古くからあるものしか触ったことがなくて、新しく買ったことなんてないのだけれど……。

アマデウス様は拡声器を司会の婦人から受け取り、話し出す。

『本日はのど自慢大会にお越しいただき誠にありがとうございます。想定よりも人が集まり、運営が至らないところもあったかと思いますが、皆様の協力により執り行うことが出来ました。この場で深く御礼申し上げます。……人前で歌うというのは、存外勇気がいる行為です。簡単に出来る人もたまにいますが、大抵の人は声が出なかったり実力を出し切れなかったりと、想定外の緊張に見舞われます。自分の歌が自分で思うよりも下手《へた》かもしれない、皆の前で失敗したら、誰かに笑われてしまったら……、そんな恐怖にも立ち向かわねばなりません。舞台に立つとは、立ったことのある人しかわからない、一種の勇気のいることだと思います。それでも歌うと決意して、この大会に参加してくれた歌手全員に感謝を。順位がどうなろうと、今日参加してくれた全員の歌が素晴らしかったし、私は本当に楽しかったです！　皆様、舞台を降りた後も、どうか歌手の勇気を讃《たた》えてください。本日はありがとうございました！』

本当に楽しかったのだろうと思える無邪気な笑顔を浮かべて挨拶《あいさつ》を締めくくり、大きな拍手が響いた。アマデウス様が客に手を振り返しながら舞台裏に行く。私は歌手全員に敬意を示してくれたことに感動して誇らしい気持ちになった。迷ったけれど出てよかった、本当に。

あの謎の少女にもお礼を言いたい。フローラ様がマリアさんやスザンナさんをどうにかしてしまっていたらと思うとぞっとする。その逆も有り得た。アマデウス様にお伝えすれば、言伝《ことづて》していただけるかも。あ、でもお忍びと仰っていたわ……アマデウス様は彼女の来訪をご存知なのだろうか。

『集計が終わりました。上位三名のみの発表になります。それでは三位から！　第三位は～～～……審査員合計二十二点、客席から四十七点で合計六十九点！　三番、ソフィアさん!!　どうぞ前へ!!』

「へっ…………」

隣にいた人がさぁさぁと背中を押して、私はふらりと前に出る。「良かったよー！」と前方の客席から声が飛んできた。知り合いの人達が応援してくれたのがわかる。

『そして、第二位！　第二位は～～～～～……審査員合計二十三点、客席から五十五点で合計七十八点！　十三番、楽師ロージー!!　どうぞ前へ！』

ロージー様が少し驚いた顔をした後、薄く笑って前に出る。彼が二位？　では一位は…………

『第一位！　栄《は》えある第一回スカルラット領のど自慢大会の優勝者は～～～……審査員合計二十六点、客席から五十九点！　合計八十五点！　――――九番！　マリアさん～～～～～～～!!』

大きな歓声と拍手の中、マリアさんはぽかんとした顔で座っていた。

「マリア!! やった、やったよぉー!!」

スザンナさんが自分のことのように喜んでマリアさんを抱き締めた。背中を叩《たた》かれたマリアさんがぽかんとしたままよろっと前に出る。ラナド様が私に、バドル翁がロージー様に、アマデウス様がマリアさんに、花束を持って来て渡してくれた。三位と二位は同じくらいだが一位はとても大きい花束だ。

『皆様、もう一度大きな拍手を! おめでとうございます~~~~!!』

※※※

笑顔の人々の拍手と歓声に包まれて、あたしは夢を見ているみたいな心地だった。まだ少し信じられないが、司会の人が終了を唱えて大会が終わる。花束を抱えて舞台を降りる。足元がふわっとしている気がする。酔っ払った時みたい。

「上位三名は賞金の受け渡しがあります、こちらへ! それ以外の歌手にもお土産《みやげ》があります、受け取って帰ってくださいい~」

司会の婦人がてきぱきと人を捌《さば》いている。スザンナが耳元に寄って小声であたしに聞いた。

「マリア、小金貨一枚あれば……借金は清算できるんじゃないかい?」

「出来るわよ……」

借金は大体大銀貨七枚程度だ。借金を払っても大銀貨三枚お釣りがくる。

「じゃあ、あたしはその辺の屋台でも見てるから……」

「スザンナさん。貴方もどうぞ集会所に。アマデウス様が貴方にお話したいことがおありです」

審査員の楽師、バドル翁と言われていた老人がスザンナを呼び止めた。

「ん？　あたしに……？　あ、濡れた格好で舞台に上がったの、怒られたりするのかい……？」

「いえいえ、悪いお話ではありません。そのことに関してもお尋ねしたいことはございますが……」

揉め事の詳細を知りたいのかもしれない。……あの伯爵令息は、子爵令息の馬鹿《ばか》息子とは全く雰囲気の違う少年だった。威張ったり平民を見下したりもせず、むしろ平民の中に溶け込むこともしていた。あたしが見てきた貴族像と噛《か》み合わない。親切そうに見えるからといってすぐに信用は出来ないが、素晴らしい楽器の腕といい、町の人間から慕われているところといい、……そして黒騎士様のご友人。スザンナを悪いようにはしないだろう。

集会所へ歩いていると立ち見していたジョンが肉の串を食べながら近付いてきた。満喫してる。

「まさか優勝するとはな……おやっさんも驚くだろう」

「そうね……あたしも驚いてるわ」

スザンナとジョンも一緒に集会所へ入る。予選の部屋に呼ばれ、ジョンはまた部屋の外で待たされた。部屋には伯爵令息や審査員の楽師達が待ち構えていた。黄緑の髪の若い侍従が前に出て説明する。

「上位の皆様、この度はおめでとうございます。こちら、賞金が入った保管庫の鍵です。これから保管庫へ行って確認してもらい、保管庫の職員と本人登録と確認を行います。よろしいですか？」

同意すると、一度花束はここに置いて行っても構わないと言われたので抱えていたそれを一旦置いた。

「保管庫へ行く前に、お三方にお聞きしたいことがございます。スザンナさんが舞台に上がる前に水をかけられてしまった件ですが……それをした人は、十一番で歌う予定だったフローラ嬢で間違いありませんか？」

伯爵令息が笑顔を消して訊《き》いてきた。彼はソフィアに目を向ける。修道院にいる女だということはもう把握しているようだ。

「はい……フローラ様で間違いありません……その、大変申し訳ないことを……」

「ソフィアが止められる相手でないことはわかってますよ」

令息は謝るソフィアを困ったように笑って許した。顔見知りだったのか。

「何故スザンナさんに水をかける流れに？」

目線を向けられてスザンナが話す。

「あー、マリアにかけようとしてたところをあたしが庇ったです」

「え……何故マリアさんに……？」

「自分より美人だから気に入らなかったんじゃないかい」

令息は首を傾《かし》げた。「そんなことある……？」と不思議そうにしている。どうやらあの女への批判的な発言をしても大丈夫そうだ、と思って口を開いた。貴族に話す時は一人称を〝わたくし〟にする。

「わたくし、フローラ嬢から〝伯爵令息に頼めば死刑にしてやれる〟と言われましたわ」

「……はっ⁉」

感情を表しすぎないように教育されているはずなのに、少年はひどく驚いて目を丸くした。

「まぁ、それはわたくしが『どれだけあんたを殴ればあたしは死刑になるのかしら』とフローラ嬢に言ったからですが……」

「なん……何でそんなこと言ったの？」

「少々事情があり、その時死にたかったので……あとスザンナに狼藉《ろうぜき》を働かれて怒っておりまして」

令息はますますわからんという顔をした。あたしの事情を知らないのだから無理はない。

「……とにかく、フローラ嬢は『死刑にしてやれる』と貴方を脅したわけですね。私の名を使って。……フローラ嬢にはよその領に移ってもらうことになりそうです。アンヘン」

「承知しました」

侍従にどこかへ報告させるのかしら。罪に当たるのかは知らないが、ソフィアの傍《そば》からいなくなるのなら安心だ。見逃さずにちゃんと対応をしてくれそうで助かった。

「アマデウス様はあの胸デカ……フローラ様とやらと仲が良かったんじゃないのかい？　あ、じゃないんですか？」

スザンナが下手な敬語を使うとハラハラするが、令息は気にした様子はない。本当に平民に慣れているのだな……。

「いいえ、会ったこともないですよ。去年から修道院にいたなら貴族学院でも会いませんし」

「ええ!?　会ったこともないのに……面《つら》の皮が厚いねぇ」

「平民相手なら露見しないと思ったのかもしれませんね……困ったものです」

はぁ、と悩ましげに眉を寄せ溜息《ためいき》を吐《つ》いた彼に伝えていないことがあったと思い至った。同じく〝困ったこと〟と仰った少女――黒騎士様のことを。

「あの、殴り掛かりそうだったわたくしを止めてくださった方がいらっしゃったのです。フローラ嬢に、貴族の言葉には責任があると……厳しく言い聞かせてくださいました。アマデウス様のお知り合いでいらっしゃったようですが、かの御方にどうぞお礼をお伝えいただきたく存じます。剣の扱いに長《た》けた黒髪のご令嬢です。わたくし、幼い頃から憧れた本物の騎士にお会い出来たような心持ちでしたわ……」

ソフィアが（それ言って良かったのかしら……）という感じの顔をしていたが言わないと礼が伝えられないので仕方ない。そういえばお忍びと言っていたか。でも他の高位貴族が領に入っていてそれを把握していないということはないだろう、――と思ったのだが。

「………え、あの、はい……？　黒髪と言いました……？　まさか…………いや、え⁉」

目を見開いて動揺した令息は侍従の顔を見たが、侍従も驚いた様子で二人とも首を振った。令息は顔全体に焦りを滲《にじ》ませて、何か考えているようだった。少し顔が赤くなってきている。

「か、確認して参ります！」

若い侍従が走って出て行った。……何だかとても慌てさせてしまったようだ。

「……報告を待ちましょう。うん。今はそれしかない……彼が戻るまでに、話を済ませておきましょう」

令息はまだ落ち着かなそうではあったが気を取り直してあたし達を見据えた。

「マリアさん、ソフィア、スザンナさん。良ければ、私の演奏会の歌手として働きませんか？」

「演奏会……？」

「ああ、マリアさんとスザンナさんは隣の領からの参加でしたね。私は領内で定期的に演奏会を行ってます。楽師達や楽器工房の音楽仲間と。まだまだ発表できる楽曲があるのですが、女性の歌い手が欲しいと思っていたんです。私達が提供した曲を覚えて、練習してもらい、演奏会で披露してもらいたいんです。勿論《もちろん》給料はお支払いします、練習に来た時間分も。本職が忙しい、そんな気がないということでしたら、勿論断っていただいて大丈夫ですが」

————勧誘されている、のか？　歌手として。やっぱり夢を見ているんじゃないだろうか。

本当に賞金が貰える上に、こんな都合の良い話が転がり込んでくるなんて。

「……あたしにも言ってんのかい？」

スザンナが訝《いぶか》しげに聞いた。

「ええ、そのために来てもらったんですよ。水濡れの事情聴取も必要ではありましたが」

「でもあたしは入賞したわけでもないのに……」

「審査員……私達三人の点が一番高かったのは貴方ですよ。合計点は四位でした」

「!!　あたしが？」

「とにかく声量がある、これは得難《えがた》い資質です。粗削りな印象は有りますが歌もかなり上手い。何故か水に濡れていたのと……失礼ですが他の出場者の外見が良かったことが、客席の票が振るわなかった理由かと」

「……というか……結局演奏会に客を呼びたいって話なんだろう？　あたしは太っちょだし見た目もアレだけど……いいのかね」

「私が欲しいのは良い歌い手です。客は主に音楽で呼ぶものと思っていますよ」

令息……アマデウス様はスザンナを真っ直ぐ《まっすぐ》見てそう言った。先ほどから感じていた違和感の正体をふと、悟る。アマデウス様はあたしを特別な目で見ない。あたしを見る男は大抵他の女に対するものとは態度を変えたり、価値を見定めるような目で見るけれど、彼にはそういうところが無い。スザンナにもソフィアにも、あたしにも、同じ目で同じ態度。平民の女をそういう目で見ないだけかもしれないが、それはそれであたしにとっては――なんていう僥倖《ぎょうこう》だろう！

あたしはごくりと唾を飲み込み、意を決して口を開く。

「……お話をお受けする前に、申し上げなければならないことがございます。わたくし、娼婦《しょうふ》ですの。それでも雇っていただけますか？」

「娼婦……ですか。……ラナド、やっぱり少し問題あるかな」

「うーん、そうですね……娼婦を囲っていると噂される可能性はあります」

「そうだよね。うーん、そういう噂されること自体はもう今更なんだけど……ジュリエッタ様に誤解されたら嫌だな……そこだけ……」

「一応、今回頂いた賞金で娼婦を辞める予定ではありますわ」

「！　そうですか……それならいいんじゃない？　ラナド」

「いや、元娼婦と知れたらどっちみち囲っていると思われるでしょう……あ、結婚していれば言い訳が立ちそうですが。そうだ、ロージーと結婚するのはどうでしょう」

「はっ!?　ラナド様、何言い出すんですか!?」

「バドル翁では歳《とし》が離れすぎているし私は妻子がいるし……平民出身のロージーならば娼婦と結婚していても不自然ではない」

「それで雇っていただけるのでしたら、わたくしは構いませんが」

「ええ!?　いやいやいや、俺は嫌ですが!?　だって……その……」

娼婦となんてごめんなのか、想い人がいるのかはわからないが楽師ロージーは本気で嫌そうだ。妙に下心を出されて照れられるよりかは個人的に好印象である。こういう堅物の方が仕事をやる上でも色気を出してこなさそうだし。

「まぁ、嫌だよね。ロージーも誤解されたくない人がいるだろうし、良い手だとは思うけど……」

「べ、べつにそんな人はいませんが」

いそう。

「……マリアさんのお気持ちはどうです？　有り体《あてい》に言うと、私に雇われたら私が満足するまで歌い方を試行錯誤してもらいます。その歌の良さを充分表現できていると思えるまで何度でも歌い直してもらうつもりです。それでも歌を仕事にしたいと思いますか？　歌を嫌いになってしまう可能性もあります」

その言葉とアマデウス様の真っ直ぐな目から、音楽への愛を感じる。妥協しない愛。

あたしも、そうあれたら。出来ることなら――――そうなりたい。

「構いません。歌手として、楽師として雇っていただけるのでしたら、飢えないだけの給金を頂ければ文句は申しませんわ。母も娼婦で、娼婦としての生き方しか知り得ませんでしたが、歌で生計を立てられるのならそれ以上の喜びはありません。どうかわたくしを雇ってくださいませ……！」

アマデウス様は目を瞬《また》かせた後、破顔した。

「いやいや、ちゃんと給料は出ますから安心してください。これくらいで考えてますが……」

「いいんですかデウス様、好きなご令嬢に誤解されるかもしれないって話は……。対策を断った私が言うのもなんですが……」

「………大丈夫!!　どっちみち女誑《おんなたら》しだって噂はずっと流れてんだから、真摯《しんし》に説明してわかってもらうしかない。周りに女性を全く置かないわけにもいかないんだし。可能性だけを考えたらメイドだって周りに置けなくなる。疑われたら証言してくれるでしょ皆!? マリアさんも! 私の潔白を証言してくれるね!?」

「真実を証言するまでですわ」

「よろしい!! 心強い!!」

心強いって。自分の潔白に自信があるようだ。……本当、珍しいお貴族様だこと。

好きなご令嬢とはもしかしてあの黒騎士様だろうか。アマデウス様が彼女と結婚すれば間接的に彼女にお仕えすることが出来るかもしれない。……なんて、そんなうまくはいかないか。

差し出された給料の予定の板を見てスザンナもソフィアもあたしも目を剥《む》いた。

「一回の演奏会でこんなに!?」

「練習中も一時間ごとにお給金が出るなんて、いいのでしょうか……」

「あ、マリアさん、楽師として雇った場合、練習時間の報酬は楽師としての月給のうちです」

「承知致しました。問題ありませんわ」

「二人はどうしたいですか?」

問われたスザンナとソフィアは少しだけ沈黙し、答えた。

「……あたしの本業は農婦だから、楽師にはなれないね。でも是非練習と演奏会に参加させてもらいたい。これだけもらえれば安い部屋なら借りられるし、村に充分なものを買っていけるよ……!」

「私も修道女見習いの仕事がありますので……空いた時間でもよろしければ、是非やりたいです。孤児院の子供達に美味《おい》しい物を食べさせてあげたくて……」

……二人とも自分の金で他人のためになることばっかり考えていて、本当に善人だ。

この二人に会えたこと、黒騎士様に会えたこと、アマデウス様に逢《あ》えたこと。あたしはまだ生きていていいと神に言われているような、運命を感じる。大袈裟《おおげさ》かもしれないけど。

「勿論それでいいですよ。それでは歌姫達、これからよろしくお願いします」

アマデウス様はにこやかにそう言ってあたし達一人一人と握手した。貴族が握手をするのは対等な相手とだけだ。あたし以外には通じていないが、これはわかってやっている。対等だと、あたし達を仲間だと態度で示してくれている。

応《こた》えよう、この人に。捨てる予定だったこの命の全てで、全力の歌で。


「――――――ハァ、ハァ、アマデウス様、…………っ」

息を切らして若い侍従が帰ってきた。汗だくでアマデウス様の耳元に何かを報告する。

「ほ、～～～ほんっとに来てるの!?　は～～～～～～～～!?」

アマデウス様は唸《うな》りながら頭を抱えて机に突っ伏した。しかしやっぱり、変な子だな……。

※※※

のど自慢大会は盛況のうちに終わった。舞台は楽器工房の領域になり、子供向けの小さなリュープや太鼓、平民にも手が届く値段の簡素な笛などが沢山並べられて売られている。工房の職人らしき人が数人で楽器をかき鳴らして人々を楽しませていた。

目の細かい赤褐色のベールと、隠すようにして歩いている二人の私服の騎士のおかげで私は町を歩くことが出来ていた。連れてきたくせにお父様はお父様で空色の髪のカツラを被ってどこかへ行ってしまった。髪が短いとカツラですぐに変装できて良いなと思うけれど、カツラをすぐ被れるほど髪を短くする女は修道女くらいなので難しい。

舞台の裏がどうなっているのか気になって、少しだけ……と覗《のぞ》きに行ったら、何故か見張りの騎士がいなくて、とある男爵令嬢が暴言と共にアマデウス様と親しいかのようなことを言っていたので、つい手を出してしまった。女らしい体の美人だったのでもしやと思ったが、アマデウス様と面識はないと言う。紛らわしい。

やはりアマデウス様は女性好きというわけではないのかしら。こういう誤解が積み重なってそう思われているだけなのかもしれない。でもそうだったら、私が彼に与えられる利益が地位くらいしかなくなってしまう……。

ルドヴィカ嬢には「彼が地位を欲しているかもしれないでしょう」と言ったけれど、アマデウス様が地位を欲しているように見えるかと言われたら、あんまり……、と思う。伯爵の跡継ぎの座も姉のものという姿勢を崩さないし、財を成しているのも音楽趣味の資金集めと言って憚《はばか》らない。公爵家の富は欲しいかもしれないけれど、自分で稼ぐことが出来ている彼に特に自由に出来るわけでもない財は魅力的に映らない気がする。

出店や町を巡りながらのど自慢大会も部分的に見たけれど、アマデウス様がこの大会を開きたかった気持ちがわかった気がした。そこにいる人々の気持ちが音楽で一つになったような、不思議な感覚。自分と同じ体験をしている人が周りにいると感じる心地良さ。人々の笑顔、感嘆、拍手。見に行ったことはないのだけど謝肉祭や新年祭はこういう感じなのかしら。色んな歌手の歌を聴くのも実に面白《おもしろ》かった。誰に投票するか吟味しながら客席で聴くのはとても楽しそうだ。

そして…………アマデウス様の楽師が、あの曲を歌った。

〝君に自信がないことが不思議だ〟
〝隠す必要なんてないそのままで充分〟
〝可愛い人、君は僕の世界を照らしてくれた〟
〝でも君は俯《うつむ》いて笑うから伝えるのが難しくなってしまう〟
〝君が僕の目で世界を見ることが出来ればきっとわかるはずさ〟
〝君は気付いていないいんだね君が綺麗だということに〟

あれはアマデウス様が私に歌ってくれた歌で間違いないはず。でも内容を考えると私に合っているとは思えない。だって、…………そんなこと。有り得ない。でも……もし……。

そんなわけがないと思う気持ちと良い方に考えたいという誘惑が胸の中で喧嘩《けんか》する。動かなくなった私に両隣の騎士が困惑しているのがわかったけれど、動けない。アマデウス様のピアノの演奏もご挨拶も、離れた所で聞き逃さないようにしていたが、あまり集中できなかった。

「――――…………ジュリエッタ様⁉」

ついにアマデウス様のお声の幻聴が……と思ったら。彼がいた。私に駆け寄ろうとして騎士の一人に手で遮られている。後ろから彼の若い侍従が疲れた様子で追いかけてきていた。

「わっ、あぁ、そうですよね護衛がいますよね」

「……あ、いいのです、この方は。……な、何故私だとおわかりに……？」

「つい先ほど来ていらっしゃると伺いまして、捜していたんです。顔までしっかり覆ってらっしゃるのと、背丈とかで……良かった、見つけられて」

息を吐いて笑った彼の額に汗が伝った。細められた緑の目が、露《あら》わになっていない私の目の位置を真っ直ぐ捉えている。

嗚呼《ああ》、…………好き。

こちらの顔は見えていないとわかっているのに、何だか恥ずかしくなって顔を俯けてしまう。

「ご、ごめんなさい、父が……視察に行きたいと言いまして。何もお知らせせずに……」

「いえ、ティーグ様……伯爵が私に知らせないで良いと仰ったんでしょう？　確かに、大会の準備でいっぱいいっぱいだったから正しい気遣いではありましたけど……あ、……」

周りがやけに静かだと気付く。私達は注目されていた。先ほど町の人々の前に名前と顔を晒《さら》したアマデウス様は民から興味津々《きょうみしんしん》で見られているし、私は大人《おとな》二人に守られベールを被った変な少女だ。見られて当然だった。

「……ジュリエッタ様、どうぞこちらへ」

町の人々が話し合いなどをする、集会所。広場のすぐ隣の建物だ。そこの二階の部屋に入ると窓から舞台がよく見えた。部屋の扉近くには若い侍従と交代したアマデウス様のお年寄りの方の侍従と私の護衛の女騎士が一人控えている。

「……お時間を取らせてしまい申し訳ありません、アマデウス様。お忙しかったでしょうに……」

「もうやるべきことはほぼ終わりましたから大丈夫です！　何かお食べになりましたか？」

「パンが売っていたので、それをベンチに座って……頂きました」

ベールの中にパンをすっかり取り込んで食べた。お茶会でそれをやるのはどうにも不作法だが、こういう場なら文句を言う者はいないので。悪いことをしている気分で落ち着かなかったけれど。

「貴族の家で出るものとは少々違ったでしょうが、お口に合いました？」

「少し……固かったですが、美味しかったです」

「それは良かった。はは、割と固いですよね。あ、お茶が出せたら良かったんですが……ここには設備がなくて」

「ああ、お構いなく……！」

「……よろしければ伯爵邸にいらっしゃいませんか？　馬車で行けばすぐですから」

「いえ、父と合流しますので……それに父が煩《わずら》わせないとお約束したようなので、お世話にはなれませんわ」

「ああ、なるほど……そうですね」

残念そうに笑う彼に、嫌がっているのではないと表したくて言葉を探す。

「でも、その、……ご迷惑でなければもう少しここで……」

――もう少し、一緒にいたい。

舞台の方から軽やかな音楽が聞こえる。もう片付けられた客席があった敷地で、いつの間にか人々が音楽に合わせて踊っていた。二人組になり手を取ってくるくると回る。入れ替わるように次の相手の手を取って、また同じ踊りを繰り返す。祭のダンスというのはああいう感じなのか。

学院卒業後正式に社交界に出たら度々夜会や式典で踊ることになるので、ダンスは教養の一つとして必須だ。しかし私の場合、ダンスの相手がいるかどうかわからないなと思っていた。勿論ちゃんと習ったし一応出来るけども……。

「……ジュリエッタ様。よければ、踊っていただけませんか？」

アマデウス様が少し照れた顔で私に手を差し出す。

「えっ……は、はい」

驚いたけれど思わず手を重ねた。彼から手を出されてそれを取らないなんて有り得ない、と咄嗟《とっさ》に了承してしまったがまだ理解は出来ていない。おどっていただけませんか。おどって。おどる？

「え、えっと……ダンスを踊るのですか？」

「あー、楽しそうだったものでつい……」

「えっと、わたくし……あまり、ダンスは上手ではないのですが、それでもよろしかったら……」

「……実は、私もそんなに。すみません、うまく先導できないかも……。でも……ジュリエッタ様と、踊ってみたくて」

恥ずかしそうに頰《ほお》を染めた、好きな人にそんなことを言われて断れるわけがない。

「……よっ、喜んで……」

向かい合って手を取り合う。基本の構えで、基本の足運びで音楽に合わせる。民のとは違う、二人で完結するダンス。基本のダンスで踊るものとは違って拍子が速めで少し難しい。足がもつれそうになると少し止まって、顔を見合わせて笑う。彼も確かにそこまで達者ではない。失敗してもお互い様だと思える。がらんとした部屋で、付き添いは部屋の隅に控えているけれど、まるで二人きりになったように錯覚してしまう。

——いつまでもこの音楽が続けばいいのにと、心臓が切なく締め付けられた。

そう思ったけれど、何回か繰り返したところで舞台の音楽が止まった。曲が変わるようだ。

「これくらいにしましょうか」と彼が言う。名残《なごり》惜しく思いながら手を離した。

「……楽しかったです。……本当に」

私の気持ちなんてわかってらっしゃるはず。弄《もてあそ》ぶようなことはなさらないと思うけれど、でも少し浮世離れしていらっしゃるところもあるので、他意がない可能性も……。

期待してしまう心を抑えながらも縋《すが》るようにそう言うと。

「……ジュリエッタ様。……ベールを上げてもよろしいでしょうか」

彼が熱っぽい目で私を見つめながら、そう言った。——ベールを上げても？　と、言った？

「えっ？　ど、どうして……」

「……お顔が見たくて。駄目ですか？」

「ええっ……!?　だ、だめでは……ありませんが」

彼が平気なことはわかっているけれど、付き添いは……。ちらりと部屋の隅を見る。会話は聞こえていなそうだ。近くに椅子もあったが二人ともすました顔で立っている。

「ジュリエッタ様が背中を向ければ彼らには見えませんよ」

そ、そうかもしれないけれど…………！

私室と入浴以外で顔を晒すことは滅多にないので、服を脱ぐくらいの抵抗があった。……顔が見たいだなんて初めて言われたかもしれない。

「無理にとは言えませんが……どうしてもお嫌でしたら大丈夫ですよ」

うううう。嫌なんてことは全然ない。恥ずかしいだけで……。むしろアマデウス様はお嫌ではないのかしら。見たいというからにはお嫌ではない……と思っていいのだろうか。私としてもベール越しよりも直接彼の顔が見たい。

「わ、わかりました……」

「いいですか？　……では」

彼が両手で素早く私の顔前のベールを持ち上げ、頭の後ろに流した。躊躇《ちゅうちょ》の無さに驚いてしまう。

……男性にベールを上げてもらうなんて、結婚式の花嫁衣装みたい。……なんて思ってしまった。見たことはないのだけれど、本で読んだことがある。教会で春の神に誓いを立てた後、花嫁はベールを花婿に上げてもらう。二人の間の壁を取り払う……という意味があるらしい。

彼の顔が鮮明になる。見つめ合っていると、彼が私の右手を徐《おもむろ》に両手で持ち上げた。顔が熱い。情けないくらいに赤面しているだろう。でももったいなくて目を逸《そ》らしたくなかった。

「……ジュリエッタ様。私は……俺を守るために仮面を投げ捨ててくれた時から、貴方が好きです。この国の誰よりも、貴方を素敵だと思っている自信があります。私と、結婚してくれませんか」

………………化物とまで言われたことがある、私の素顔を見つめて。

真っ赤な顔で、彼が言った。

「……はい。わたし……わたくしも、……この国で誰よりも、貴方が好きな自信が、あります……」

彼の顔がぼやけてよく見えない。目から次々と温《ぬる》い涙が零《こぼ》れ落ちていった。夢ならずっと覚めない

でほしい。あの初めてのお茶会から、全部夢だったとして。この夢と引き換えに命を落とすと言われたとしても、この夢を選んでしまうだろう。

ぼやけているけれど彼が嬉《うれ》しそうに笑ったのがわかった。

「……勢い余って、婚約通り越して結婚と言ってしまいましたが、よろしかったですか」

片手の指でそっと私の涙を拭《ぬぐ》いながら囁《ささや》く。

「はい……こ、婚約したなら、結婚してくださらないと、嫌です……」

「勿論そのつもりですが、気が早かったかなと……結婚の申し込みは、改めてちゃんとしますから……」

嬉しいのに涙が止まってくれそうにない。泣き顔を晒していることに気付いて、上着の内側にハンカチがあったはずだと手で探って見つけ、慌てて顔を隠した。

「お、お見苦しい顔を……」

「そんなことありませんよ。……これからは、色んな顔を見せていただきたいです」

これ以上の赤面はないと思ったのにますます顔に血が上ったのがわかった。これはいけない。これ以上は鼻血が出るか気絶するかしそうだ。婚約を申し込まれた良き日に泣きながら鼻血を出す女になってしまう。

「も、もうそれくらいで勘弁してくださいませ……」

「勘弁？　……ああ、名残惜しいですが、そろそろお帰りにならないといけない時間でしょうか」

そうではない……と思ったけれど、醜態を晒す前に帰った方が良さそうだった。

父が回っている場所は護衛騎士が予定を把握しているので、時間と場所を確認し合流する。アマデウス様は「一緒に行ってご挨拶を……」と言ってくださったけれど、色々準備もしたいしまた改めて、ということにした。挨拶するならお互いの親がいた方がいいだろうし。

集会所の前でアマデウス様が笑って「また学院で」と見送ってくださった。

「……おめでとうございます、お嬢様」

女騎士セレナが朗らかに祝いの言葉をくれた。会話が聞こえていたわけではないけれど、雰囲気で何となく察したと言う。男性の騎士の方は部屋の外で待機していたので何の話だろうという顔だ。

「セレナ、……見えたかしら？　わたくしの顔」

「いえ、背を向けていらっしゃったので」

少しほっとする。セレナは何年か前から交流がある二十代後半の親切な女騎士だ。私の護衛に付くことも多く、訓練などもよく一緒にしているがまだ素顔を見せたことはない。

「明るくて優しそうな方ですね、アマデウス様」

「え、ええ……」

「しかし騎士の目から見ると少々細身ですね。もう少し鍛えた方が良いのでは」

「アマデウス様は騎士にはならないから……」

「……やはり、大袈裟なのでしょう、お嬢様のお顔の話は。騎士ではない令息……あの方が平気なのですから、私も平気だと思いますが」

セレナは男勝り《おとこまさ》りで自信家なところがある。実際剣の腕はとても良い。私の仮面が外れた事件の時はその場におらず、私の顔に恐れを抱く騎士団員を情けないと一笑に付していた。彼女に恐れられるのは堪《こた》えると思うので頑《かたく》なに顔を見せないようにしていたが、彼女はそれが侮《あなど》られているようで不満らしい。

「……それでは、帰ったら見てみますか？」

「！　ええ、お許しいただけるのなら」

帰り着いてから、念のため護衛時の彼女の借部屋の前まで移動してから見せることにした。気絶した時運びやすいように。

……懸念は当たった。彼女は青ざめて言葉が発せなくなり、座り込んでしまった。

顔を隠し直してから大丈夫かと聞くと、「申し訳ございませんでした……」と泣きそうになりながら謝罪された。彼女もダメだったか。でも気絶しなかっただけでも女性としては良い方だから落ち込まないでほしい。

そんなことがあったので少しだけ凹《へこ》んだけれど、今日は大丈夫。アマデウス様のお顔を思い出すだけで気分は最高になるので。

この顔を見ても、見ながらも、結婚してほしいと言ってくれたのだ。

鏡をじっと見ていても憂鬱《ゆううつ》にならない初めての日だった。


私室で一度着替えてからお父様に詳しい話をしに向かう。スカルラット領で合流したお父様はいつも通り無口で私に特に何も聞かなかったが、今は二人の護衛から簡単な報告が届いているはず。少し緊張しながら許可を貰い部屋に入ると、お父様は珍しくすっかり寛《くつろ》いだ様子でお茶を飲んでいた。

「来たか、ジュリエッタ。座りなさい」

「お寛ぎのところ失礼致します」

「良い。お前の婚約の報告を聞いて、安心したのだ」

父が珍しく微笑《ほほえ》んだ。以前その話をした時は伯父様もお父様もアマデウス様との縁談をそこまで歓迎しているようには見えなかったけれど、喜んでくれているとわかってほっとする。

「……本日、たまたまお会いしまして、アマデウス様から婚約の申し込みを頂きました。謹んでお受けしましたが、お許しいただけますか」

「ああ。スカルラット伯とも話はついている。書類の準備は出来ているし、王家への申告も明日には出せる」

「えっ……」

流石に早すぎやしないだろうか。今日口約束が済んだばかりだというのに。もしや……のど自慢大会への視察とは口実で、スカルラット伯爵とその話を先にしていたのだろうか。アマデウス様も婚約を申し込むなら伯爵に先に申し出ているだろうし。

王家の承認が下りれば、学院に四十日間貼り出される。どこの家がどこと縁を得たかは派閥に影響するのですぐ広まる。そうなれば、私は堂々とアマデウス様の隣にいられる。……嬉しくてつい顔がにやけてしまう。

「スカルラット伯とも話し合って、アマデウス殿にはうちから隠密を付けた。公爵家の婿ともなればまた命を狙われることもあるかもしれん」

「！　……まだ怪しい動きがありますの？」

「今のところは大人《おとな》しいが油断は出来ん。彼が消えればお前の嫁ぎ先はより限られるからな」

第一王子派が関わっているだろうことは聞いている。婚約が決まれば流石に諦めるだろうと思ったけれど……。一度でも婚約をしてそれが駄目になった娘の嫁ぎ先を見つけるのは、娘に悪いところがなかったとしても厳しくなる。ただでさえ私は他に結婚相手が望めそうにないのに。そこで王家がここぞとばかりに手を差し伸べてきた場合、臣下として拒否するのは難しい……強硬手段に出る可能性が無いとは言えないということか。

王子の婚姻相手としては妹のロレッタでも問題はないのだが、妹は婿候補に困っていないので王家としてはシレンツィオに恩を着せることは出来ず、権力を強化させてしまうだけになる。アマデウス様がいなくなったとしても第一王子に嫁ぐなんて全力で拒否するつもりだけれど。アマデウス様がいなくなる、……考えたくもない。いや、…………許さない。

「承知致しました。わたくし、全身全霊でもってアマデウス様を守り抜くと誓います」

「いや……お前も守られる側なんだが。しかし、そうだな……お前には剣の才がある。婿殿のことも出来る限り気にかけておくとよい。だが自分の身を守ることを最上にせよ」

「心得ました」

お披露目で剣舞を選んだことを後悔したこともあったが、愛《いと》しい人を守る力が自分にあると思えるのは強みだ。

そういえば、仮面を捨ててでも助けると必死で動いたことが、彼の心を射止めたという。剣を続けてきて……良かった。間違っていなかったのだ、これまでの努力が。それが素直に嬉しい。

幼い頃に剣の腕を褒めてくれた父にも心から感謝し、――決意を新たに、幸せな夜は過ぎた。

終章　婚約はゴールではない

追いかけて、見つけて。彼女が初めて踊った男になりたくて、そんなに上手《うま》くもないのにダンスになんて誘ってみたりしちゃって。スマートに…とはあまりいかなかった俺《おれ》の告白に、ジュリエッタ様がぽろぽろと涙を流しながら頷《うなず》いてくれた。

初めて会ったお茶会の時も泣かせてしまったんだよな……。あの時は焦ったけど、今回は嬉《うれ》しいからだとわかるから大丈夫。

良かった。受け入れてもらえた。

抱き締めたいな……とウズウズしたけど、流石《さすが》にそれは付き添いに怒られるヤツだ。自重。

また学院で、と挨拶《あいさつ》を交わし別れ、頭の中がお花畑のまま伯爵邸に戻る。

のど自慢大会の後始末は手配してあるし、とりあえず今日すべきことは終了した。諸々やりたいことはあるけどまずはティーグ様に報告だ。

「そうか、よくやった。祭の運営もご苦労だったな、成功して何よりだ」

ティーグ様は満足げに祝ってくれた。シレンツィオ公爵親子が来ていることを黙っていたくせにしれっとしている。まぁ、文句があるわけじゃないんだけど。

「ああ、そうだ。アマデウス、公爵家から遣わされた隠密がお前の護衛に付く。顔は見せないと思うが、一応知らせておく」

――――――お……おぉん………？

サラッと知らされたけど、隠密……隠密とは。確か、偉い人が使っている忍者、スパイみたいなものだ。伯爵家にもいるらしいけど詳しいことは知らされていない。爵位を継いだら教えられるっぽい。護衛ということは守ってくれるのか。公爵家の隠密なんて、――相当、凄腕《すごうで》では？　ＶＩＰ待遇というやつではないか……？

「その……会えないんですかね……？　会ってみたいんですが……！」

この時代のリアルエリートスパイ。皆大好き凄腕忍者。むちゃくちゃ会いたいぞ。

「どうだろうな、基本は陰からお前を守る予定だ。妙な行動をしたら公爵に筒抜けだぞ、心得ておけ」

妙な行動……？　何だろう。のど自慢大会開催は妙な行動に入るだろうか。音楽馬鹿《ばか》であることはもう知られているので大体の音楽活動は妙とは思われないか。前世の感覚に基づいたこちらにおける奇行はもうほとんど出ないと思うんだけど……ヤコカを追いかけたり虫を捕まえたりするアレ。あとは……植物のスケッチとか？

「……植物の観察は別に妙じゃないですよね？」

「……そうだな」

ティーグ様が笑いを堪《こら》えていた。この発言が妙だっただろうか。わからん。

今日一日奔走してくれた楽師達を労《ねぎら》いに音楽室へ。ロージーとラナドとバドルはお茶を飲んで休憩していた。

「今日は本当にお疲れ様です。助かりました。急にいなくなってごめん」

「それで、どうなったんですか？」

ロージーがずばりと訊《き》いてきた。俺は真面目《まじめ》な顔を作って拳《こぶし》を上に突き上げる。

「…………婚約、しました!!」

「それはそれは、おめでとうございます」

「良かったですねぇ」

「おめでとうございます、アマデウス様！　因《ちな》みにどちらのご令嬢と……？」

そういえばそこまでは言っていなかった。

「……シレンツィオ公爵家のジュリエッタ様です！」

「公爵家ですか……!?」と目を瞠《みは》ったのはバドル。

「偉い令嬢ってことですか？」とロージー。平民は貴族の階級をあまり詳しく知らないか。

白目を剥《む》いていたのがラナドだ。

「ラ、ラナド大丈夫？」

「え、どうしました!?」

俺とロージーが肩をさするとハッと目を戻して叫んだ。

「あああああぁぁぁぁぁぁ、あの、噂《うわさ》の!?　シレンツィオの!?」

ラナドは貴族と付き合いがあるからジュリエッタ様の噂を知ってたか。……国一番の醜女《しこめ》という噂を。

さて、どう説明しようかな……。美形インフレ世界の住人に。

美形インフレ世界で化物令嬢と恋がしたい！　番外編

番外編　坊ちゃん養育日記

【坊ちゃん四歳】

「あ、ベル、りっぱなやつつかまえたんだ〜！　ちょっと観察したいから、カゴとかない？」

足をうごうごと動かす大きな虫を素手で掴《つか》んだアマデウス坊ちゃんが無邪気な笑顔を向けてくる。愛らしい笑顔とこの世で最も直視しがたい存在である虫を真横に並べた光景に卒倒するかと思った。横にいたメイドが叫んで逃げ出す。坊ちゃんはメイドの叫び声の方にびっくりして目を丸くしている。悪気はなかったようだがそちらの方がよほど人をびっくりさせているのだと、二度としないようにと叱《しか》った。

いつの間にか、ロッソ男爵家にメイドとしてお仕えしてもう十年以上経《た》つ。

坊ちゃんの母である第二夫人・アマリリス様は美しいが冷たい人だった。王都などに出かけて滞在し留守にすることが多く、生んだことを忘れたかのように彼女は息子に会いに来なかった。貴族は子育てを乳母や子守にほとんど任せるものだとはいってもこれでは親の顔を覚えることすら出来ない。親の愛情不足にいずれ気付いてしまうであろう小さな主を、私は不憫《ふびん》に思っていた。

心配をよそに坊ちゃんはすくすくと元気に育ったが、言葉を話せるようになってからは変わった行動もするようになる。悍《おぞ》ましい虫を捕まえて観察なんてしようとするし、色んな物を絵に描こうとする。周囲にそんなことをしている者はいないので誰の真似《まね》でもない。不思議だった。

そんな妙なところもあったが坊ちゃんは総じて行儀の良い子だった。悪戯《いたずら》はしないし、誰かに度を超えて甘えるような態度を取ることもなく、汚い言葉を知っても使わない分別があった。「かっこい い」とか「きれいだね」などと周囲の者を衒《てら》いなく褒めたので使用人皆から好かれていた。

我儘《わがまま》といえば、頻繁に風呂に入りたがることくらいか。経験上小さい子供はむしろ入浴を嫌がることが多いのだが、坊ちゃんは入浴が好きだ。四歳になったら体を洗うのも拭くのもほぼ自分で危なげなく出来るようになった。湯を上部の盥《たらい》に溜《た》めて、紐《ひも》を引いて蓋を開けると細かい穴から湯が降り注ぐ『シャワー室』を、私は貴族の館で初めて見た。良い物があるなと感心したものだが、坊ちゃんのために毎日使うことになるとは思っていなかった。冬などはあまり髪を濡《ぬ》らすと風邪《かぜ》をひくかもしれないので油布を頭に被《かぶ》せて体だけ洗うように勧めたが、坊ちゃんは髪を洗いたがる。頻繁に洗うからか髪がよく外に跳ねるようになってしまった。

毎日多くの湯を用意するのは面倒だったが、普通は家も自身も様々な要因で汚しがちな子供という存在がいつも清潔な状態でいるというのは、偉業にも感じられた。

いつだったか、アマリリス夫人と挨拶《あいさつ》してすぐに別れた後。

「……寂しいですね」

共感を示すように私は言った。しかし坊ちゃんは目をぱちくりと瞬《またた》かせて否定する。

「たまにしか会わない人だし、べつにさみしくないよ。もしベルとたまにしか会えなくなったとしたらさみしいと思うけどね……いつもいっしょにいるみんなが、わたしの家族だとおもってるからさ」

――家族。使用人をそう称するのは間違っていますよ、とお教えしながらも、そう言われるのが嬉《うれ》しい気持ちが大きかった。

【坊ちゃん五歳】

吟遊詩人を雇ってから坊ちゃんは音楽にのめり込んだ。余暇の時間のほとんどを音楽に費やすようになってしまった。旅人なんて胡乱《うろん》な者に教師をさせていいものかと最初は思ったが、坊ちゃんがとても気に入ったようなのでよしとする。楽師ロージーは無愛想だが実直だ。お師匠のバドル翁《おう》は平民にしては所作や言動が洗練されていて時々驚かされる。どこぞの貴族の血筋なのではないだろうか。

坊ちゃんの立場では騎士の訓練をした方が将来の仕事に困らないそうなのだが、貴族お抱えの楽団に入る手もあると聞いたし、坊ちゃんが心底楽しそうなのでよしとした。

【坊ちゃん七歳】

周りの者は音楽に詳しくなかったので、持《も》て囃《はや》しはしたが彼の楽器の腕がどれほどのものなのかは見当がつかなかった。――まさか伯爵家から養子入りのお呼びがかかるほど達者だったなんて。

ずっとお傍《そば》に付いていた私とアンヘンは坊ちゃんを陰でよく賛美していたが、お育てした欲目もあるだろうと思っていた。しかしスカルラット伯爵家に移ってから欲目ということもなかったらしいと気付く。他のお子様からこちらに移ってきた使用人は、坊ちゃんは実に大人《おとな》びていると褒めた。姉君のマルガリータ様は物言いに棘《とげ》があり、弟君のジークリート様は自分のことで手一杯。使用人にまで気を遣ったり愛想を良くする余裕があるのはアマデウス坊ちゃんだけだと。

伯爵家にお仕えするともなると、元平民の我々では至らないところがいくつも見つかった。恥をかいたり辛《つら》くなったりもしたが、連日勉強漬けでも全く弱音を吐かなかった坊ちゃんを見習おうと、一丸となって乗り切った。

ほぼ毎日風呂に浸《つ》かりたがることは伯爵家でも驚かれたが、騎士の訓練をする旦那《だんな》様やジークリート様はよく浴室を使うようなので坊ちゃんも入りやすくなった。

ロッソ家だとあまり予算が与えられていなかったので凝った料理は出せなかったが、伯爵家の食卓は栄養にも気が遣われており豊かだ。それが刺激を与えたのか坊ちゃんはいくつか新しい料理を思い付いたりした。変わった子、で終わらずに、才能を活用できる環境にいるということがどれだけありがたいことか。旦那様が坊ちゃんを取り立ててくれてどれだけ運が良かったのかと、改めて身に染《し》みた。


【坊ちゃん十一歳】


「クロエのそれ、新しい髪飾り？」

「は、はい。少し派手でしたでしょうか」

使い慣れないから気になったのか、若いメイドのクロエがちょくちょく頭の後ろの髪留めを触っていたので後で注意しなければと思っていたら、坊ちゃんが気付いた。白い貝殻のような光沢の可愛《かわい》らしい髪留め。

メイドがどの程度着飾ってもいいかは勤め先による。清潔感のある装いをすることは最低限として、地味な見た目しか許さない主人もいれば、自分の物を気前よく使用人に下げ渡したりして着飾るのを許す主人もいる。スカルラット伯爵家は仕事に差し支えない範囲であれば装飾品を付けていても問題なかった。

「ううん。似合ってるよ。かわいいね」

「えっ!? ……あ、ありがとう、ございます……」

お茶を飲みながら坊ちゃんがそう言って、クロエは嬉しそうに頬《ほお》を染めた。容貌の良い娘ではないが、坊ちゃんはさらりと褒める。わざとらしくない響きで自然と人を褒めることが出来るというのは、意外に得難《えがた》い資質だと思う。

ふっ……うちの坊ちゃんは良いでしょう、優しいでしょう。社交場でもとってもご令嬢にモテるそうよ。

成長が早くて同世代と比べて背が高い。言動も落ち着いていて十四、五歳に見られることもある。音楽のことに関すると子供っぽい部分が出るけれど、微笑《ほほえ》ましい範囲と言える。

きっと伯爵様が良縁を結んでくださることでしょう。それかご自分で良いお嬢さんを捕まえてくるか。……女性の許容範囲がやけに広いようだし、お人好しなので悪い女に引っかかってしまわないかが少～～しだけ、心配だけれども……。

そんなことを考えていた。クロエがこの時本気で恋をしてしまったなんてちっとも気付かずに。


後日――――クロエが魔法薬を使って坊ちゃんと性的な関係を結ぼうとした。

幸い未遂に終わったが、クロエと計画を知りながらギリギリまで隠していたマルタは逮捕された。

伝言を頼まれたメイドが駆け込んでくるまで暢気《のんき》に休憩を取っていた自分が情けない。

坊ちゃんは『軽はずみな発言で期待させてしまった』と自省していた。非は無いのだからそんな風に思う必要はないとは言ったが、坊ちゃんがクロエを――女性を、怖がったり厭《いと》ったりせずに『可哀想《かわいそう》』とだけ捉えていたことは救いだった。人に分け隔てなく優しい坊ちゃんが失われなかったことに安堵《あんど》した。

伯爵家の中でも、坊ちゃんが特別（特殊……と言い換えても通るかもしれないが）であるということがじわじわ認識されていく。クロエとマルタに寛大な処置を求めたおかげで、坊ちゃんはメイド長のセイジュ様から一目置かれ、私達も他の使用人から冷ややかな態度を取られることはなくなった。

【坊ちゃん十三歳】

「アマデウス様は昔からああも、鷹揚《おうよう》というか……思いやりのあるお子様だったのですか？」

ある日、草木も寝静まる夜にメイドの休憩室でセイジュ様が私にそう問うた。

「そうです」

「返事が端的すぎる……。何を飲んでいるの？　……ただのお湯？」

「アマデウス坊ちゃんが、少し冷ましたお湯を飲むのは体に良いと昔から仰《おっしゃ》っていて」

おそらく元吟遊詩人の楽師から仕入れた知識だろう。坊ちゃんが寝る前に飲んだお湯の余りを私も度々頂いている。窓の外の夜空を眺めて一息吐《つ》いてから寝るのが習慣になっていた。

勧めてみるとセイジュ様もカップにお湯を入れて椅子《いす》に腰を下ろし、私を見た。

「――正直なところ、私は最初警戒していたのです。アマデウス様のこと。マルガリータ様やジークリート様から家督を奪うつもりで来たのではないかと。妙に達観しているというか、子供らしい欠点や隙《すき》が見えなかったところも不気味で。でも……だんだんわかってきました。計算しているように見えて、案外何も考えていないと。素でお優しい気質なのだと」

何気に〝考え無し〟だと貶《けな》されたような気もするが、その通りだと思ってしまったので頷《うなず》いた。

「ええ。お小さい頃から、人を愛し人に愛される、素直な御方です」


まあ、まさか国一の醜女《しこめ》とまで言われる令嬢と好き合って婚約に至るとは思わなかったけど……。


坊ちゃんは婚約の決定を満面の笑みで私達に伝えた。その顔からして婚約を喜んでいることはよくわかったので私達も喜んだ。

「どんな御方なのですか？」

「ん――……可愛い人だよ。俺《おれ》にとっては、すごく」

照れ臭いのだろう、頬を染めてそう言った後は話題を逸《そ》らしてきた。

「……アンヘンは一緒に行くって言ってくれたけど……ベルは、どう？」

お相手は嫡女でいらっしゃるから坊ちゃんはシレンツィオ領へ婿《むこ》入りすることになる。

「あら、勿論《もちろん》ご一緒するつもりでしたよ。私達を置いていかれるおつもりで？」

「だって、ロッソからスカルラットに移った時苦労したでしょ？　また移るのは大変かなって……」

あまり悟られないようにしていたつもりだが、坊ちゃんは私達の苦労に感付いていた。確かに、ここに残ったとしても伯爵様は仕事を下さるだろう。ロッソから移ってすっかり馴染《なじ》んだ若い衆は留《とど》まるかもしれない。

「私どもが大変なら坊ちゃんも大変かもしれません。そんな時こそ、ご一緒しなければ」

「……ベルとアンヘンがいてくれるんなら安心だ。あ、結婚はめちゃくちゃ楽しみだししたいんだけどね？　でも、スカルラットを離れるのは寂しいからさ……ホームシック…えーと、すごく、郷愁に襲われるだろうなって」

「ご家族と離れるのは……お寂しいですね」

ふと、また昔のように「さみしくないよ」と否定されるかしらと思ったが、坊ちゃんは寂しげに目を伏せて頷いた。

「そうだね……ジークと姉上とご飯食べるのもあと数年なんだなぁ。そう思うと短い」

奇妙な嬉しさが湧いた。離れると寂しいのは、好きだから。坊ちゃんが寂しいと感じるほど伯爵家の方々を好きになれたこと、〝家族〟だとちゃんと思っていること。それを喜ばしく感じている。

坊ちゃんは私と目を合わせてニコッと笑った。笑い方は小さい頃から変わらない。

「でも付いて来てくれる家族もいるし、好きな人と結婚できるんだし。俺は恵まれてるよ。――ああ、使用人を家族と呼ぶのは～……なんて言わないでよ、ベル。今日だけはさ」

その夜、アンヘンと話しながらふと思った。

「……考えてみれば、本当の家族だと坊ちゃんが婿入りした時点で離れ離れです。我々は坊ちゃんに付いて行けるのですから、良かったのかもしれません」

「ふふ、確かに。……しかし私はアマデウス様が結婚する頃には流石《さすが》に働くのが辛い歳《とし》になっているでしょうね」

「アンヘンはどの領で家を買うつもりなんです？」

私もアンヘンも若い時分は恋人がいたこともあったが、結婚せずに働いてきた。小さい家を買って一人か二人使用人を雇えるくらいの貯蓄はある。引退したらのんびり過ごすつもりだ。

「シレンツィオで探そうかと思っていますよ」

我々はロッソ領出身なのだが、やはりたまには坊ちゃんに会いに行ける場所で、と考えてしまうのだろう。

「では私もその近所に買おうかしらね。時々様子を見に行ってあげます」

「それは助かります。貴方《あなた》の好きな茶葉を常備しておかねば」

――坊ちゃんが婚約したと聞いた日のアンヘンとの会話を思い出してぼんやりしていたら、セイジュ様がくすりと笑った。

「あら、自分達の育て方が良かったからだ、とはお思いにならない？」

揶揄《からか》うようにそう言われたが、私は至って真面目《まじめ》に首を振る。

「いえ、私達のせいであのようにお育ちになったと思われるのは困ります。元から変わっておられるのです」

「……あなた、アマデウス様のことを案外低く評価していらっしゃる……？」

「そんなことは。公平に見ているつもりですよ」

私の手の三分の一にも満たないくらいに小さい手をしていた頃から、ずっと見守ってきた。

今はすっかり背も追い越して私より大きい手。華麗に楽器を奏《かな》でる指は、社交界での立派な武器になった。長所も短所もちゃんと見ている。これからも見ていく。その上で傍にいて、大事にする。それが家族というものだろうと、私は思ったから。

とある令息が『女性の良いところを真《ま》っ直《す》ぐ見つめることが出来る』と坊ちゃんを評価したと聞い

た。

坊ちゃんがシレンツィオ公爵令嬢ジュリエッタ様の良さを真っ直ぐ見つめているように、ジュリエッタ様も坊ちゃんの良さを見つめてくれる方だと良い。

ジュリエッタ様と私が顔を合わせる予定は、今のところ無い。どんな方か想像することしか出来ないが……噂《うわさ》では素顔を見た人が倒れるほどの恐ろしい容貌の令嬢。しかし坊ちゃんにとっての『可愛い人』。矛盾した人物像を頭の中で組み立てるのは難しい。

かなり地位の高い御方だが、何度かお傍に寄ったことがあるアンヘンによると『坊ちゃんに首ったけ』だそうだから、軽んじることなく大事にしてくれるだろう。

何だかんだで重要なのはそこだけだ。坊ちゃんを慈《いつく》しんでくださいますように、ただそれだけ。

そう密《ひそ》かに星に願いながら、彼女が名実ともに坊ちゃんの家族になってくれる日を待っている。

あとがき

はじめまして、菊月ランラランと申します。

この度は『美形インフレ世界で化物令嬢と恋がしたい！』を手に取っていただき誠にありがとうございます。

『第三回アイリス異世界ファンタジー大賞』で銀賞を頂いたことで書籍化に相成りました。最初は何かの間違いではないかと思って怖かったです。

連絡を頂いた後もなんやかんやでなかったことになるんじゃないだろうか……企画が突然ポシャるんじゃないだろうか……と勝手に怯えていました。無事出版されていることを今も祈っています。

初めての書籍化作業は新鮮で貴重な経験になりました。丁寧にご指導してくださった担当編集さま、素敵な絵を描いてくださった深山先生、関係者の方々に厚く御礼申し上げます。

ネット掲載時から応援をくださった読者さまにも、この場をお借りして御礼を申し上げたいです。

読んでくれている人がいるのが目でわかるというのは、とても励みと喜びになりました。読者さまがいなければきっともっと薄っぺらくなっていたというか、まあ今も厚いかどうかは定かではないのですが、今よりは薄い物語になっていた気がします。

そして書籍で初めてお読みいただいた方々にも、世の中に数多ある本の中からこの一冊を選んで目を通してくださったこと、御礼申し上げます。

楽しんでいただけたなら嬉しいです。

『転生したら悪役令嬢だったので引きニートになります
～チートなお父様の溺愛が凄すぎる～』

著：藤森フクロウ　イラスト：八美☆わん

5歳の時に誘拐された事件をきっかけに、自分が悪役令嬢だと気づいた私は、心配性で、砂糖の蜂蜜漬け並みに甘いお父様のもとに引きこもって、破滅フラグを回避することに決めました！　王子も学園も一切関係なし、こっそり前世知識を使って暮らした結果、立派なコミュ障のヒキニートな令嬢に成長！　それなのに……16歳になって、義弟や従僕、幼馴染を学園を送り出してから、なんだかみんなの様子が変わってきて!?

美《び》形《けい》インフレ世《せ》界《かい》で
化《ばけ》物《もの》令《れい》嬢《じょう》と恋《こい》がしたい！

2025年1月20日　初版発行

初出……「美形インフレ世界で化物令嬢と恋がしたい！」
小説投稿サイト「小説家になろう」で掲載

著者　菊月ランラランン

イラスト　深山キリ

発行者　野内雅宏

発行所　株式会社一迅社
〒160-0022 東京都新宿区新宿3-1-13 京王新宿追分ビル5F
電話　03-5312-7432（編集）
電話　03-5312-6150（販売）
発売元：株式会社講談社（講談社・一迅社）

印刷所・製本　大日本印刷株式会社
ＤＴＰ　株式会社三協美術

装幀　前川絵莉子（next door design）

ISBN978-4-7580-9699-7

Printed in JAPAN

ICHIJINSHA

おたよりの宛て先
〒160-0022 東京都新宿区新宿3-1-13 京王新宿追分ビル5F
株式会社一迅社　ノベル編集部
菊月《きくづき》ランラランン 先生・深山《みやま》キリ 先生